伝説8

乱離篇

田中芳樹

宿敵ヤン・ウェンリーと雌雄を決するべく，帝国軍の総力を挙げてイゼルローン回廊攻略に挑むラインハルト。宇宙暦八〇〇年，ついに“常勝”と“不敗”の輪贏を決する最後の一戦の火蓋が切られた。緒戦から激戦が続き，帝国・不正規隊双方の名将たちが相次いで戦火に斃れる。果てしない死戦の中，ようやく訪れた停戦の転機——だが，そのさなかに起きた事件によって，誰もが予想もせぬ形で戦いに幕が下ろされた。仰ぐ旗を喪った者たちが，失意の中で下した各々の決断とは。銀河叙事詩の雄編，怒濤の急展開！

銀河英雄伝説 8

乱離篇

田 中 芳 樹

創元ＳＦ文庫

LEGEND OF THE GALACTIC HEROES VIII

by

Yoshiki Tanaka

1987

目次

登場人物

●銀河帝国

ラインハルト・フォン・ローエングラム……皇帝

パウル・フォン・オーベルシュタイン……軍務尚書。元帥

ウォルフガング・ミッターマイヤー……宇宙艦隊司令長官。元帥。〝疾風ウォルフ(ウォルフ・デア・シュトルム)〟

オスカー・フォン・ロイエンタール……統帥本部総長。元帥。金銀妖瞳(ヘテロクロミア)の提督

フリッツ・ヨーゼフ・ビッテンフェルト……〝黒色槍騎兵(シュワルツ・ランツェンレイター)〟艦隊司令官。上級大将

エルネスト・メックリンガー……後方総司令官。上級大将。〝芸術家提督〟

ウルリッヒ・ケスラー……憲兵総監兼帝都防衛司令官。上級大将

アウグスト・ザムエル・ワーレン……艦隊司令官。上級大将

コルネリアス・ルッツ……艦隊司令官。上級大将

ナイトハルト・ミュラー……艦隊司令官。上級大将。〝鉄壁ミュラー〟

アーダルベルト・フォン・ファーレンハイト……艦隊司令官。上級大将

アルツール・フォン・シュトライト……皇帝高級副官。中将

ヒルデガルド・フォン・マリーンドルフ……皇帝首席秘書官。ヒルダ
フランツ・フォン・マリーンドルフ……国務尚書。ヒルダの父
キスリング……皇帝親衛隊長。准将
ハイドリッヒ・ラング……内務省内国安全保障局長
アンネローゼ・フォン・グリューネワルト……ラインハルトの姉。大公妃
ルドルフ・フォン・ゴールデンバウム……銀河帝国ゴールデンバウム王朝の始祖

†墓誌

ジークフリード・キルヒアイス……アンネローゼの信頼に殉ず

●自由惑星同盟

ヤン・ウェンリー……イゼルローン要塞司令官、駐留艦隊司令官。元帥。退役
ユリアン・ミンツ……ヤンの被保護者。中尉
フレデリカ・グリーンヒル・ヤン……ヤンの副官にして妻。少佐
アレックス・キャゼルヌ……後方勤務本部長代理。中将
ワルター・フォン・シェーンコップ……要塞防御指揮官。中将。退役
フィッシャー……要塞艦隊副司令官。艦隊運用の達人。自宅待機

ムライ……………………………………………参謀長。少将。自宅待機
パトリチェフ………………………………………副参謀長。准将。自宅待機
ダスティ・アッテンボロー………………………分艦隊司令官。ヤンの後輩。中将。退役
オリビエ・ポプラン………………………………要塞第一空戦隊長。中佐
ルイ・マシュンゴ…………………………………ユリアンの護衛役。少尉
カーテローゼ・フォン・クロイツェル……………伍長。カリン
ウィリバルト・ヨアヒム・フォン・メルカッツ……老練の宿将。ヤン艦隊の残存兵力を指揮
ベルンハルト・フォン・シュナイダー……………メルカッツの副官。中佐
アンドリュー・フォーク…………………………帝国領遠征作戦の立案者。准将

†墓誌
アレクサンドル・ビュコック………………………同盟軍最後の宿将、散る
チュン・ウー・チェン………………………………総参謀長。司令官とともに戦死

●旧フェザーン自治領（ラント）
アドリアン・ルビンスキー…………………………第五代自治領主（ランデスヘル）。"フェザーンの黒狐"
ドミニク・サン・ピエール…………………………ルビンスキーの情人
ニコラス・ボルテック………………………………代理総督

ボリス・コーネフ……………………独立商人。ヤンの旧知。〝ベリョースカ〟号船長

地球教大主教ド・ヴィリエ……………地球教総書記代理。大主教

注／肩書き階級等は〔怒濤篇〕終了時、もしくは〔乱離篇〕登場時のものです

銀河英雄伝説8

乱離篇

第一章　風は回廊へ

Ⅰ

水晶を撃ちくだいたかのような星々の光をうけて、黄金の髪の若者が地上車（ランド・カー）からおりたったとき、「皇帝ばんざい（ジーク・カイザー）」の歓声が惑星ハイネセンの夜気を熱く震わせた。若者が、生涯、星々の光を見あきることがなかったのと同様、彼の兵士たちは彼らの誇るべき若い皇帝を見あきることがなかったのだ。皇帝（カイザー）ラインハルト・フォン・ローエングラムは、豪奢（ごうしゃ）な黄金の髪を揺らしつつ、宇宙港を警備する帝国軍兵士の列へ、片手をあげて返礼した。ふたたび歓声が爆発し、黄金の髪に反射する。それは、かつて彼と対立する門閥（もんばつ）貴族たちから〝金髪の孺子（こぞう）〟と呼ばれ、今日では兵士たちから〝金髪の有翼獅子（グリフォン）〟と称されるゆえんであった。

宇宙暦（SE）八〇〇年、新帝国暦二年の四月二日夜、二四歳の皇帝は亡国の旧首都ハイネセンを出立して、イゼルローン回廊へ征服の巨大な一歩を踏みだそうとしていた。彼はすでに銀河帝国を簒奪（さんだつ）し、フェザーン自治領（ラント）を併呑（へいどん）し、自由惑星同盟（フリー・プラネッツ）を滅亡せしめて、宇宙の大部分を白磁の掌（てのひら）におさめてしまっている。彼のしなやかな指のあいだからこぼれているのは、自然地理的にみれば、宇宙を構成する最小の砂粒の、さらに一部分でしかない。だが、人文的にみれば、それは二世紀半にわたって宇宙の半分を支配してきた政治勢力の最後の牙城（がじょう）であって、これあるかぎり、ラインハルトは全宇宙の統一という壮麗な野望のジグソー・パズルを完成させえないのだった。

　艦長ザイドリッツ准将のうやうやしい敬礼をうけて、ラインハルトは帝国軍総旗艦ブリュンヒルトの艦内にはいった。皇帝の大本営を構成する幕僚たちが、それにつづく。統帥本部総長オスカー・フォン・ロイエンタール元帥を筆頭に、員数外の近侍エミール・フォン・ゼッレまで、二〇名ほどの人数である。

「フロイライン・マリーンドルフ！」

　呼びかける皇帝の声に、若い女性が進みでた。国務尚書マリーンドルフ伯爵の娘で、皇帝の首席秘書官をつとめるヒルデガルド、通称ヒルダである。皇帝より一歳年少である彼女は、くすんだ金髪を短くして、活発で聡明な美しい少年のようにもみえる。

「はい、陛下、なんでございましょう」

「確認するのを忘れていた。例の件は、処理してあるだろうな」

　その智謀（ちぼう）は一個艦隊の武力にまさるとさえ称される伯爵令嬢は、ラインハルトの抽象的な質問にたいして、反問するようなことをしなかった。

「ご心配にはおよびません、陛下、御意はすでに責任者に伝えてございます。二度と不愉快なものを御覧にならずにすみましょう」

皇帝は優美にうなずくことで、満足の意をあらわした。惑星ハイネセンを出立するにあたって、ラインハルトは、非軍事的な建造物を破壊する唯一の命令をくだしていたのである。その対象となったものは、自由惑星同盟（フリー・プラネッツ）の建国の父といわれる故アーレ・ハイネセンの巨大な銅像であった。

アーレ・ハイネセンの記念館や墓所にたいして、ラインハルトは不干渉であったから、この命令は征服者の驕慢（きょうまん）をしめしたものではない。それは彼の美意識だけにとどまらず、銅像のモデルとなった人物の羞恥心（しゅうちしん）にたいして皮肉っぽい考慮をくわえた結果であった。ラインハルトは終生、権力と権威を巨大な像によって誇示するという精神上の病毒と無縁であり、わざわざ勅命をもって彼の意思を全帝国に通知せしめている。ローエングラム王朝の存続するかぎり、皇帝の像を、没後一〇年以内に、しかも等身大をこえて建設してはならない、と。

「ハイネセンが、真に同盟人の敬慕（けいぼ）に値する男なら、予（よ）の処置を是（ぜ）とするだろう。巨大な像など、まともな人間にたえられるものではない」

ヒルダに、若い征服者はそう語ったものである。そして彼女にうなずいた一瞬後には、精神のチャンネルを地上から宇宙へと切りかえてしまっていた。

このときすでに、フリッツ・ヨーゼフ・ビッテンフェルトとアーダルベルト・フォン・ファーレンハイトの両提督は、皇帝にさきだって惑星ハイネセンを離れ、イゼルローン回廊方面へそれぞれの艦列を前進させつつある。両者とも積極攻勢型の闘将で、ことにビッテンフェルトは、〝黒色槍騎兵(シュワルツ・ランツェンレイター)〟艦隊をひきいて猛将の名をほしいままにする男であった。

　前年からつづくこの遠征に、ビッテンフェルトは一貫して先鋒(せんぽう)指揮官をつとめており、実際の武勲もさることながら、その勇名じたいがもつ破壊力は尋常ではなかった。

　彼の勇戦ぶりについて、他の帝国軍幕僚たちが語りあったという。

「ビッテンフェルトは最前線にいるのか？」

「すこしちがうな。奴がいるところを最前線と呼ぶのだ」

　右のエピソードは、帝国宇宙艦隊司令長官ウォルフガング・ミッターマイヤー元帥に言わせると、ビッテンフェルト自身の創作といううたがいが濃いのだが、いかにも彼らしい話だ、という点では誰ひとり異論をさしはさまなかった。

　皇帝(カイザー)ラインハルトと同時に惑星ハイネセンを出立するのは、帝国宇宙艦隊司令長官ウォルフガング・ミッターマイヤー元帥と、ナイトハルト・ミュラー、エルンスト・フォン・アイゼナッハの両提督である。さらに回廊への途中で、カール・ロベルト・シュタインメッツ提督が合流する予定であった。

　また、帝国の形式的な首都である惑星オーディンからは、アウグスト・ザムエル・ワーレン提督が、遠くフェザーン回廊を経由して駆けつけつつあり、フェザーン回廊の警備へとまわされるコルネリアス・ルッツ提督の戦力をのぞいても、動員数は膨大（ぼうだい）なものである。

惑星ハイネセンの警備は、グリルパルツァー提督にゆだねられた。彼は、前年に高等弁務官としてハイネセンに派遣された故ヘルムート・レンネンカンプの旧部下であったが、抜擢（ばってき）に際しては、公正と寛容をむねとするよう、皇帝の注意をうけた。グリルパルツァーは神妙に答えた。ロイエンタール元帥のご着任まで、ハイネセンを一時おあずかりいたします、と。

オスカー・フォン・ロイエンタール元帥は、現在、帝国軍統帥本部総長の任にあるが、イゼルローン回廊の制覇がなったのちには、新領土（ノイエ・ラント）総督の称号のもとに、旧自由惑星同盟（フリー・プラネッツ）の全領域を統轄する予定である。この年、三三歳で皇帝より九歳の年長であった。新帝国（ノイエ・ライヒ）全域のほぼ半分をしめる広大な宙域を、彼は皇帝の代理人として支配することになる。征服と経略において、皇帝の貪欲（どんよく）なまでの要求を、ロイエンタールは今日までほぼ完全にみたしてきた。全宇宙の統一がはたされたのちは、これまでとことなる面――広大な占領地の司政官としての才幹を試されることになる彼であったが、才幹という点で彼にたいして不安をいだく者はいなかった。

また、イゼルローン回廊の反対側には、エルネスト・メックリンガー提督が麾下（きか）の艦隊をひきいて布陣し、ヤン・ウェンリー一党の背後を扼（やく）している。回廊の前後に、壮大な包囲の網が完成しつつあるのだった。

これらの大軍と、歴戦の名将たちをラインハルトが動員するのは、極論すればただひとりの人物を討伐するためであった。

旧自由惑星同盟軍(フリー・プラネッツ)のイゼルローン要塞(ようさい)司令官兼同要塞駐留艦隊司令官であったヤン・ウェンリー元帥。同盟の末期において、ラインハルトとその麾下の提督たちにとっては、同盟軍すなわちヤン・ウェンリーであった。酸味をふくんだ賞賛の念が、彼らの精神の水面上にも水面下にも色濃くただよっている。いかに多くの名将が、いかに多くの敗北を、ヤンひとりのためにしいられたことであろう。

辛辣(しんらつ)な表現をもってすれば、〝巨大な帝国が一個人を撃つべく、もてる武力のすべてを発動しようとしている〟のである。これは公的には、統一の完全さを期すとともに、ヤン・ウェンリーが反帝国勢力結集の核となることを防ぐという意味を有していた。

〝移動する大本営〟ともいうべき戦艦ブリュンヒルトの皇帝執務室で、今後の具体的な作戦行動を検討していたラインハルトは、ふと秘書官のヒルダを蒼氷色(アイス・ブルー)の瞳で見やって声をかけた。

「どうだ、フロイライン・マリーンドルフは、やはりいまでも予の親征に反対かな」

明敏な伯爵令嬢が、ヤン・ウェンリー一党にたいする皇帝の親征に反対であることは、周知の事実であった。美しい首席秘書官にむけたラインハルトの笑顔には、やや意地の悪い光彩がふくまれている。とはいうものの、それはヒルダを屈伏させようとするものではなく、むしろ反論を期待しているのだ。

「本心を申しあげれば反対です」

それを承知で、ヒルダはラインハルトの期待に応(こた)えた。若い眉目(びもく)秀麗な征服者が、そのような言いかたをするときは、彼のバイオリズムが上昇し、精神的な活力が若々しい芽となって出口をもとめていることを証明していた。

「フロイラインは意外に頑固だな」

自分自身の性格を無視して、だが機嫌よくラインハルトは笑った。自分でもよくわからぬ理由で、ヒルダはわずかに赤面した。

「陛下はとうに私の性格をご存じであると思っておりました」

いささかフェアでないのではないか、と、ヒルダは思う。彼女がいまでも親征に反対なのは、政治的あるいは軍事的な理由からではなく、親征の真の動機が、ラインハルトの個人的な矜持(きょうじ)と競争意識にあることを、知っていたからである。それは敵手にたいする尊敬と期待をともなっている。かりに、ヤン・ウェンリーが抵抗を放棄し、戦わずして皇帝の足もとにひざまずいたら、ラインハルトはどう反応するか。前年からそれを熱望していたにもかかわらず、ラインハルトは失意をおぼえるだろう。彼はなによりもまず、戦う対象としてヤンを認め、最高の礼節によってヤンを迎えようとしている。比類ない戦略と圧倒的な兵力をもって。

帝国軍のこのうごきにたいして、ヤン・ウェンリーはいかに反応するか。難攻不落のイゼルローン要塞にこもって堅守するか。回廊の出口エル・ファシルまで前進して艦隊戦を挑んでくるか。容易に測(はか)りがたいものがあった。

Ⅱ

現在、帝国軍の戦線は、一万光年をはるかにこす長大な光の竜となって、人類の支配するかぎりの宇宙をC字型につらぬいている。竜の頭部はイゼルローン回廊の旧同盟領方向に、尾部はイゼルローン回廊の旧帝国本土方向にある。もしイゼルローン要塞が陥落して帝国軍の手中におさまれば、竜はみずからの尾をくわえこみ、O字型の巨体で宇宙を抱きすくめることとなろう。

このように長大な行動線は、本来、軍事学の忌避(きひ)をかうものであるはずだが、かくも敵と味方の戦略的状況に優劣の差があっては、それも弱点となりそうにはなかった。イゼルローン要塞にあるヤン・ウェンリーには、大胆な行動の自由がなく、帝国軍の軍列が長く伸びていたとしても、側面を衝(つ)くことができるわけではない。帝国軍が光の巨竜であるとすれば、イゼルローン要塞は小鳥の卵でしかないように思われた。戦略的にはまさにそれほどの差異があり、ヤン・ウェンリーは戦略上のいちじるしい劣位を、おそらくは戦術上の勝利によってくつがえさねばならず、その立場はバーミリオン星域会戦のころと同様、困難きわまるものとなっている。

ただ、ラインハルトが身体の裡(うち)に飼っている、たけだけしく誇り高い有翼獅子(グリフォン)は、ヤン・ウェンリーを戦略的に追いつめ窮死させるだけではとうてい満足しそうになかったのである。

「ヤン・ウェンリーがいかに奇謀を誇ろうとも、この期におよんで軍事上の選択肢はふたつしかありえない。進んで戦うか、退いて守るか、だ。彼がどう選択し、どう予をしとめようとするか、大いに興味がある」

覇気の欲するところにしたがって、ラインハルトはうごいた。行動の自由は、戦略的優位の保障するところだった。ヤンを追いつめ、反発を期待しうるのも、宇宙の九九パーセントをすでに制圧していればこそであった。

ただ、ラインハルトは、歴史と人間をうごかすために必要なカードをすべて保有しているわけではなかった。そしてそれは、彼の偉大な敵手にも言えることであったが。

ラインハルトが予想もしなかった兇報(きょうほう)が、遠くフェザーンから地震波を送りこんできたのは、四月一九日のことである。フェザーンの代理総督官邸で爆弾テロが発生し、工部尚書シルヴァーベルヒが死亡、軍務尚書オーベルシュタイン元帥、フェザーン代理総督ボルテック、フェザーン方面軍司令官ルッツ上級大将が負傷したのだった。ほかに死傷者四一名。超光速通信(FTL)によってその報をうけたとき、遠征途上にあった金髪の若い有翼獅子(グリフォン)は、蒼氷色(アイス・ブルー)の瞳を苛烈(かれつ)に光らせてしばらく無言だった。

前進にのみ価値を見いだすようなラインハルトの行動を、見えざる汚れた鎖でしばろうとしたテロの仔細はつぎのようなものであった。

四月一二日、帝国本土から到着したアウグスト・ザムエル・ワーレン上級大将と、旧同盟領を逆行してきたコルネリアス・ルッツ上級大将とは、惑星フェザーンにおいて再会する。かつて故ジークフリード・キルヒアイスの左右両翼としてリップシュタット戦役を勝ちぬいてきた両者であったが、このとき、前者は昂揚と充実のうちにイゼルローン方面の主戦場へおもむこうとしており、後者は敗北の傷心を癒しえぬまま、この地にとどまらなくてはならなかった。

ルッツのあらたな職名は、〝フェザーン方面軍司令官〟であり、任務は新帝国における最大の交通・流通・通信上の要路を警備することである。軽視されるべき職務ではないが、ヤン・ウェンリーとの最終決戦を目前にして最前線から退くのは、武人として痛恨の思いをいだかざるをえない。それはヤンの詭計によってイゼルローン要塞を再奪還された不名誉が、つぐなわれるべき機会をえられない、ということであった。ルッツは主君と僚友たちに自分の失敗を処理してもらうことになったのである。

ワーレンは僚友にたいして同情を禁じえない。ヤンの詭計にかかり、過去に蓄積してきた武勲のすべてが無に帰するような敗北感にねじ伏せられたのは、彼も同様である。とはいえ、あからさまな同情の表明は、ルッツの傷心を負の方向へ刺激しかねない。あきらかに媚が見えすくボルテックの提案をうけて、ワーレンとルッツを対象とする歓送迎会への出席を承知したのは、僚友をなぐさめるひとつの機会にはなろうと思ったからである。開会は一九時三〇分であったが、ワーレンは左腕の義手の調子が悪く、調整をすませて会場に到着したのは一九時五五分であった。

　軍用の高性能爆薬による爆発が生じたのは、それにさきだつ一九時五〇分である。ワーレンがテロの犠牲とならずにすんだのは、ひとえに義手のおかげであるといってよかった。さらにいえば、先年の地球教本部討伐行に際して、彼に毒刃(どくじん)をふるった狂信者の功徳であるかもしれなかった。いずれにしても、事件の五分後に、彼は惨劇の場に到着し、混乱と狼狽(ろうばい)のただなかにある人々に指示をあたえて、恐慌へなだれこもうとする事態を収拾することに成功した。この無傷の提督を、人々がどれほどたのもしく感じたことか。

　シルヴァーベルヒはただちに病院へはこばれたが、多量の出血もさることながら、頭骨にくいこんだ金属片のため意識が回復せず、二三時四〇分に心臓が停止した。

　ローエングラム王朝における最高級の技術官僚(テクノクラート)が、このテロによって失われたのである。シルヴァーベルヒには、ふたつの野心があった。新王朝の社会資本と産業基盤を完全に整備し、征服につづく経済的建設の時代を招来(しょうらい)せしめること。そしてその時代を指揮する技術官僚群の中心人物として、いずれ帝国宰相の座につくこと。

「さほど大それた望みとは思わない」

　と当人は自信にみちて言いはなち、たしかに実現性も高かったであろう彼の野心は、所有者もろとも地上から消えさってしまった。

この暗殺事件のため、ワーレンはフェザーン出立の期日を延期して、事態をラインハルトに報告するとともに、シルヴァーベルヒの仮葬儀をおこない、犯人の捜査を指揮するなど、いくつもの事後処理を並行しておこなった。

「暗殺者の役たたずめ、どうせ殺害するのならオーベルシュタイン軍務尚書を吹きとばせば、賞賛してくれる者もいるだろうに」

とは、ワーレンは口にだしはしなかったが、ルッツにたいしたときと他の二者にたいしたときとで、態度に差があったことは否定しえない。オーベルシュタインにたいしては、彼は上司にたいする礼儀を順守して病室をみまい、医師の指示もあってすぐに退出した。ボルテックにたいしては、副官を代理にみまわせ、自分はルッツの病室におもむいた。ルッツは、多少なりとも彼の運命曲線が上昇していることを証明するかのように、内臓は傷ついておらず、二週間で退院可能ということであった。しかも病院のベッドにありながら、精神的な活力はむしろ増幅されていた。彼は、ワーレンのみまいの言葉に応えて、こう言ったのだ。

「あのオーベルシュタインよりはやく死んでたまるか。おれは奴の葬儀のときに、心にもない弔辞(ちょうじ)を読んで心で舌をだしてやる、それが楽しみで、今日まで戦死せずにきたのだからな」

軍務尚書も嫌われたものだ、と、自分自身の心理を棚にあげてワーレンは苦笑した。むろんルッツの心情はよくわかる。三年前のジークフリード・キルヒアイスの死をおしむ心情は、反感の矢となってオーベルシュタインの背に突き刺さっていた。

けっきょく、事件から一週間後に、ワーレンはフェザーンを出立した。ラインハルトからの命令によるもので、同地の警備と犯人捜査は、ルッツの補佐役ホルツバウアー中将にゆだねられた。オーベルシュタインとルッツが完全に回復したあとは、むろん彼ら自身にその責任がかせられるであろう。

「おそらく犯人は地球教の残党か、地下に潜行したルビンスキー前自治領主(ランデスヘル)の一党だろう。この重要な時機に、皇帝(カイザー)の御心をさわがせたてまつるとは」

ホルツバウアーは舌打ちしたが、〝この重要な時機〟であればこそ、犯人は強行手段をもって帝国軍の後方を攪乱(かくらん)しようとしたのである。その意図は、だが、はたされなかったといってよい。死亡した工部尚書シルヴァーベルヒ以上に犯人の殺意の対象となったのは、帝国軍の最高幹部三名であったろうが、オーベルシュタインとルッツは軽傷にとどまり、ワーレンは完全に無事であった。

兇報をうけた皇帝(カイザー)ラインハルトは、彼が登用した貴重な人材の死を悼(いた)んだが、イゼルローン方面への行軍が速度を落とすことは、まったくなかった。首席秘書官のヒルダことヒルデガルド・フォン・マリーンドルフに命じて、一日の服喪と、工部次官グルックの尚書職代行とを発令させたのみである。

「イゼルローン要塞を陥(おと)したあとに、シルヴァーベルヒの国葬をいとなもう。それまではすべてかりのことだ」

ヒルダにたいしてラインハルトは説明したが、それは事実のすべてではなかった。オーベルシュタインとルッツが軽傷にとどまったこと、ワーレンが予定より遅れながらもフェザーンを出立したこと、ラインハルトが征旅を中断しようとしないこと。それらの事態が犯人の焦慮をさそい、再度の犯行が企図されることを、ラインハルトは充分に洞察し、期待すらしていたのである。それに対処しうる手腕と沈着さを、オーベルシュタインとルッツには要求してよいはずであった。もしフェザーンにおける事態の変化が、テロではなく動乱と称するほどの段階にいたったときは、ワーレンに艦隊を反転させて鎮定にあたらせる。それでもなおかつ収拾が不可能となったときに、はじめてラインハルト自身がどううごくべきか問われることとなろう。そうなるまで、ラインハルトは旗艦ブリュンヒルトの艦首をひるがえす意思はまったくなかった。

首席秘書官のヒルダにしても、いまさらラインハルトに方針を変更させようとは思わない。彼女が意見を述べたのは、シルヴァーベルヒの遺族にたいする皇帝の配慮をもとめた、その一点にとどまる。ラインハルトは彼女の表情をやや誤解した、あるいは誤解したふりをよそおって、彼女に戦略上の識見をあきらかにするようもとめた。

「フロイライン・マリーンドルフは、なにか予に言いたいことがあるのではないか」

そう問われれば、彼女にもたしかに注意を喚起したいことはある。

「陛下、もしヤン・ウェンリーがイゼルローン要塞から出撃して、帝国本土へ侵攻したらどうなさいます？　メックリンガー提督の防御陣が突破されれば、あとは無人境、帝国首都オーディンまでさえぎる者はおりませんが」

「なるほど、おもしろい策だ。あるいはヤン・ウェンリーならそのていどの奇謀は弄するかもしれぬ。だが、それも彼の手もとに充分な戦力があればのことだ。名将の器量が他の条件に規制されるとは気の毒なことだな」

　ラインハルトの端麗な唇が皮肉っぽく曲線をかたちづくった。誰にむけた皮肉かは不分明であった。今日のヤンをとりまく厳酷な環境条件が形成されたのは誰のなせる業か。

「いっそあの男に五個艦隊ほどもあたえてみたいな。どれほどの魔術をみせてくれるか。さぞ興が深いものであろう」

「陛下……」

「フロイライン、予が休息するとしたら、ヤン・ウェンリーにたいする負債を、まず完済せねばならぬ。彼を屈伏させ、宇宙の統一をはたしてから、予にとってはすべてがはじまるのだ」

　巧妙に諫言を封じこまれて、ヒルダは沈黙し、皇帝の声に耳をかたむけた。

「それでさえも、予にはものたりぬ。どうせなら対等の戦略的条件で、あの魔術師とわたりあってみたいものだが……」

　はじめてヒルダは反論した。

「だとしたら、陛下、今回は戦うことなくフェザーンへ、そしてさらに帝都オーディンへご帰還くださいまし。そしてヤン・ウェンリーが兵力を蓄え、勢威を伸長させてから雌雄を決されればよろしいかと存じます。あえて窮地に立ったヤンと、戦われる必要はございますまい」

今度はラインハルトが答えない。ヒルダの諫言の痛烈さをうけとめかねたように、彼は胸のペンダントをもてあそんでいる。

Ⅲ

ウォルフガング・ミッターマイヤー元帥は、活力に富んだグレーの瞳に、やや複雑で流動的な光彩をたたえていた。彼の気質は本来、俊敏で迅速な行動を好んだ。不安の影のうちに立ちどまって考えこむ行為は、彼の欲求に反した。妻のエヴァンゼリンに求婚するときにはさんざん悩んだが、現在彼が感じている不安は、それとはことなる質のものであった。

フェザーンでの不幸な事件にかんして、ミッターマイヤーの感想は痛烈をきわめた。

「あのオーベルシュタインは死ななかったか。奴が人間であると証明する、せっかくの好機であったのにな。まあルッツが軽傷であったのはせめてもの救いだが」

彼の親友オスカー・フォン・ロイエンタールは、さらに辛辣だった。

「たんに可能性の問題として言うのだが、歩く毒薬のオーベルシュタインめが、なんらかの魂胆で一件をしくんだのだとしても、おれはおどろかぬ。だとするときっと二幕めがあるぞ」

ミッターマイヤーが一瞬、絶句するほど、それは悪意にみちた誹謗だった。

ミッターマイヤーがオーベルシュタインを嫌悪するのは本来、気質的なものである。半白髪で義眼の軍務尚書に、主張すべき理も重大な職責もあることはわかっている。だからといって、自分自身の好悪の感情を死滅させるわけにはいかないし、オーベルシュタインの理に同調する気もないミッターマイヤーであった。

いっぽう、ロイエンタールがオーベルシュタインに反発する事情は、いささかそれと趣を異にするのではないか。彼らふたりは、おなじひとつの珠玉をあらそっているのではないだろうか。両者とも、皇帝ラインハルトに自己の理想を託し、完璧であることを期待し、しかもそれぞれ理想とする色彩がことなるため、対立し衝突せざるをえないのではないか。

ミッターマイヤーの明敏さは、それを洞察しえていたが、彼を憮然とさせるのは、その洞察が正しいことと、なにかをもたらすということとが両立しえない点にあるのだった。彼が自分の考えを伝えたところで、ロイエンタールがすなおに首肯するとも思われない。オーベルシュタインにたいしては、伝える意欲が生じない。もともとあのオーベルシュタインは、自己と対立者の葛藤の意味を充分に自覚したうえで、妥協も変更も拒否しているのだ、としかミッターマイヤーには思われない。であれば、オーベルシュタインが他人に誤解あるいは敵視されるのは当然とはいわぬまでもしぜんなことであろう。ロイエンタールは、はたしてどうか。ミッターマイヤーは友人の自分以上の明敏さを信じているが、ロイエンタール自身がそれを封印して流れに身をゆだねているのではないか、との危惧を最近とみに感じるのだった。流れはおそらく滝となって深淵へ落下しているであろうに。

「長いようで短い戦いだったが、いずれにせよ、これで結着がつくさ」

「吾々にとって望ましい結着であってほしいものだな、願わくは」

ロイエンタールの旗艦トリスタンの艦上で、作戦討議の最後に彼らはそう語りあったものであった。戦いに疲れたわけではない。むしろそうではないからこそ、戦いがすべて終わったあとのことに、彼らは思いをはせざるをえないのだ。彼らの若い主君とは微妙にことなる意味で。

「ところで、あの件はどうなっている?」

ためらいがちな質問をうけて、ロイエンタールは、あまりにも有名な金銀妖瞳で友人を見やった。なかば意地悪い、なかば投げやりな声がミッターマイヤーの鼓膜をたたいた。

「さあ、知らんな、知りたくもない。卿はあの女に興味があるのか」

「おれが興味をもつのは卿のやりようだ」

ふたりは沈黙した。彼らは、ロイエンタールの子を懐妊したという女性、エルフリーデ・フォン・コールラウシュのことを考えたのだが、それ以上つづけても不毛な議論にしかなりえないようであった。ロイエンタールは、子供などほしくなかった。ミッターマイヤーは妻とのあいだに子供がいなかった。それぞれがそれぞれのかたちで、事態の理不尽さを痛感せざるをえなかったのだ。

四月二〇日、帝国軍の先陣にあってイゼルローン回廊へ肉薄しつつあるビッテンフェルト上級大将は、旗艦〝王虎(ケーニヒス・ティーゲル)〟の艦上で会議を開いた。もはや敵軍は指呼(しこ)の間にある。いずれ惑星ハイネセンを進発した皇帝(カイザー)ラインハルトの到来を待って、行軍を停止せねばならないのではあるが、全艦隊の意思統一を徹底させておく必要があった。

幕僚のひとりがこのときさかしげにひとつの提案をおこなった。

「ヤン・ウェンリーに和平を申しでるのです。イゼルローン要塞を皇帝(カイザー)ラインハルト陛下に献上し、臣従を誓約すれば、一党の生命を保障する。そればかりか、エル・ファシルなり何処かなりの惑星に自治を認め、内部では共和主義の存続を許す、という条件で」

眉をしかめたまま、ビッテンフェルトは沈黙している。副司令官ハルバーシュタット大将、参謀長グレーブナー大将らが、無言の会話を顔でひそやかにかわしあった。

「どのみち、そのような条件など順守する必要はありません。甘すぎる夢で精神に虫歯を生じたヤンめが、のこのこ要塞からでてきたら、和平の会議場で捕虜にしてしまうだけのこと。一滴の血も流すことなく、全宇宙は陛下の御手に帰します。いかがですか、この策は?」

「返事を聞きたいのか」

「むろん、うかがいたく思います」

ビッテンフェルトは肺が一時的に空になるほどの怒声をはりあげた。

「二度とそのような妄言を口にするな！　そうも醜悪な奸策を是とされる皇帝であれば、昨年、バーミリオン星域会戦のあとにヤン・ウェンリーと会見なさったとき、処刑なさって万事を安直にすましておいでになるだろう。皇帝がのぞんでおいでなのは、あの小癪な魔術師と戦うことであって、結果として奴を屈服させれば方法は問わぬということではないのだ」

オレンジ色の髪の猛将は圧倒的な眼光を部下にたたきつけた。

「陛下に無能者と呼ばれるのには、おれはたえられる。だが卑劣漢と非難されては、今日まで生命がけで陛下におつかえしてきた意味がない。そのていどのことが、きさまにはわからんか！」

ビッテンフェルトの怒声にはりとばされて、幕僚は半死半生のていたらくで退出した。まだ呼吸を鎮静させえないビッテンフェルトを見やったのち、ハルバーシュタットとグレーブナーは視線をかわして、たがいの意見に同意しあった――これあるかな、われらが司令官、と。

けっきょく、その後、会議は独創的な意見がでるでもなく終わった。もともとビッテンフェルトに完全な裁量権があたえられているわけでもない。彼自身の気質に反することだが、皇帝からあらためて命令がくだされるまでおとなしく最前線をかためているしかないのだ。

僚友のファーレンハイトから定時通信があったとき、ビッテンフェルトは冗談まじりに〝最前線の無聊〟を訴え、なにかやるべきことがないものかと相談をもちかけた。敵がさきに攻撃してくれば、皇帝が到着なさらなくとも戦闘状態にはいれるのだがな——と。

ファーレンハイトは即答しない。彼は本来、ビッテンフェルトと類似した攻勢型の用兵家だが、僚友より年長であり、皇帝が無言のうちに彼にかした責任を理解してもいた。彼は、ビッテンフェルトの鋭気を制御して、皇帝の到着まで大過なからしめねばならないのである。それは水色の瞳をもつこの勇将にとって、自分自身を制御することにもつながるのだ。

やがてファーレンハイトが提案したのは、ヤン・ウェンリーに降伏を勧告してみることであった。どうせヤンが受諾するはずもないが、皇帝の到着まで交戦する機会もおそらくないであろうから、時間を無為にすごす必要はない。敵の内情にさぐりをいれ、純軍事的な反応を遅らせる意味でも、ためしてみてはどうか。

じつのところ、ファーレンハイトはそれほど熱心に勧めたわけではない。彼自身は、戦場となる予定の宙域に無数の偵察艇を送りこむことに気をとられていた。一世紀半の昔、帝国軍が不名誉な敗北をこうむったダゴン星域が、彼らの航路にちかづいており、その固有名詞が戦場偵察にたいする関心を喚起していたのだ。したがって、ビッテンフェルトがその提案を実行したとき、ファーレンハイトはむしろおどろいたのである。まして、それがもたらすにいたった意外な効果など想像しようもなかった。

第二章　春の嵐

I

ダスティ・アッテンボローの表現によれば、〝騒々しい春の祭典〟をひかえて、イゼルローン要塞は前夜祭気分を横溢(おういつ)させている。

四月二〇日現在で、ヤン・ウェンリーの麾下に集(つど)った反帝国陣営の兵力は、艦艇二万八八四〇隻、将兵二五四万七四〇〇名であった。数量だけが問題であるなら、この数字はヤンがこれまで指揮統率してきた兵力のうち最大級のものであった。だが、艦艇は三割弱が修理や整備を必要としており、人員の二割強は同盟政府の末期に徴集された、あるいは志願した新兵たちで、訓練なしに銃をとらせることはできなかった。さらには、エル・ファシル革命政府と合体したあとの戦力の急膨張は、軍組織の再編成を不可欠としていた。後方勤務部長を兼任したまま要塞事務監に復したアレックス・キャゼルヌの脳神経回路を切り開く者がいたとすれば、あふれだす数字と構図の海であえなく溺死したことであろう。

帝国軍上級大将フリッツ・ヨーゼフ・ビッテンフェルトからの通信文がもたらされたとき、ヤン・ウェンリーとユリアン・ミンツは宿舎で朝食をとっていた。トーストと紅茶のほかにカントリーふうオムレツと青豆の濃スープとヨーグルトというメニューで、食べている当人たち以上に、傍で見まもっているヘイゼルの瞳の料理製作者のほうが幸福そうだった。努力と工夫がどうにか相応の結果をもたらす段階に達しえたようで、ユリアンはおごそかに年長の弟子の進歩を公認し、これが偶然の産物でないことを、ヤンは妻と自分のために料理の女神に祈った。

ヤンに通信文の到来を告げたのは、いまや革命軍司令官補佐らしき存在になりおおせた、未来の記録文学作家ダスティ・アッテンボローである。TV電話の画面にあらわれた彼は、卵とハムとレタスを無秩序にはさみこんだサンドイッチを片手に、事情を報告した。帝国側の発送者と同様、この通信文の受領者も、これを重要なものと考えていなかったのである。

「どうです、内容を確認なさいますか」

「そうだな、まあ見るだけは見てみるさ。こちらの画面に転送してくれ」

ビッテンフェルトからの通信文は、いちおうの礼儀をたもってはいるが、辛辣きわまるものであった。

「かつての自由惑星同盟軍随一の将師から、いまや共和主義者の残党どもの唯一の将師となったヤン・ウェンリー氏にたいし、帝国軍より通告する。平和と統一にたいする卿の抵抗は、道徳的に無益であるのみならず、戦術的に至難であり、戦略的には不可能である。賢者たる卿にそれを理解しえぬはずはない。本職は心より忠告する。卿が生命とささやかな名誉をまもりたいと欲するならば、叛旗をおろし、皇帝の慈悲をもとめられよ。本職はその仲介役を喜んでつとめるであろう。理性あるご返答を期待するや切である……」

フレデリカが論評した。

「ビッテンフェルト提督には、喧嘩を高値で売りつける才能があるようですわね。同盟に生まれて政治家になっていればよかったのに」

「ヨブ・トリューニヒト氏との舌戦が期待できたのに、かい」

だとしたらビッテンフェルトを応援するだろうな、と思いつつ、べつのことをヤンは口にした。

「唯一以外の将師としては、どう思う、アッテンボロー中将」

「文学的感受性と無縁の文章ですな」

「いや、そうじゃなくて……」

ヤンは二杯めの紅茶を口にふくんだ。フレデリカが淹れてくれたそれは、ユリアン・ミンツが淹れたものの又従兄弟ていどには味覚にこころよい。まあ錯覚のなせる業かもしれないのだが、そう錯覚できるのは幸福の支配権に属するできごとと言うべきであろう。

「こういう通信文を送りつけてきた理由をどう思う、と訊いているのさ」

「あまり意味があるとも思えませんな。皇帝自身の通信文ならともかく、あのビッテンフェルト提督がね。黒色槍騎兵（シュワルツ・ランツェンレイター）艦隊の総力をもって、アムリッツァ会戦の復讐戦をいどんでくるのが当然であり、彼らしくもあります」

その観測と判断には、ヤンも同感であった。ただ、彼がこだわったのは、彼の戦略戦術のすべてがラインハルトの知力と意思を想定して構成されたものであるから、ビッテンフェルトが皇帝（カイザー）の制御下を脱して行動するようなことがあれば、ヤンとしては短期的な対応の変化をせまられるだけでなく、長期的な計画に修正をほどこす必要が生じる可能性もあったからである。ビッテンフェルトの独自の判断から発したものか、皇帝（カイザー）ラインハルトの指示があってのことか、本気か、形式か、それとも陽動か、内紛を期待してのことか。

「返事をだしますか、閣下」

ヤンの副官であり妻であるフレデリカ・G（グリーンヒル）・ヤンがただした。他者がいるとき、この金褐色の髪とヘイゼルの瞳をもつ女性は、夫を敬称で呼ぶ。それがごくしぜんであった。

「そうだな、どう思う、ユリアン」

ヤンの被保護者であった若者は、亜麻色の前髪を指先ではねあげた。彼はヤンより一五歳の年少で、この年一八歳を迎える。「すらりと均整のとれた肢体、繊細で透明感のある容貌が若い一角獣（ユニコーン）を思わせた」という証言が後世に残される。

「放っておいても大過はないと思いますが、礼儀のうえからいうなら、あくまでもビッテンフェルト提督あてに最低限のご返事をだされてはいかがですか」

「そうだね、そんなところだろうな」

ヤンはうなずいたが、最終的な決断をくだしたようにはほかの三人には見えなかった。

「……昔日の一個艦隊にもおよばぬ寡兵で、宇宙の九割を相手に戦争をやろうというのだ。恐怖と緊張の極、発狂しても不思議ではなかった。だが発狂した者は誰もいなかった。なぜなら……」

「全員、最初から発狂していたようなものだからである」

オリビエ・ポプラン中佐が架空の文章を宙に読みあげ、アッテンボローは不機嫌な視線を肩ごしに投げつけた。高級士官用の図書室で、アッテンボローは彼のいわゆる「革命戦争の回想」なるノートにメモを書きこんでいたのだ。

「あまりさきの読める文章を書いては、読者が興ざめする以前に出版社がいやがるでしょうね、もっとこう新鮮な刺激をあたえる文章でないと」

「うるさいぞ、自称撃墜王。他人に能書きをたれるより、お前さん自身はどうなんだ。帝国軍の〝ジーク・カイザー〟に対抗する歓呼の合言葉とやらは決まったんだろうな」

アッテンボローが不機嫌になったのは、先日、若手の士官が集まっているところへ首をつっこもうとして、「三〇歳以上はおことわり」とポプランに言われたのを思いだしたからである。旧同盟軍で最年少の提督のひとりであった彼も、この年三一歳になる。昨年、三〇歳を迎えよ

うというとき、

「おれはシェーンコップ中将みたいに悪いことはなにもしていない。それなのになんだって三〇歳にならなくてはならんのだ」

なかば憮然、なかば奮然として、アッテンボローは自然の不条理を攻撃したものであった。〝生きた不条理〟と名ざされたワルター・フォン・シェーンコップのほうは、ややとがりぎみのあごをなでて悠然と応じたものである。

「おれとしては、なにも悪いことをできなかったような甲斐性(かいしょう)なしに、三〇歳になってもらいたくないね」

……アッテンボローの反撃に、ポプランは陽気にうなずいた。

「決まりましたよ。ビバ・デモクラシー!」

「なんだ、けっきょくそれにしたのか。華麗さに欠けるとか言ってたくせに」

「じつはもうひとつ、あることはあります」

「拝聴しよう」

「くたばれ、皇帝(カイザー)!」

そのほうがいい、前者よりはるかに共和主義的表現力に富む、と、未来の記録文学作家はあやしげな造語を使って批評し、不意ににがにがしげな表情をつくった。

「……しかし、けっきょく、皇帝(カイザー)の名を借りんことには、歓呼の台詞ひとつつくれんか。おもしろくもない、おれたちは言語的寄生虫とでもいうべきかもしれんな」

アッテンボローとポプランとのあいだでかわされたものにくらべれば、はるかに深刻で陰気な相談が、エル・ファシルの独立革命政府の内部でひそかにおこなわれていた。帝国軍の全面侵攻の風圧をうけ、イゼルローンの革命予備軍司令部と連絡をとりつつ対応に追われているロムスキー主席のもとに、政府運営委員のひとりが提案をもちかけたのである。内容はつぎのようなものであった。

ヤン・ウェンリーにどれほど奇謀の冴(さ)えがあろうとも、圧倒的な大軍の前に敗北は必至である。しかもヤンが敗れたときは、エル・ファシルも命運を共有せねばならぬ。この際、吾々(われわれ)は革命政権とヤンおよび彼の一党とのいずれかを選択しなくてはならないのではないか。ヤン一党とイゼルローン要塞とを帝国軍にひきわたし、代償として革命政権の自治を認めさせてはどうだろうか。まず、帝国軍が自治を認める提案をしてきた、と称してヤンをイゼルローン要塞からおびきだし、これをとらえれば、イゼルローン要塞は無力化する。それからおもむろに帝国軍と交渉すればよい……。

これは帝国軍の陣営において、ビッテンフェルトが一蹴(いっしゅう)したものと同種の策略であった。まことに皮肉なことに、ヤン・ウェンリーの政治的構想は、低い次元の策士たちによってその弱点を把握されていたのである。帝国との和平、共存がその最終的な目標であり、それを提示されたとき拒否することはできない、と。

　ドクター・ロムスキーは、なかば呆然として委員の顔を見かえし、数十秒がかりでようやく理性の崖上にはいあがることができた。はげしく頭をふって拒否の意をしめす。

「いや、そんなことはできない。ヤン提督を招いてその声望と武力を借りようとしたのは、もともと吾々だ。それを裏切れば、民主共和政それじたいの精神的な清潔さが否定されてしまう。レベロ評議長を暗殺した軍人どもが皇帝（カイザー）にどう遇されたか考えてみたまえ。だいいち、そんな恥ずべきことは私はいやだ」

　ロムスキーの決断は、むしろ非政治的なものであり、個人レベルの羞恥心の発現でしかなかった。だが、それゆえにこそ、彼は、自由惑星同盟（フリー・プラネッツ）評議会議長ジョアン・レベロがこうむった不本意な悪評から無縁でいることができたのである。彼には現実処理の才能があきらかに不足していたが、歴史の一時期においては理想を現実に優先させるべきであることを、あるいは無意識のうちに承知していたのかもしれない。

　いずれにしても、ロムスキーの決断によって、ヤンはふたたび文民政府から帝国へ売りわたされる危機を、このときは回避しえたのであった。

Ⅱ

ヤンは全知でも全能でもなかったから、自分にむけられる悪意と策動のすべてを、むろん察知しえるはずもなかった。だいいち、彼の眼前ではラインハルト・フォン・ローエングラムという巨大な恒星が燦然たるかがやきを放っており、小惑星のうごめきなど目にとまるものではない。

ちかづく決戦を前に、ヤンは自分の立場を再確認していた。自分はなぜ戦うのか。どうして皇帝ラインハルトから、自治領の成立という約束をもぎとらねばならないのか。

それは、民主主義の基本理念と、制度と、それを運用する方法とにかんして、知識を後世に伝えなくてはならないからだ。たとえどれほどささやかであっても、そのための拠点が必要なのだ。

専制政治が一時の勝利をしめたとしても、時が経過し世代が交替すれば、まず支配者層の自律性がくずれる。誰からも批判されず、誰からも処罰されず、自省の知的根拠をあたえられない者は、自我を加速させ、暴走させるようになる。専制支配者を罰する者はいない——誰からも罰されることのない人物こそが、専制支配者なのだから。そして、ルドルフ大帝のような、ジギスムント痴愚帝のような、アウグスト流血帝のような人物が、絶対的権力というローラーで人民をひきつぶし、歴史の舗道を赤黒く染色する。

そのような社会体制に疑問をいだく人間が、いずれ出現する。そのとき、専制政治とことなる社会体制のモデルが現存していれば、彼らの苦悩や試行錯誤の期間をみじかくしてやれるのではないか。

それはささやかな希望の種子でしかない。かつて自由惑星同盟（フリー・プラネッツ）政府が呼号したような、〝専制主義に死を！　民主主義よ、永遠なれ〟という壮大な叫びではない。ヤンは政治体制の永遠を信じてはいなかった。

人間の心に二面性が存在する以上、民主政治と専制・独裁政治も時空軸上に並存する。どれほど民主政治が隆盛を誇っているかのような時代でも、専制政治を望む人々はいた。他者を支配する欲望によるだけではなく、他者から支配され服従することを望む人がいたのだ。そのほうが楽なのだ。してもよいことと、やってはいけないことを教えてもらい、指導と命令に服従していれば、手のとどく範囲で安定と幸福をあたえてもらえる。それで満足する生きかたもあるだろう。だが、柵の内部だけで自由と生存を認められた家畜は、いつの日か、殺されて飼育者の食卓にのぼらされるのである。

専制政治における権力悪が、民主政治におけるそれより兇暴である理由は、それを批判する権利と矯正する資格とが、法と制度によって確立されていないからである。ヤン・ウェンリーは国家元首であるヨブ・トリューニヒトとその一党をしばしば辛辣に批判したが、それを理由として法的に処罰されたことはない。いやがらせをうけたことは一再ではないが、そのたびになにかべつの理由をみつける必要が、権力者にはあった。それはひとえに、民主共和政治の建前——言論の自由のおかげである。政治上の建前というものは尊重されるべきであろう。それは権力者の暴走を阻止する最大の武器であり、弱者の甲冑であるのだから。その建前の存在を後世に伝えるために、ヤンはあえて個人的な敬愛の念をすてて専制主義と戦わねばならないのだ。

それらの再確認作業に、実務的な思考がつづく。戦争の天才である皇帝(カイザー)ラインハルトに勝つには、どのようにすればよいか。

回廊の外に艦隊を展開すれば、多数の帝国軍に包囲されることはあきらかである。その態勢から帝国軍を回廊内にひきずりこもうと企図しても、用兵の神速を誇るミッターマイヤー元帥などが急進して回廊の入口を遮断されれば、すべての戦術は未発のまま、大兵力によって包囲殲滅(せんめつ)される結果を生むのみであろう。

「やはり、回廊内にひきずりこむしかないか」

とはいえ、それで勝てるという保証もありはしない。

皇帝(カイザー)ラインハルトを回廊内にひきずりこむとしても、相反するふたつの方法がある。故意に敗れて、皇帝を勝利に驕(おご)らせるか。全力をあげて勝利をおさめ、皇帝を敗北の恥辱に逆上させるか。

「どちらもだめだな」

自分自身でヤンは論評した。わずかな勝利に驕ったり、一時的な敗北に逆上したりするラインハルトであるなら、ヤンはいますこし苦労をすくなくできるはずであった。そもそも旧ゴールデンバウム王朝の一将帥であった当時から、ラインハルトはまず戦略レベルの条件を完全にみたし、しかるのちに戦術レベルで創造の才を発揮してきたのではなかったか。アスターテ星域の会戦における各個撃破の妙は、ラインハルトにとってはほとんど余技というべきで、それ以後の戦役における大兵力の運用、補給の完備、部下の人事、地の利の確保、開戦のタイミングこそが彼の才能の偉大さを真に証明するものといえる。自由惑星同盟(フリー・プラネッツ)の末期における戦いは、すべてラインハルトの設定した戦略的状況のなかでおこなわれ、戦場で最初の砲火が放たれる以前に、優劣は決していたとさえいえるのだ。

イゼルローン要塞は戦略的な意義を有しない。回廊の両端が帝国の軍事支配下にあり、閉ざされた袋のなかに孤立している——ヤンはそう思っていた。だが、これは短慮であったかもしれない。帝国軍の行動線と補給線がこれほど長大にならざるをえないのは、イゼルローンが帝国軍の手中にないからである。これは軽視してよいものではない。

戦術的な意義はなお巨大である。イゼルローン要塞は純粋な武力の行使にたいしてはいまだに難攻不落であり、要塞主砲〝雷神(トゥール)のハンマー〟は比類ない破壊力の証明であるのだ。

さらに政治的な意義がある。難攻不落のイゼルローン要塞に不敗のヤン・ウェンリーが拠(よ)って新王朝に抵抗をつづける——その事実じたいが、民主共和政の存続を全宇宙に宣言することになり、それを支持する人々の精神的なささえになるのだ。その点、不本意ではあってもヤンは自分に偶像としての価値が存在することを、認めざるをえなかった。

　だが、どのような意義を有する存在であれ、講和のためならイゼルローンなど帝国にくれてやる。いざとなれば、ヤンのなつかしむこの要塞も、政治的な取引の材料でしかない。

　それにしてもいま彼我(ひが)の軍事力の差を誇示されれば、戦術レベルで優劣を競うのもばかばかしくなる。本来はそうなのだが、帝国の軍事力の巨大な壁には亀裂の生じる余地があった。

　軍神の申し子たる金髪の覇者は、ヤンと戦いたいのである。それをヤンは知っている。彼が勝機をつかみうるとすれば、ラインハルトが有する心理上の間隙(かんげき)に乗じるしかないのだった。

　ヤンの構想は、およそ大それたものである。戦術レベルの勝利によってラインハルトを講和にひきずりこみ、内政自治権を有する民主共和政の一惑星の存在を認めさせようというのだ。それはエル・ファシルでもよい、もっと辺境の未開の惑星でもよい。その惑星を除いた全宇宙を専制の冬が支配するとき、ひ弱な民主政の芽を育てる小さな温室が必要なのだ。芽が成長し、試練にたえる力がたくわえられるまで。

　それにはラインハルトに勝たねばならないとヤンは思うのだが、あるいは負けたほうがむしろよいのだろうか。ヤンが敗北したあとには、ラインハルトはヤンにしたがった将兵たちを厚く遇するだろう。最高の礼をもって彼らを送りだし、彼ら個々人の将来にかんするかぎり放任してくれるだろう。

あるいは、ほんとうにそのほうがよいのかもしれない。ヤンにできることには限界があり、ヤンの存在がないほうが、彼の部下たちにとって未来はゆたかさをますのではないか。

執務室に紅茶をはこんできてくれたユリアンに、ヤンはデスクに両脚を投げだしたまま語りかけた。

「皇帝(カイザー)ラインハルトは、私と戦うことを欲しているらしいよ。その期待を裏切るような所業(まね)をしたら、彼は私を永久に赦さないだろうな」

いささか冗談めいてはいるが、その洞察は正しいのではないか、とヤンは思っている。であればこそ、ヤンとしてもラインハルトとの戦いを回避しえないのだ。ユリアンの淹れてくれた紅茶は、あいかわらず完璧だった。満足の吐息がもれる。

「じつのところ、そう考えるのが増長のかぎりであってくれればいいと私は思っている。だが、彼は私を実像以上に大きく評価してくれている。名誉なことのはずなんだが……」

バーミリオン星域会戦のあと、ラインハルトは一度は彼に手をさしのべた。自分に臣従すれば重くもちいることを約束してくれたのだ。それを拒絶したのはヤンのほうである。故ビュコック提督とおなじように、ヤンも専制支配者の手をにぎることはできなかった。その手がどれほど美しく、温かいものであったとしても。ラインハルトにラインハルトの性(さが)があるように、ヤンにもヤンの性があって、それから自由にはなれなかった。

ユリアンはかるく応じた。

「それは宿命というやつですか」

ヤン・ウェンリーは眉をしかめた。ユリアンは赤面した。自分の使った言葉が彼自身の生命や思惟をこめたものでないと自覚したのだ。どれほど未熟であっても、それがユリアン自身の考えだした言葉であれば、ヤンの反応はいつも真剣であたたかだった。

「運命というならまだしもだが、宿命というのは、じつにいやな言葉だね。二重の意味で人間を侮辱している。ひとつには、状況を分析する思考を停止させ、もうひとつには、人間の自由意志を価値の低いものとみなしてしまう。宿命の対決なんてないんだよ、ユリアン、どんな状況のなかにあってもけっきょくは当人が選択したことだ」

半分以上は、自分自身に言いきかせるための言葉だった。

ヤンは、自分の選択を〝宿命〟という便利な言葉で正当化したくなかったのだ。自分が絶対的に正しいのだ、と思ったことはヤンは一度もない。いつも、もっとよい方法があるのではないか、より正しい道があるのではないか、と思いつづけてきた。士官学校の一学生だったころも、大軍を指揮する身になってからもそうだった。彼を信頼してくれる人、彼を非難する人は多く存在したが、彼にかわって考えてくれる人はいなかった。だからヤンは、自分の才能と器量の範囲内で考え、思い悩まなくてはならなかったのだ。〝宿命〟と言ってすませられるなら、そうしたほうがずっと楽だった。だがヤンはまちがうにしても自分の責任でまちがいたかったのだ。

ユリアンは敬愛する提督の姿を凝視していた。六年前、はじめてヤンに会ったときとくらべて、ユリアンは身長が三五センチも伸びた。いま彼は頭髪を五ミリほど伸ばせば一八〇センチにとどく。すでにヤンを追いこしているのだ。もっとも、そんなことはユリアンにとってなんら自慢の種にはならなかった。身長ばかり伸びて、精神的知的な成長がそれにともなってはいないような気がする。

ユリアン・ミンツにたいして、後世の歴史家たちの見解は、ほぼ一致している。「偉大とまではいえないにしても、有能で誠実な指導者であり、歴史上に小さからざる業績を残した。自分のはたすべき役割を承知し、過信にも独善にもおちいることなく、前人のあとをついでよく才能をしめした」と。

むろん、いっぽうには辛辣な評価も存在する。

「ユリアン・ミンツは、ヤン・ウェンリーのきわめて映りのよい磨かれた鏡であったが、それ以上の存在ではない。民主共和政体や戦略戦術にかんする彼の思想は、すべてヤンから相続した遺産であり、彼の独創になるものではない。ヤンは独断的であるにせよ、政治と軍事の両方面における哲学者であったが、ユリアン・ミンツは両方面における技術者であったにすぎない……」

この評価は、一点の事実を無視している。それはユリアンが意識してヤン・ウェンリーの思想を忠実に実行する技術者であろうとしたことである。その生きかたじたいをけしからぬという評価のしかたもあるだろうが、ユリアンがヤンをしのごうとして失敗したとしたら、どのように言われたことだろうか。身のほど知らず、と罵倒されたにちがいない。ユリアンは身のほどを知っていた。それが気にくわないという人もむろんいるであろう。かつてヤンがユリアンにむかって言ったことがあった。

「半数が味方になってくれたらたいしたものさ」

Ⅲ

高級士官クラブで、ヤン艦隊の〝問題おとな〟ふたりが、ウイスキー・グラスを片手になにやら語りあっていた。

「あれはべつに隠し子ではないさ。おれ自身も存在を知らなかったのであって、意図的に隠していたわけではない。公明正大なもので、誰からも後ろ指をさされる筋ではないさ」

「カリンが聞いたら、後ろから蹴とばしたくなるでしょうな」

後ろ指をさされるていどですむものか、と、オリビエ・ポプランの緑色の瞳が毒づいている。

ふたりは、シェーンコップの娘であるカリンことカーテローゼ・フォン・クロイツェルを、チーズやクラッカーといっしょに酒の肴にしているのだった。たとえ内心で真剣そのものだとしても、生命がけでもそうは見せないのが、彼らに共通した病癖である。

彼らから離れた席で、ダスティ・アッテンボローがグラスをかたむけている。同席を勧められたのだが、不純菌に感染するのがいやだと称して、ちかづこうとしない。どうも先日の〝三〇歳以上はおことわり〟の件ですねているらしい、と、ユリアンは思う。最初は孤高を気どっていたアッテンボローも、退屈になったらしく、廊下を歩いていたユリアンにお相伴を申しつけたのである。ユリアンがようやく一杯飲みおえるあいだに、アッテンボローは三回グラスを空にして、べつに顔を赤くするわけでもなく、決戦をひかえてヤン艦隊の幹部たちにいっこう恐怖の色がみえないことを述べ、それをヤンの為人のせいにした。

「司令官の人格的影響力、いや、汚染力のおそるべきこと、おそるべきものだ。連中だってヤン艦隊誕生以前は、まじめでかたくるしい軍人さんだったにちがいないぜ、まるでメルカッツ提督みたいにさ」

「例外もあるんじゃないですか」

「シェーンコップ中将のことか?」

「あの人だけじゃないと思いますけど……」

「じゃ、オリビエ・ポプランだな。あいつも生まれつき性格がよくなさそうだ」

アッテンボローは人の悪い笑顔でユリアンの苦笑をさそった。アッテンボローのヤンとの交際は士官学校以来、一五年にもなろうというのだから、〝汚染度〟からいえばシェーンコップらの比ではないはずである。

「いいことを教えてやろうか、ユリアン」

「なんです?」

「この世で一番、強い台詞さ。どんな正論も雄弁も、この一言にはかなわない」

「無料(ただ)で教えていただけるんでしたら」

「うん、それもいい台詞だな。だが、こいつにはかなわない。つまりな、それがどうした、というんだ」

アルコールのせいにしたいところだが、ユリアンの反応はやや遅れた。アッテンボローはひとりで笑うと、先日、帝国軍のビッテンフェルト提督からもたらされた通信文に彼の名で返事をだす、と告げた。

「あまりおちょくるとあとがこわいですよ」

「ユリアン、正面からまともに戦って帝国軍に勝つ目算(もくさん)は?」

「皆無ですね」

「簡潔でよろしい。ということはだ、ここでなにかやらかしても、いまさら勝率が低くなることはありえない。したがって、なにをやらかしても不つごうではない、ということだ」

「三段論法にもなっていないような気がするなあ」

「それがどうした」

自称青年革命家は、不敵というより悪童の表情で、あらたな一杯をグラスにそそいだ。

「伊達（だて）と酔狂（すいきょう）でやってるんだ。いまさらまじめになっても帝国軍のまじめさにはかなわんよ。犬はかみつく、猫はひっかく、それぞれに適した喧嘩のやりかたがあるさ」

ユリアンはうなずいて、空のグラスを指先で回転させた。アッテンボローの誘いに応じたのは、彼のほうにも多少の理由があったのだ。つい先刻、ユリアンはカーテローゼ・フォン・クロイツェルと喧嘩らしきものをやってしまったところだったのだ。それについて沈黙しているのは、からかわれそうな気がしたからだった。

「喧嘩するほど仲がいいとは、けっこうなことだ」

まったく冗談ではない。カリンが単座式戦闘艇スパルタニアンの操縦教本のページに視線を落としながら、整備用具をはこんでいるのを見て、器用だなと思っていると、もろに壁にぶつかりそうになって、教本も用具も落としてしまった。ひろうのをてつだってやって、一言二言話しているうちに、なぜか、ありふれた社交的会話から逸脱してしまったのだ。とにかく最初に弾丸を発射したのはカリンのほうだったはずである。

「中尉はわたしみたいに無器用じゃなくて、なんでもよくおできになるそうですね」

ユリアンよりはるかに洞察力と感受性に劣る者であっても、カリンの真意を誤解するのは困難であったにちがいない。カリンの辛辣な言葉にどう対応するか、その判断はさらに困難だった。無言でいるわけにもいかず、ユリアンは、彼の脳裏におさまる言語ファイルのページをめくった。

「なんでもできる人たちが周囲にいるから、なにかと教わっているだけだよ」

「ええ、いい教師にめぐまれているとうかがいます」

つまり自分はカリンに嫉妬されているのだろうか、と、ユリアンはいささかおぼつかなく考えた。彼が、カリンの父親や、ポプラン中佐や、その他の人々にかこまれて成長したことが、彼女には、度をこした特権の独占に見えるのかもしれない。なにしろカリンは生まれてから今日までの一六年間に、父親と一度しか会話をかわしていないのだ。それも慈愛にみちたものとは称しがたい雰囲気のなかで。自分が父娘の仲に立てたら、とも思うが、ポプラン中佐でさえ順調にいかぬものを、彼がこなせようはずがない。ユリアンはややためらったあげく、彼の言語ファイルにならんだ言葉のなかから、もっともつまらない一言を選択してしまった。

「シェーンコップ中将はいい人だよ」

語尾に後悔の触手がまつわりついてきた。カリンが軽蔑と皮肉をまぜあわせて反感で彩色したような視線を投げつけてくる。

「そうですか、男からみたらさぞうらやましいかもしれませんね。やりたい放題、女なら誰でもいい人ですから」

ユリアンはむっとした。後悔の触手がきれて、腹だたしさが今度は語頭にまつわりつく。

「一方的な言いかただね。きみのお母さんは、男からみて誰でもいいというていどの女性だったのかい」

少女の青紫色の瞳に、ほとんど純粋な怒気がひらめいた。

「そんなことをあなたに言われなきゃならない理由はないわ――いえ、ありません、中尉」

つけくわえたのは、礼儀ではなくその反対の意思からだろう。

「言わせるようにしたのはきみだよ」

自分は寛容でも賢明でもないことを口にしているな、と、ユリアンはにがにがしく自覚せざるをえない。シェーンコップやポプランの精神的な成熟なり余裕なりがうらやましく思えるのは、このようなときだ。自分が賢そうに、また器用そうにみえるとしたら、それは相手の器量が自分よりうえで、自分があわせやすいようにしてくれるからだ。ヤン、キャゼルヌ、シェーンコップ、ポプラン、アッテンボロー……彼らと比較して、自分はなんと未熟で狭量であることか。年下の女の子ひとり、うけとめてやることができないのだから。

けっきょく、往復の平手うちにもまさるひとにらみを残すと、カリンは〝薄くいれた紅茶の色の髪〟を勢いよくひるがえして、〝歩く〟と〝走る〟の中間値で立ちさってしまった。ユリアンは、天使が通りすぎようとして転んで起きあがるほどのあいだ、その後ろ姿を見送り、感情と理性をともに整理しえないまま、アッテンボローの酒の相手をつとめるはめになったのである。

おまけにユリアンは、不在の場所で午後のお茶のつまみにされていた。激務の合間にわが家でひとときの休息をえたアレックス・キャゼルヌが、ふたりの娘にまつわりつかれながら、偶然に目撃したユリアンとカリンの口論めいた会話について、夫人に語っていたのだ。これでうちのシャルロット・フィリスが有利になる、とは言わなかったが。

「どうもユリアンの奴、思っていたより無器用だな。気のきいた男なら、女の子のあしらいかたなんぞ心えていていい年齢(とし)だが」

「あら、ユリアンはもともと無器用な子ですよ」

キャゼルヌ夫人は、手製のチーズケーキを切りわけながら、さりげなく夫の見解を修正した。

「それは勉強はよくできるし、習ったこと学んだことはよくこなすけど、自分の生きかたをまもってほかの楽な道に目もむけないというのは、器用な人間の生きかたじゃありませんよ。ヤンさんの側にいて影響をうければ、そうなってしまうでしょうね」

「つまり保護者の責任か」

「ユリアンを保護者にひきあわせた人の責任はどうなるんでしょうね」

「……あのときお前は反対しなかったじゃないか！」

「当然です。いいことだと思いましたからね。いまでもそう思っていますよ。あなた、めずらしくいいことをしたから後悔なさってるんですか？」

チーズケーキを二口でのみこむと、敏腕をうたわれる軍官僚は、早々に、彼を待ちこがれる書類の山のなかへもどっていった。

Ⅳ

不謹慎ななかにも、それなりに緊張は高まっているらしく、ヤン艦隊の士官たちは、ささやきかわす声に興奮の淡い色をにじませるようになった。

「黒色槍騎兵(シュワルツ・ランツエンレイター)と正面から戦うつもりなら、まず戸籍を抹消してからにすべきだろうな。どうせなら結婚と離婚を一度ずつやっておくんだった」

「ひとりでかよ。器用な奴だな」

「お前、背中にあいた穴で呼吸したいか!」

「まあ、いずれにしても、おれたちは蟷螂(とうろう)の斧をふりかざしているのさ。それでも急所に命中すれば、巨象をよろめかせることだってできるかもしれん。やってみる価値はあるだろうよ」

ヤンの部下たちは、司令官ほど理論武装に苦労していなかった。むろん代表はダスティ・アッテンボローである。

彼は宣言どおり、帝国軍のビッテンフェルト提督にたいする通信文の返事を書きあげたのだが、第一稿は下品すぎたので破棄し、第二稿は過激に思えるのであらため、第三稿をヤン司令官のもとへ提出して発信の許可を請うたのである。

「つまりこれが上品で穏健だというわけかい」

どことなく、生徒の作文を採点する教師の表情でヤンは首をふった。戦艦ユリシーズの艦上、幕僚会議の席である。

「連年、失敗つづきにもかかわらず、そのつど階級が上昇する奇蹟の人ビッテンフェルト提督へ。貴官の短所は、勇気と思慮の不均衡にあり。それを是正したく思われるならわが軍を攻撃されよ。貴官は失敗を教訓として成長する最後の機会をあたえられるであろう……」

肩をすくめて、ヤンは文面を隣席にまわし、黒ベレーをぬいで髪をかきまわした。

「さぞビッテンフェルト提督は怒るだろうな」

「まさにそれが狙いです。もともと多すぎる血の気が、全部頭にのぼってしまうでしょう」

〝失敗ばかりしている男〟という、負のイメージがビッテンフェルトにはあるが、これは公正な評価であるとは言いがたい。彼が柔軟さを欠く用兵によって失敗したのは、アムリッツァ会戦の一回のみであって、自由惑星同盟軍や門閥貴族連合軍を相手とした無数の戦闘で、つねに勝利をおさめている。その剛性の破壊力は、僚友であるロイエンタールやミッターマイヤーさえ認めざるをえないところだ。だが、アッテンボローとしては、この際に必要なのは事実を分析することではなく、イメージを誇張することなのであった。

「アッテンボロー中将の意図はわかるが、あまり洗練された文章とはいえんな。品性というやつを貴官を基準にして考えないほうがいいぞ」

　ワルター・フォン・シェーンコップがそう否定的な評価をくだすと、アッテンボローは眉をうごかした。

「洗練された文章を、相手がそのまま理解できるとはかぎるまい。ビッテンフェルト提督が売りつけてきた商品に、付加価値をつけて送りかえしてやるだけのことさ。効果はあると思うのだが」

「いきりたったビッテンフェルトが猪突してくる、か。皇帝から自制の命令がでているにちがいない。奴とてかるがるしく妄動するものか」

　あるいは逆に、挑発が帝国軍の全面侵攻を誘発し、こちらの準備が万全のものとならないうちに本格的な戦いにひきずりこまれてしまうかもしれない。ましてファーレンハイト、ビッテンフェルトともに百戦錬磨の指揮官である。多少の小細工など粉砕してしまうだけの能力と実力を有しているのだ。シェーンコップの見解は、ごくまっとうなものであったが、こと艦隊戦となると、陸戦指揮官たる彼の出番がないため、他人の作戦案にたいする評価が辛くなる、という説もあるのだった。

「辛くなる？　冗談じゃない、それじゃまるで普段が甘いみたいじゃないか」

　とはポプランの声である。

このとき意外な人物が手をあげて発言をもとめ、アッテンボローの案を支持した。旧帝国軍の上級大将ウィリバルト・ヨアヒム・フォン・メルカッツであった。

「帝国軍の先頭は、かの黒色槍騎兵(シュワルツ・ランツェンレイター)艦隊とファーレンハイト艦隊だそうです」

ヤンからそう告げられたとき、

「ほう、ファーレンハイト」

メルカッツはつぶやき、感慨の薄い煙を、初老の顔の前にたゆたわせたものだった。

「あの男と私とは、いささか奇妙な因縁がありましてな、現在は宇宙の端と端とに立っていますが、つい三、四年前には艦列をならべてともに戦ったものです……共通の敵軍と」

メルカッツの副官ベルンハルト・フォン・シュナイダーが、やや気づかわしげな視線を敬愛する上官にむけた。帝国から同盟へ、転身というより流転(るてん)したメルカッツの今日は、リップシュタット戦役終結の直前に、彼自身が選択したものではあるに相違ないが、その選択肢を上官にしめしたのはシュナイダーなのである。それがはたして正しいことであったかどうか、ときとして自己懐疑にかられる昨今の彼であるらしかった。

達観している、というべきか、メルカッツは帝国本土に残したまま生別した妻子のことを口にしたこともない。黙々として、ヤン艦隊の参謀長と査閲(さえつ)監をかねたような任務をはたしている。軍服は帝国軍時代のままなのだが、その点については、なにかと口うるさいムライ中将でさえ異をさしはさまなかった。

「亡くなったビュコック元帥に、帝国軍の軍服が似あったとは思えんね。それとおなじで……」

あとを省略したヤンの意見を、全員がうけいれていた。

ゆっくりとした、沈着な口調で、いまメルカッツは話している。

「もしビッテンフェルト、ファーレンハイトの両艦隊だけでも各個撃破の対象にすることができたら、多少なりと戦力格差を縮小することがかないましょう。やってみる価値はあるかもしれませんな」

シェーンコップがうさんくさげな表情をつくったのは、重厚かつ謹厳なメルカッツがついにヤン艦隊の悪しき気風に染まったのか、と思ったからかもしれない。むろんその気風から、シェーンコップ自身は孤高をたもっているつもりなのであろう。それは彼ひとりのことではなく、気風を形成した責任者の全員が思いこんでいることである。おそらく唯一の無実の男メルカッツが淡々とつづけた。

「その通信文を送ると同時に、わが軍が突出したら、それを回避して後退するような行為は、よもやしますまい。彼らの性格以前に、攻撃にたいしては応戦せざるをえないはずです。まず彼らをたたき、しかるのちに皇帝ラインハルトの本軍と対峙すれば、誇り高い皇帝に心理上の先制をくわえることができるかもしれません」

賛成賛成、と熱心につぶやいたのはアッテンボローである。ヤンはぬいだ黒ベレーを両手でもてあそびつつ沈黙している。

「その策を使うにしても、相手が黒色槍騎兵であれば、撒餌をもった手を肘から喰いちぎられるおそれがありますな」

ムライ中将が、彼らしい慎重論を口にした。失敗したときのリアクションについて同僚たちに注意をうながすのが、ヤン艦隊における彼の存在意義のひとつである。もっとも、ヤンはともかく、シェーンコップやアッテンボローがその価値を正当に認めているとは、ユリアンなどには思われない。

「……吾ながら、こいつは悪辣だが」

つぶやいたヤンの、黒い瞳の奥で、智略の火打石が勢いよくぶつかりあうのを、フレデリカとユリアンは発見した。ヤンは身体ごと、顧問格の初老の軍人にむきなおった。

「メルカッツ提督、お名前を拝借させていただきたいのですが、よろしいでしょうか」

他人が知ればペテン師の汚名がいやますに相違ない思案が、彼の脳裏にこのとき浮かびあがったのである。

V

それはけっして大きすぎる声ではなかったし、不気味なうなり声というわけでもなかった。ヤンの聴覚が敏感にそれをとらえたのは、昼間、ユリアンの表情や動作がどことなく精彩を欠くものに思われて、その印象が記憶回路の一部で残光を点滅させていたからだろう。もっとも、軍艦内部にあっては、高級士官の私室といえども、せまくかつ壁が薄いことはいかんともしがたい。

ヤンは宇宙暦(SE)七九四年以来、ユリアン・ミンツの保護者だった。尻尾の見えない悪魔アレックス・キャゼルヌがそうとりはからった結果だった。最初の対面のとき、ユリアンの身長はヤンの肩にもとどかなかった。亜麻色の髪の、聡明そうな瞳をした男の子だった。小さな身体には、ヤンのもちあわせない、いくつかの美徳がつまっていた——勤勉さと整理にたいする情熱とである。

ヤンはベッドからおりると、パジャマの上からナイトガウンをはおった。妻のフレデリカは眠っていたが、あるいは眠ったふりで夫がベッドをでていくのを黙認してくれたのかもしれない。

ドアをあけて、ガウン姿のヤンが頭をかきながら、

「こんばんは」

と言うのを見たとき、ユリアンは自分のため息まじりの声が聴かれたことを知った。

「すみません、おさわがせして。なんだか今日はいろんなことがあって、自分が未熟な人間だ

ってことを思い知らされて、それでつい大声をだして発散させたくなったんです」

それがまた未熟さのなせる業なのだろう、と、ユリアンは赤面する思いだ。ヤンはあごをなで、興味をこめたおだやかな視線を若者にむけた。

「いや、お前はべつに未熟じゃないよ。いわばまあ半熟だな」

魔術師だの智将だのと喧伝される男は、それで冗談まじりの慰撫をしたつもりらしかった。ユリアンが返答できずにいると、ヤンは壁面の一部につくりつけられたサイドボードから、ブランデーの瓶とグラスをとりだして、かるくかかげてみせる。

「まあ、どうだ、一杯」

「ありがとうございます、でもいいんですか、寝室をぬけだしてきたりなさって」

直接には答えず、ヤンはふたつのグラスに、彼としては注意深く琥珀色の酒をそそいだ。

「キャゼルヌ中将がなげいていたよ。おれには息子と酒を飲みかわす楽しみがない、とね。善良な後輩を長いあいだいびってきた応報だろうさ、いい気味だ」

善良さとほど遠い台詞を口にして、ヤンは自分のグラスとユリアンのそれを触れあわせた。強い芳香の鋭い触手を嗅覚に感じながら、ユリアンはグラスをかたむけ、むせかえった。

「おとなになるということは、自分の酒量をわきまえることさ」

えらそうなことをヤンは言うのだが、むせかえったユリアンには反論できなかった。

その夜、ベッドに腰をかけて夜明けまで語りあったことを、ユリアンはのちのちまで忘れなかった。ヤンは恋愛にかんしてはたいして意見を述べなかった。人それぞれが身をもって感得しなければならないことであり、一生かけても悟りえない人もいるのだ。もっとも、アレックス・キャゼルヌなら言ったであろう——ヤンが男女間の心理について他人にお説教するなんて、皇帝（カイザー）ラインハルトの大軍に孤軍（こぐん）でたちむかう以上に大それたことだ、と。

実際、ヤンがやっていること、やろうとしていることは大それたことだった。

皇帝（カイザー）ラインハルトが征服者として悪逆非道であり、無益な流血と収奪をこととする者であるなら、抵抗もしやすいのだ。だが、現在までのところ、ラインハルトは歴史上、最高級の専制君主であることを証明していた。征服者としても寛大であり賢明である。敵対者には容赦しないが一般市民を害することはなく、帝国軍の占領はそれなりの社会秩序として確立されつつある。

ここにいたって、ヤンとその一党は、最大の矛盾に直面せざるをえない。つまり、人民の大多数が専制政治を肯定し、受容したとき、人民主権をとなえるヤンらは、人民多数の敵対者となる。彼らの幸福、彼らの選択を否定する立場におかれてしまうのだ。

「おれたちに主権などいらない、参政権など不要だ。現に皇帝（カイザー）が善政をしいてくれるのだから。彼に全権を託してかまわないではないか。政治制度は人民の幸福を実現する手段でしかないのだから、それがかなった以上、かたくるしい衣などぬぎすててどこが悪いのだ？」

そう問われたとき、反論できるだろうか。それがヤンの悩みであり不安でもある。将来の恐怖をもって現在の流血を正当化する輩（やから）は、過去にいくらでもいた。

「将来、暴君が出現する可能性をふせぐために、現在の名君を武力によって打倒し、権力の分立と制限をむねとする民主共和政治の制度を存続させる」

　これは笑うべきパラドックスではないのか。

「民主政治の制度をまもるためには名君を倒さねばならぬ」

とすれば、民主政が善政の敵となってしまうのではないか。

ヤンとしては、善政のあいだは雌伏（しふく）しつつ、悪政のとき起（た）つための民主政治の苗床（なえどこ）を確保しておきたいのだ。だが、そのような姿勢が無意味なものとして人民自身からしりぞけられる可能性が、いまやはなはだ大きなものとなっていた。旧同盟時代に粗製濫造された立体TV（ソリビジョン）ドラマのかずかずをヤンは思いおこし、ユリアンに言った。この世に絶対善と絶対悪とが存在するなら、人はなんと単純に生きられることだろうね、と。

Ⅳ

　この年四月中旬、自由惑星同盟（フリー・プラネッツ）の旧首都ハイネセンで、ささやかな事件が発生している。それは巨大な歴史的変転の歯車にたいして、一粒の砂にもなりえないようなものだ。都心から二〇〇キロほど南方に位置するホイッチア丘陵に大規模な精神病院がある。一夜、そこで火災が発生し、患者のなかに一〇名ほどの死者がでたのだった。正確に人数を算定しえなかったのは、生存を確認された者と、発見された遺体とのあいだに、誤差が生じたからである。特別病棟八〇九号室の患者、アンドリュー・フォークなる者が、生存しているにせよいないにせよ、その姿を病院関係者の前にあらわそうとしないのだった。

　アンドリュー・フォークという名は、人々の記憶の井戸に、古い水となって澱んでいる。それは四年前の宇宙暦七九六年、同盟軍がアムリッツァ星域において命脈をなかば断たれるほどの敗北を喫したときの、作戦立案責任者の名であった。転換性ヒステリーの発作を生じて予備役に編入され、翌七九七年には、当時の同盟軍統合作戦本部長クブルスリー大将の暗殺未遂事件をおこして、精神病院の厚い壁のなかに人生の可能性を封じこめることになったのである。

　自由惑星同盟の軍事力が、ふくらし粉でつくった壁のように瓦解した原因を、一個人にもとめうるはずもない。だが、フォークが敗戦責任という不吉な名の群像の一部であることは、なにびとも否定しえないところであった。彼は二六歳で准将の地位につき、それはかのヤン・ウェンリーを凌駕する昇進の速度であったのだ。そしておおむね、速度と事故の大きさとは比例するものである。

　精神病院の火災それじたいは、隠しようもなかったが、フォークの失踪は、〝死者および行方不明一一名〟という官僚的な統計のなかにまぎれこんでしまった。帝国軍の占領下にあって行政の運営責任に刃こぼれが生じているときだった。同盟の下級官僚たちは、帝国軍に無能を叱責され武断的に処置されることをおそれたのだ。なにもなし、なんら問題なし。それでよい――よいはずであった。そのことに、故レンネンカンプ高等弁務官の時代から彼らは慣れきっていた。

虚空を往く一隻の宇宙船がある。その一室に、一群の男女がわだかまっていた。輪の中心にいるのは、三〇歳をすぎたばかりの、やせた鋭角的な印象の男である。ユリアン・ミンツやオリビエ・ポプランがこの場所を透視しえたら、視覚的記憶を再整理しなくてはならなかったであろう。地球教団の総書記代理たる大主教ド・ヴィリエであった。

帝国軍のワーレン提督によって地球教の総本山が潰滅せしめられたとき、ド・ヴィリエは数百億トンの土砂と岩石に埋もれ、遠い未来に化石として発掘される日を待つしかないはずであった。だが、そうはならなかったのである。教団中枢とその周辺は生きのび、当然ながら彼らの敵対者にたいする憎悪も生存をつづけていた。

ド・ヴィリエをかこむ部下のひとりが、両眼に火と油をたたえた。

「このところ吾々は失敗つづきでございました。ですが今回は神の恩寵をもちまして、どうやらうまくいきましたようでございますな」

べつの部下がうなずく。

「皇帝とヤン・ウェンリーとを、絶対に講和などさせてはなりませぬ。最後の一兵まで殺しあわせてくれましょう。今回の件、ぜひ成功させねばなりませぬ」

ド・ヴィリエ大主教は片手を宙に泳がせた。なかばは部下の血気を抑制するようであり、なかばは逆に煽動するようであった。彼はむろん全能ではなかったが、このときはヤン・ウェンリーの政治的構想がどこへ帰結するか、ほぼ正確に予想していた。地球教団にとって最善の道――共倒れにはならないであろう。彼らが最悪の破局を回避しようとするなら、こちらから穴へ突きおとしてやればよい。さいわい、三年ほど以前に使用した古い道具があるではないか。錆や埃は、甘いささやきで洗い落とせばよいのだ。

「フォーク准将、きみこそは民主共和政治の真の救い手になれるだろう。ヤン・ウェンリーは専制支配者ラインハルト・フォン・ローエングラムと妥協し、講和して、彼の覇権を容認し、その下で自己の地位と特権を確保しようとしている。ヤン・ウェンリーを殺せ。彼は民主共和政治の大義を売りわたそうとする醜悪な裏切者だ。フォーク准将、いや、本来ならきみこそがいまごろは若き元帥となり、同盟全軍を指揮して、宇宙を二分する決戦にのぞんでいたはずなのだ。すべての準備は吾々がととのえる。ヤン・ウェンリーを殺して民主共和政治を救い、かつきみの正当な地位を回復したまえ」

狂信者に必要なものはありのままの事実ではなく、彼の好みの色に塗りたてた幻想である。彼をこちらの意のままに操るのはなんら困難ではない。もともと彼が信じたがっているものを信じさせてやればよいのだ。アンドリュー・フォークは、民主共和政擁護の英雄たることを、その脆弱な精神世界のなかで熱望しており、彼の正当な地位を強奪したヤン・ウェンリーにたいして極彩色の憎悪をいだいていた。その点、地球教団の幹部たちが宇宙暦(SE)開始以来の非地球勢力にたいして憎悪をいだくのと本質において差違はない。そのことを、陰謀の立案者は知っていた。

ド・ヴィリエは、眼前にいる者といない者とにむけて、悪意の波動を発した。それは可聴域の下限すれすれに笑い声のかたちをとって表現された。

「よいかな、べつに憶えておいてもらう必要もないことだが、ひとつ言っておきたい。古来、暗殺される者は、暗殺されずとも歴史に名を残す。だが、暗殺する者は、暗殺したことによってのみ歴史に名を残すのだ」

得々(とくとく)とした調子がなければ、かえって深い感銘をその発言はあたえたにちがいない。それは事実と真実の双方を正しく指摘していたからである。

「ヤン・ウェンリーを殺した男として、アンドリュー・フォークは後世におそらく悪名を残すことになろう。だが、忘れさられるより、はるかにましだ。これは功徳(くどく)というものだ、実力もなく栄光をもとめた愚者にたいするな」

手をふって黒衣の部下たちを退出させると、ド・ヴィリエはやや不機嫌に自分自身の発言をかえりみた。ことさら自身の未来を予見したものとも思えなかったが、無形の鉤(はり)が野心によろわれた感性の襞にひっかかったのだ。

彼はひとつ頭をふると、狂信ではなく俗性にむしばまれた思考を、ひとりの人物にむけた。それは、彼の赴くべき道を舗装することもできれば、そこに深い穴をうがつこともできる男で、毛髪の一本もない頭部と、油断とは無縁の眼光と、たくましい身体をあわせもつ、惑星フェザーンのかつての為政者であった。

背教者アドリアン・ルビンスキー、あの男には酸素の一原子すらあたえてはならない。ド・ヴィリエの憎悪と危機感は、精神的な血縁者にむけて増幅されたものであった。

第三章　常勝と不敗と

I

……ラインハルト・フォン・ローエングラムとヤン・ウェンリーとの一種、叙事詩的な戦いは、宇宙暦（SE）八〇〇年という記憶しやすい年を、人類の歴史上もっとも悲劇的な年のひとつとした。人類が宇宙暦をもちいるようになって以来、人類はそれ以前と同様、無数の戦いを経験した。法秩序と無法者とのあいだに。圧政者と解放者とのあいだに。特権階級と非特権階級とのあいだに。専制主義の軍隊と共和主義の軍隊とのあいだに……。しかし、宇宙暦（SE）八〇〇年のこの戦いほど、外的条件の不平等と内的要因の均衡とがきわだった年はない。

……外的条件からみれば、それは宇宙のたいはんを支配する空前の大帝国と、流亡の一私兵集団との戦いである。恐竜と小鳥との、正面からの抗争である。そこには勝敗の帰趨（きすう）についてまともに論じる価値すらない。だが、内的要因からみれば、それは精神的な双生児どうしの闘争であった。ラインハルト・フォン・ローエングラムほど長期的で広い視野とゆたかな構想力と前線・後方の両面にたいする組織力とをあわせもつ戦略家は、ヤン・ウェンリー以外に存在しなかった。ヤン・ウェンリーほど深い洞察力と正確な状況判断力と臨機応変の対処能力と兵士の信望とをかねそなえる戦術家は、ラインハルト・フォン・ローエングラムのほかにいなかった。それは常勝と不敗の対決であったのだ。

……さらに彼らが共通して所有していたのは、ルドルフ大帝以来、五世紀にわたって人類を支配してきたゴールデンバウム王朝にたいする反感である。ラインハルト・フォン・ローエングラムもヤン・ウェンリーも、門閥貴族の支配体制を憎み、富の独占や法の不平等をしりぞけた。彼らはともに、〝ゴールデンバウム的な社会制度〟を廃止し、人類を拘束しその尊厳をそこなう悪しき秩序を改革することをのぞんだ。政治というものの目的が、不公正の撤廃と個人の選択の任意度の昂進とにあるという点について、両者は完全に一致していた。当時、彼らほどたがいを尊敬し、たがいの存在を貴重なものと感じていた一組があるであろうか。にもかかわらず、彼らは流血をもって自己を主張せねばならなかった。

……両者が戦わざるをえなかったのは、彼らの価値観がただ一点において一致しえなかったからである。社会的公正を実現するための権力は、集中しているべきか、分散されているべきか。ただ一点のこの不一致のために、当時の人類社会における最大の軍事的才能が衝突しあい、数百万の将兵がイゼルローン回廊の内外に血の軌跡を描くことになったのである。これははたして回避しえざる悲劇であったのだろうか？

J・J・ピサドール『英雄的な歴史(ザ・ヒロイック・ヒストリー)』

宇宙暦(SE)八〇〇年、新帝国暦二年の五月一日、皇帝(カイザー)ラインハルトを陣頭に迎えて、帝国軍はイゼルローン回廊への侵入を開始した。歴史上はじめて、銀河帝国皇帝の軍隊が、旧同盟領方面からイゼルローン要塞の攻略をめざすこととなったのである。

このとき、エル・ファシル独立政府の首脳部は、イゼルローン回廊の奥へ避難し、エル・ファシルじたいは無防備を宣言している。それはヤン・ウェンリーとその一党が、回廊の内部へ帝国軍をひきずりこもうとする意思を有することを証明するものであった。ヒルダことヒルデガルド・フォン・マリーンドルフ伯爵令嬢の表現によれば、ヤンはあえてこのとき戦術的優位の確立を他に優先したのである。

「ヤン・ウェンリーも戦いを欲するか」

そう独語する若い皇帝(カイザー)の白皙(はくせき)の頬にあざやかな血の色がさすのを、ヒルダは賞賛と不安をこめて見やった。

このラインハルトの軍事行動については、不必要に軍をうごかし、兵を害(そこな)うものとして、ささやかではあるが公然たる批判の声が帝国政府内にあり、国務尚書フランツ・フォン・マリーンドルフがひかえめながら皇帝に意見を申し送ってきていた。

「ヤン・ウェンリー一党を討伐するために帝国全軍をうごかし、あまつさえ皇帝陛下が陣頭に立たれるなど、鼠を殺すために大砲を撃つようなものでございます。臣は軍事には明るくございませんが、回廊の両端に軍を配して彼らを封じこめ、孤立を長びかせれば、いずれ彼らは陛下の軍門にくだりましょう。あえて急戦をもって解決をはかる必要はないように思われます。陛下、なにとぞご賢察あって、帝都へ還御あらんことを」

そのようなことは、ラインハルトにはとうにわかっている。ヒルダにもミッターマイヤーにもロイエンタールにも諫言されたことだ。承知のうえで、ラインハルトは軍をうごかす。戦略レベルでの優位も確立したうえではあるが、いみじくも彼自身が〝ヤンも〟と表現したように、まず彼は戦いをのぞんだのである。戦う地の利がヤンにあることも承知している。唯一、ヤンにとっての状況の有利さがそれであった。

大本営情報主任参謀をつとめるフーセネガー中将は、かつてカール・グスタフ・ケンプ提督の参謀長をつとめていた男だが、皇帝の質問に応えて入手可能なかぎりの情報を提示した。むろんさほど豊富なものではない。

「現在、ヤン・ウェンリー軍は、一部の前衛兵力をのぞいて、イゼルローン回廊内にひそんでおり、回廊の入口はすでに通信不能の状態にあります」

じつのところ、〝ヤン・ウェンリー軍〟と公的に称する軍隊は、宇宙に存在しない。正式名称は〝エル・ファシル独立政府革命予備軍〟であるが、呼びやすさと魅力の双方に欠けるため、命名の翌日には関係者の大部分に忘れさられている。ダスティ・アッテンボローの記録によれば、ヤン・ウェンリー自身をのぞく当事者たちは全員、旧(ふる)くからの慣習にしたがって〝ヤン艦隊〟と称し、帝国軍がわの公式記録においては〝通称ヤン・ウェンリー軍〟と統一した呼称をもちいている。その名の由来となった人物がいかに不本意であろうと、それが他者の評価というものであった。ウォルフガング・ミッターマイヤーの表現をもちいるなら、〝エル・ファシル独立政府などは、ヤン・ウェンリーという鶏(にわとり)の頭を飾るだけのとさかにすぎない〟のである。

したがって、エル・ファシル独立政府の首脳部がイゼルローン回廊の奥へ避難し、エル・ファシルじたいの無防備を宣言したとき、ラインハルトは一顧(いっこ)だにしなかった。その小心さに冷笑の一閃を投げつけただけで、関心のすべては、これから黒髪の魔術師が展開するであろう詭計(トリック)と戦術のかずかずにむけられている。

「戦わずしてヤン・ウェンリーを屈服させる方法はないものでしょうか」

ヒルダは再三、提案している。それをラインハルトが無視しているのは、彼の気質の好戦的な部分がそうさせるだけでなく、とにかく皇帝の目をほかへむけさせようとの意図を察知しているからであろう。

たんなる思考的実験としてなら、非軍事的な謀略のしかけようは、いくらでもあった。本来、そのようなものとは無縁な精神的風土の所有者であるウォルフガング・ミッターマイヤーでさえ、いくつもの謀略案を考えだしている。なにしろヤンひとりが存在しなければ、皇帝とその勇将たちの覇業が楽に完成されるであろうこと、衆目の一致するところだった。

ヤンを講和条約の場にひきだして謀殺してはどうか。ヤン以外の〝叛乱部隊〟全員を免罪するとの約束で、ヤンの部下にヤンをとらえさせる。その逆に、ヤンが部下を売って自分ひとり助かろうと画策している、と部下に信じさせる策(て)もある。いくらでもあるのだ。

しかし、それらの謀略のかずかずは、けっして実行されることはないであろう。黒色槍騎兵(シュワルツ・ランツェンレイター)艦隊司令官ビッテンフェルト上級大将が幕僚の提案をしりぞけたように、ローエングラム新王朝の軍隊は、堂々たる艦隊決戦をもって本領としていた。いま数量的に一〇対一の優勢にあり、戦争の天才たる皇帝(カイザー)ラインハルトがこれを親率(しんそつ)し、〝帝国軍の双璧(そうへき)〟ロイエンタールとミッターマイヤーをはじめとする名将の一群が実戦を指揮する。なにをおそれることがあろうか。

むろん、帝国軍にも不安や不備を感じる点がないわけではない。その征路と補給路とは、人類の歴史上、最大の長さであり、しかもその半分以上は占領地によってしめられている。ゲリラ、テロ、サボタージュ、さまざまな妨害工作が発生する余地は、いくらでも存在した。現につい先日、惑星フェザーンにおいては皇帝の重臣たる工部尚書ブルーノ・フォン・シルヴァーベルヒが爆殺されたではないか。国務尚書マリーンドルフ伯爵が気苦労するのも無理からぬことで、帝国の中枢は帝都オーディン、惑星フェザーン、前線の大本営と三分され、国政の効率からいえば理想からいちじるしく遠い。この不自然さを是正したのちに不愉快な羽虫を駆除すべきではないか。

したがって、後世の一部の歴史家たちが、したり顔で論評することもありうるのである。

「……敵国の奥深く侵入しての短期決戦、そして完全なる勝利。この華麗なる夢想が、古来どれほど多くの用兵家や征服者をして、異郷に墓標を立てさせる結果を生んだであろうか。ラインハルト・フォン・ローエングラムの天才をもってしても、その甘美をきわめる誘惑にうち克(か)つことはできなかったのである」

これは誘惑ではない、自分の生存意義そのものなのだ。旗艦ブリュンヒルトの私室で、ラインハルトはそう確認していた。

近侍のエミール・ゼッレ少年が静かにちかづいて、白磁のコーヒーカップをかたづけはじめた。最近、彼は、親衛隊長キスリング准将のけっして足音をたてない歩きかたを模倣(まね)しようとつとめていた。崇拝する皇帝陛下の静寂を乱さないためにであるが、これが成功したときはまた、陛下に声をかける時機について悩みが生じることにもなる。

長い脚をくんで肘かけ椅子に座したラインハルトはひとりの想いに沈み、少年の動作をしぜんな優美さで、関心の外においている。

あれから、もう一〇年になるのか。

ラインハルトの蒼氷色(アイス・ブルー)の瞳が微妙にゆらめいた。

砂時計の砂が、逆方向へさかのぼっていく。一〇年前、宇宙暦(SE)七九〇年、旧帝国暦四八一年、ラインハルトは一四歳の幼年学校生徒だった。皇帝フリードリヒ四世の寵妃を姉とし、入学以来、学年首席の座を他者に譲らず、それでも、あるいはそれゆえに孤立し、白眼の包囲網のなかに立たされていた。味方はただひとり、だがこのうえなくたのもしい、忠実な、かけがえのない友人だった。いつも半歩さがって彼にしたがっている赤毛の友人に、あるときラインハルトは心の奥の野心を、質問のかたちでうちあけたのだ。

「キルヒアイス、ルドルフに可能だったことが、おれには不可能だと思うか?」

……追憶の窓をあけると、失われた情景、失うべきではなかった情景のかずかずが、光と風にのってラインハルトの意識野になだれこんでくる。なぜ、あのころは、冬のさなかでさえ視野のすべてに生気ある色彩がみちあふれていたのだろう。なぜ、あのころは、洗いざらしの古いシャツが絹服より着心地よかったのだろう。胸中の野心は、なぜああも蠱惑(こわく)的な音律を聴覚に投げかけてきたのだろう。未来とは無限の可能性を意味する語であり、野心を達成することが幸福と同義語であると、なぜためらいもなく信じることができたのだろう。それは無知だったからか。自分の正しさを信じこむほど無邪気な傲慢さにつつまれていたからか。ラインハルトにはわからない。ただ、そのようなことを思いわずらう必要が、そのころはなかったことだけはたしかだった。

皇帝のささやかな静寂は、高級副官シュトライト中将をつうじてフーセネガーがもたらした一通の報告によって破られた。情報主任参謀の表情も声も、緊張のため青ざめている。

「陛下、宸襟(しんきん)をおさわがせして申しわけございません。ただいまはいった情報によりますと、前衛たるビッテンフェルト、ファーレンハイトの両将は、すでに敵軍と苛烈なる戦闘状態にあるとのことでございます」

Ⅱ

開戦の報は、ラインハルトにとってむろん不本意なものであった。麾下の全兵力を整然と配置して用兵の妙を敵手と競うことこそが、若い皇帝の望みだったからである。前年のバーミリオン星域会戦とことなり、今回はラインハルトのがわが戦場を設定させがたい立場であった。短期戦をヤン・ウェンリーにしいるには、帝国軍がイゼルローン回廊の前面に展開するしかなかったのである。

「なぜ予の到着を待たずして戦端を開いたか。ビッテンフェルトとファーレンハイトは、いたずらに勇を誇って、予の用兵策をないがしろにするか!」

白皙の頬を紅潮させたラインハルトは、烈気によって総旗艦ブリュンヒルトの艦橋をゆるがせた。幕僚たちは粛然としたが、額に落ちかかる黄金の髪を指先でかきあげつつ、ラインハルトはみずからの気を静めた。敵手たるヤン・ウェンリーが詭計(きけい)によってファーレンハイト、ビッテンフェルトらを戦闘にひきずりこみ、帝国軍の戦力分断をもくろんだのであろう、と推察したのである。

その推察は正しかった。やがて判明した事情はつぎのようなものであった。

そもそもの発端は、イゼルローン回廊の帝国側出入口に布陣した帝国軍の存在にあった。その戦力は、艦艇一万五九〇〇隻で、これを指揮していたのは、後方総司令官の任にあったエルネスト・メックリンガー上級大将である。

メックリンガーは、遠くフェザーンを経由して送られてきた皇帝(カイザー)ラインハルトの指示をうけ、ビッテンフェルトやファーレンハイトにさきんじて、反対方向からイゼルローン回廊へ侵入していた。本来はヤン・ウェンリーの出戦を後背(こうはい)から掣肘(せいちゅう)するためであったが、場合によっては交戦し、僚軍の到着まで戦線を膠着(こうちゃく)させれば、いっきょに前後からヤンを挟撃しえるのである。ところが、先行偵察によってメックリンガーの侵入を知ったヤンは、全戦力をあげて迎撃にできたのである。艦艇数は二万隻をこえていた。

「二万隻以上だと!?」

メックリンガーは絶句した。彼はすぐれた戦略的識見の所有者であって、偶発的な戦術的要素や個人的な勇敢さにたよることなく、必要な状況に応じて必要な兵力を配置・投入し、着実に勝利を確保してきた男だった。そのような彼の思考法と計算からいけば、ヤン・ウェンリーがこの方面へ二万隻以上の艦艇を投入してきたということは、ヤンが全体として五万隻以上の戦力を擁しているという推測を成立させるのである。予備兵力をおかず、全兵力を主戦場以外の局面に投入するなど、用兵学上ありえざる暴挙であった。前年以来、イゼルローン要塞へ流入してきた同盟軍の残党の数量について、ヤンが苦心して数字を操作し、実数を帝国軍に把握されぬようつとめてきたのも、この種の誤断を帝国軍にしいるためであったのだ。

「戦闘状態にはいってはならぬ！　ただちに反転して回廊をでよ」

メックリンガーの指令は、臆病からではなく、彼の立場からは当然のものであった。彼の麾下の兵力は、艦艇一万五九〇〇隻、ヤン・ウェンリー軍より劣勢であり、しかもひとたび彼が敗れたあとには、帝国本土にまとまった機動戦力は存在しない。むろん、辺境や要地を警備する戦力を合すれば、一〇万隻には達するであろうが、それらを統一指揮する者はおらず、距離的にちかい部隊が阻止の行動にでて、各個撃破の対象となるだけのことであろう。そして星々の大海の彼方には、帝国首都オーディンが孤立した姿をみせている……。

つまるところ、帝国軍の軍事的優勢とは、そのていどのものなのだ！　年来の危機感を刺激されたメックリンガーとしては、その性格と用兵思想と責任感のうえから、急戦をさけ、イゼルローン回廊の帝国側出口まで後退して再布陣する以外になかった。ヤンは目的を達し、急転して、今度はビッテンフェルトらに対峙したのである。そしてビッテンフェルトらは、メックリンガーの撤退を、すぐには知ることができず、ヤンのすぐ後背に味方がいるものと思いこんでいた。

「あのときメックリンガーが戦わずして後退するなどということをしなかったら、せめて二日間、ヤン・ウェンリーの攻勢をささえていたら、その後の状況はまったく変わっていた。吾々(われわれ)は前後からヤンを挟撃して、奴をイゼルローン要塞周辺の狭い宙域に封じこめることができただろうし、黒色槍騎兵(シュワルツ・ランツェンレイター)が要塞にせまって、あわててヤンが軍を返したら、その後背を撃ってメックリンガー自身が大功をたてることもできたのだ」

後日、猛将ビッテンフェルトは、歯ぎしりしてそう語った。結果論としては、それはまったく正しいのだが、メックリンガーにも正当の主張があった。ただ、それを〝芸術家提督〟は大声でとなえることをしなかった。

「ヤン・ウェンリーほど、戦争における情報と通信の重要性を知悉(ちしつ)していた将帥は、ほかに存在しない。わが軍はイゼルローン要塞に傍受(ぼうじゅ)や謀略の機会をあたえることをおそれ、フェザーン経由で通信路を維持せざるをえなかったが、そこには当然、時差(タイムラグ)が生じた。ヤンはそのことを予測し、わが軍の通信路に生じた時差(タイムラグ)を利用して、一方は謀略により、他方は武力によって、挟撃の危機を回避したのである。ヤン・ウェンリーの真の偉大さは、正確な予測にあるのではなく、彼の予測の範囲内においてのみ、敵に行動あるいは選択させる点にある。銀河帝国の歴戦の名将たちは、つねに彼によって彼の用意した舞台のうえで踊らされたのである」

彼がそう述懐したのは、ヤン・ウェンリーがもはや敵将に舞台をあてがうことができなくなってからのことであった。

ダスティ・アッテンボローからの、無礼きわまる返信につづいて、別人からの通信文が、怒気をみなぎらせるビッテンフェルトのもとにとどけられたのは、四月二七日のことであった。それを独断で処理せず、僚友ファーレンハイトと協議をおこなったのは、ビッテンフェルトなりに配慮した結果であろう。

同盟に亡命したメルカッツ提督が、以前の選択を悔いて、皇帝(カイザー)ラインハルトへの降伏と、敵中にあっての内応を申しでている——そう聞いたとき、ファーレンハイトは一言のもとに情報の信頼性をしりぞけた。

「論じるにたりぬ、罠に決まっているではないか。メルカッツ提督はわが軍の敵ではあるが、この期(ご)におよんで節(せつ)を曲げられるような人ではない」

「罠ということは、卿(けい)に教わるまでもない。おれが問題にしているのは、なにを目的としての罠かということだ」

帝国軍の油断をさそい、間隙に乗じて急襲するつもりにちがいない。ビッテンフェルトはそう主張し、それに理があることはファーレンハイトも認めざるをえなかった。まったく、ほかに考えようはないのだ。ファーレンハイトが不審に思ったのは、そのように底の浅い詭計(トリック)を、ヤンやメルカッツが考案するものだろうか、ということであったが、ビッテンフェルトにはひとつの見解があった。

「死間ではないか」

というのである。メルカッツが実際に帝国軍の陣営をおとずれ、帝国軍が安心しているところをヤンの本隊が急襲する。当然ながらメルカッツは帝国軍に殺害される。囮となった人物が死をまぬがれえぬため、この策を〝死間〟という。非情の策ではあるが、メルカッツのほうからそれを発案するかもしれない。

「メルカッツは、おそらく死場所をもとめているはずだ。そのていどのことは、身を犠牲にして、すすんでひきうけるのではないか。つぎの通信のあとが危ないとみるべきだろう」

ビッテンフェルトの意見は、予測というより期待に類するものであるようにも、ファーレンハイトには思われたが、艦隊の防御および対応能力を高めておくことに反対する理由はない。麾下の艦隊に第二級臨戦体制を発動し、ヤン艦隊の奇襲にそなえた。

やがて、第二の通信がもたらされた。ビッテンフェルトはファーレンハイトの同意をえて、

「メルカッツ提督を客人としてお迎えする」と返答した。このとき問題となるのは、ビッテンフェルトらが前後の事情を皇帝に報告すべきであった、という点なのだが、彼らも報告しようとはしたのだ。ただ、彼らが予測していた時機よりも早く、彼らの期待どおりの反応が生じたので、報告のタイミングを失して、武力による応戦を先行させざるをえなかったのである。また、メックリンガーが後背からイゼルローンにせまっているとすれば、まさに挟撃の機会であり、それを逸するわけにもいかなかった。こうして彼らは、ヤンがさしだした舞台のうえにと

びのってしまったのだった。

宇宙暦（SE）八〇〇年四月二九日、〝回廊の戦い〟はこうして無音の開幕ベルを全宇宙にむけて鳴りわたらせる。それは戦いに参加した数千万の人間の心臓に直送されて、その鼓動をいやがうえにも早めるのだった。

Ⅲ

ひそかな接近を察知され、先制の砲火をあびせられたときのヤン・ウェンリー軍の狼狽ぶりは見苦しいかぎりだった。すくなくとも、ビッテンフェルトの目にはそう映った。むろん彼は、ヤンの幕僚ムライ中将がかつて憮然として評した言葉を知らない。

「うちの艦隊は、逃げる演技ばかりうまくなって……」

ダスティ・アッテンボローの演技力のみせどころであった。容易なことではない。黒色槍騎兵（シュワルツ・ランツエンレイター）の獰猛な牙をさけそこなえば、全身を噛み裂かれてしまうこと、うたがいようもなかった。部下を統率する必要から、表情はふてぶてしく平静をたもっていたものの、背中には汗が冷たい流れをつくっていたのだ。

だが、とにかくアッテンボローは生命がけの演技をつづけ、追いすがる帝国軍の主砲射程すれすれの距離をおいて、見せかけの潰走（かいそう）をしめした。帝国軍の追撃がにぶれば、ひきかえして、こざかしげに反撃してみせる。戦意を刺激されたビッテンフェルトは、熟練した戦術家らしく、故意に追撃の速度をゆるめ、アッテンボローがひきかえしかけた瞬間に、猛然と攻勢にでた。

　この艦隊運動は絶妙であって、充分以上に用心していたアッテンボローも、あわや半包囲態勢を完成させられるところだった。もはや演技ではなく、アッテンボローは必死で回廊内に逃げこんだ。旗艦アースグリムの艦橋でスクリーンを見つめるファーレンハイトが、舌打ちの音をたてた。

「ビッテンフェルトのくせ者め！　最初からそのつもりでいたのではないか。皇帝（カイザー）のご指示をあおぐべきであろうに」

　これはファーレンハイトの誤解なのだが、黒色槍騎兵が回廊へ突入するさまを見ていると、ビッテンフェルトの指揮が整然たるものだけに、計画的な行動ととられてもしかたなかった。

　金属と非金属の怒濤（どとう）となって、回廊内に突入してくる黒色槍騎兵の光点群をスクリーンに見いだしたとき、ヤンはこの戦闘における勝利を予知した。ここまではすべて計算どおりであった。

　ヤン・ウェンリーは艦橋の幕僚たちを見わたす。妻であり副官であるフレデリカ、さらにシェーンコップ、ムライ、パトリチェフ、スールらの面々である。キャゼルヌは要塞の留守をあずかり、メルカッツやフィッシャーはべつの艦にいてそれぞれの任務にしたがっていた。そして、この年初頭から司令部無任所参謀の職務をあたえられたユリアン・ミンツがいる。いわゆる〝ヤン・ファミリー〟の、これがこのときのささやかな陣容であった。

「帝国軍は不世出の皇帝(カイザー)と多くの名将を擁(よう)している。彼ら全員にとって、イゼルローン回廊はせますぎる。吾々の活路は、そのせまさにある。せいぜい利用させてもらうとしよう」

ヤンの声は自信にみちているというより、淡々と事実を説明しようというたぐいのものである。そしてそれが、勝利は既定のものであるという思いを、部下たちの胸に根づかせる。ヤン・ウェンリーが魔術師の名で呼ばれるゆえんは、この信頼感を、彼の死にいたるまで持続させた点にももとめられるであろう。古人のエピソードを盗用して、彼の部下たちは彼らの司令官にたいする信頼を、ジョークにしたてたものだった。

「ヤン提督の最高の作戦はどれだと思う?」

「きまっている、このつぎの作戦さ」

……一〇時四五分、帝国軍急速接近の報がもたらされ、第一級臨戦態勢が全艦隊に発令された。一一時三〇分、アッテンボロー提督の先遣隊が到着し、そのままヤンの本隊の左翼にはいって来攻する敵軍にたいする。

「ご苦労さま!」

「謝意はいずれかたちでしめしてくださいよ」

との会話が通信スクリーンをとおしてあわただしくかわされる。

大艦隊の指揮をとるヤンの姿は、最初のイゼルローン奪取戦以来、つねに一定している。指揮デスクの上に、片ひざをたて片あぐらをかいてすわりこんでいるのだ。このときも例外ではなかった。幕僚たちはときおりその姿に視線をむけ、呼吸を安定させるのだった。

オペレーターの声が、さすがに緊張のうねりをしめして、艦橋内にひびきわたる。

「敵、イエローゾーンを突破、レッドゾーンに侵入。主砲射程まで〇・四光秒」

「砲戦用意！」

ヤンの片手があがる。これはまだ射撃命令を意味しない。黒ベレーをぬいで、おさまりの悪い黒髪をかきまわす。「猫が毛をさかだてるようなものさ」とは、艦橋を離れて、単座式戦闘艇スパルタニアンに搭乗しているオリビエ・ポプランの評である。

「敵、射程内にはいりました！」

黒ベレーをかぶりなおし、あらためてヤンの右手があがる。ユリアンが息をのみこみ、肺の底まで吸いこんではきだす一瞬に、ヤンの右手がふりおろされる。

「撃て（ファイヤー）！」

「撃て（ファイヤー）！」

光とエネルギーの巨大な波濤（はとう）が、宇宙の一角に無音の暴風をまきおこした。

スクリーンに爆発光が咲きみだれる。火力の集中は、ヤン艦隊の得意とするところで、その熟練度は、逃げる演技のそれに匹敵するであろう。

突進してきた黒色槍騎兵(シュワルツ・ランツェンレイター)は、光と熱の壁に衝突して急停止する。ビッテンフェルトが怒号し、砲門が報復の炎をはきだしはじめる。

宇宙暦(SE)八〇〇年、新帝国暦二年、自由惑星同盟(フリー・プラネッツ)の完全崩壊後にイゼルローン回廊周辺において展開された戦いを、善と悪の対決とみなすことは完全に無意味である。それは、平和と自由との戦い、あるいは権力にたいする欲望と制度にたいする偏執との衝突であって、〝正義〟という名の不完全な秤(はかり)は、それをもつ人がラインハルト・フォン・ローエングラムとヤン・ウェンリーのどちらを支持するか、あるいはどちらを好むかによって、正反対の方向へかたむくのだ。

戦いの当事者たちにとっては、むろん最初から中間的な立場など存在するはずもなかった。死と、死の意味とが、この一戦にかかっている。

帝国軍は、黒色槍騎兵とファーレンハイト艦隊とが、それぞれ紡錘陣(ぼうすいじん)を形成して、凹形陣のヤン艦隊に対している。ファーレンハイトとしては、とりあえず後方の皇帝(カイザー)に戦闘開始を報告するいっぽうで、黒色槍騎兵の孤戦をさけるために急進してきたのである。

正面からの砲戦にかんするかぎり、ヤン艦隊の陣形が帝国軍より有利であった。使用しうる火砲の数が帝国軍を凌駕(りょうが)している。帝国軍としては陣形を再編したいのだが、たがいの艦隊が邪魔になるうえ、敵砲火の正面に位置していては、それも不可能にちかい。

「黒色槍騎兵の猪突家（いのしし）どもめ、自分たち自身の牙で墓穴を掘りやがれ！　おれたちの知ったことか」

　副官ザンデルス中佐の怒りと被害者意識にみちたささやきを、たしなめはしたが、ファーレンハイト自身も不本意さを脱しきれずにいた。いっぽう、ビッテンフェルトも不満である。第二陣として後方にひかえていればよいものを、むりに並行して布陣するから、せまい回廊のなかで行動が制約されてしまうではないか。

　ビッテンフェルトの副参謀長オイゲン少将が微妙なかたちに眉をひそめた。〝黒色槍騎兵〟艦隊にあって、もっとも慎重と称される男である。数秒間ためらったすえ、彼は司令官に意見を具申（ぐしん）した。ビッテンフェルトは、オレンジ色の髪を乱し、両腕をくんで、メイン・スクリーンの前に佇立（ちょりつ）している。

「司令官閣下！　これは最初からわが軍を回廊内に誘いこむ罠であったようです。皇帝（カイザー）のお怒りをこうむらぬためにも、あるていどの犠牲を覚悟のうえで、後退するがよろしいかと存じます」

　〝皇帝のお怒り〟という一語が、ビッテンフェルトにはこたえたようであった。じつのところ、オイゲンの意見するようなことは、すでにビッテンフェルトも承知している。だが、この陣形のまま後退すれば、ヤン艦隊によって半包囲追撃をこうむるのではないか。その懸念がある。むしろ強引に前進して中央突破をはかるべきではないか。ビッテンフェルトは彼らしい決断をくだした。

黒色槍騎兵（シュワルツ・ランツェンレイター）がうごきはじめる。正面突撃において、破壊力は宇宙一と称される艦隊である。この破壊力を最大限に生かし、中央突破を敢行する以外に、現状を打開する途（みち）はありそうになかった。

ビッテンフェルトの指令によって、各艦主砲の三連斉射をヤン艦隊にあびせたのちに、黒色槍騎兵は猛然と突進した。

ヤン艦隊はそれをやわらかくうけとめるように後退した。ただ、それは中央部のみであった。左右両翼は逆に前進していたのである。ほとんど一瞬に、ヤン艦隊の陣形は、ひきのばしたV字型に変形し、縦深（じゅうしん）陣となった。タイミングといい、柔軟性といい、完璧なまでの艦隊運動は、フィッシャー中将の苦心の結果であった。

ヤン艦隊の縦深防御線は、文字どおり火の壁となって、黒色槍騎兵の突進を粉砕した。漆黒に塗装された艦艇群は、めくるめく火球に変じたのち、漆黒の宇宙にとけこんでいく。

帝国軍も応射する。激烈な砲火にさらされ、僚艦をつぎつぎと失いながら、陣形をくずすことなく前進をつづける。強引に接近戦に、さらに混戦にもちこめば、圧倒的な破壊力をふるってヤン艦隊を撃砕するつもりであった。ひとたび戦況がヤンのコントロールを離れれば、ヤン艦隊など弱兵の群でしかないはずである。

Ⅳ

「昨年のバーミリオン星域会戦のことを思いだしてみろ。きさまら帝国軍は惨敗、大敗、完敗のあげく宇宙塵(うちゅうじん)の一部となりはてるはずだった。それをお情(なさけ)で助命してもらったくせに、恩を忘れて再侵略してくるとは、きさまらの皇帝(カイザー)は、顔がきれいなだけのろくでなしだ」

黒色槍騎兵を回廊内にひきずりこむ大任をはたし、ヤン艦隊の左翼にまわって攻勢に転じるという離れ業を演じてのけたアッテンボローは、過激な声を帝国軍に投げつけた。

「皇帝(ジーク・カイザー)ばんざい！」

「くたばれ、皇帝(カイザー)！」

両軍の通信回路は、それぞれの好戦的な叫びにみたされていた。

黒色槍騎兵の波状攻撃はすさまじい。突進のつど、ヤン艦隊の整然たる掃射をあび、火球を量産して後退するが、やがて陣形を再編して突進してくる。ヤン艦隊も痛打をこうむらずにいられなかった。旗艦ユリシーズのスクリーンは至近の爆発光によって多彩な花園と化し、エネルギーの乱流は、ともすれば陣形の密度を不ぞろいにする。

ヤン艦隊の一巡航艦が白熱光を発して爆発四散し、その残光を突きやぶって漆黒の戦艦が肉薄してきたとき、ヤンの幕僚たちは体内で心臓をジャンプさせた。ユリシーズの左右からエネルギー・ビームの刃が突きだされ、集中する砲火のなかで敵艦は熱量のかたまりとなって消滅する。

「ビッテンフェルトの知恵なしめ、突進すればいいと思っているのか」

スーン・スール少佐がつぶやいたが、ヤンはそうと決めつけることができなかった。

純軍事的にみれば、帝国軍の回復力は無限にひとしく、ヤン・ウェンリー軍のそれはゼロにちかい。したがって、帝国軍としては最悪の場合、消耗戦に突入して、味方の損失と等量の被害を敵にしいていけば、最終的には敵は全滅し、味方は生き残る。これは戦術などと呼びうるものではないが、戦略レベルにおいて大軍を稼動させる意義は、極端なところその点に存在するのである。

「こちらは両艦隊をあわせて三万隻、敵軍をことごとく葬って、なお一万隻はあまるではないか」

ビッテンフェルトの豪語は、粗雑なようにみえて、戦略の本道というものをわきまえている。だが、敵にくらべ味方の損失がいちじるしく多大であることを、オレンジ色の髪の猛将も認めざるをえなかった。十数度めの波状攻撃も粉砕されると、参謀長グレーブナー大将や副参謀長オイゲン少将の意見をいれて、一時後退を余儀なくされた。これにかわって、攻勢の主体となったのはファーレンハイト艦隊である。

「大軍に区々たる用兵など必要ない。攻勢あるのみ。ひたすら前進し、攻撃せよ」

ファーレンハイトの判断と指令は正しい。この際に力と勢いをもって急攻しなければ、かえってヤンの芸術ないし魔術的な用兵におちいる間隙をつくることになるのだ。攻撃を連続させて、敵に応対の暇(いとま)をなからしめるべきであった。

黒色槍騎兵(シュワルツ・ランツェンレイター)も顔色を失うほどの強引な前進を、ファーレンハイト艦隊は開始した。ヤン艦隊の砲火が、招かれざる客人にむかって熱と炎をたたきつける。だが、この時点で、将兵の疲労度においてはヤン艦隊が不利であった。数次の砲戦のすえに、ファーレンハイトはそれを察知し、アッテンボローの指揮するヤン艦隊左翼の一角に兵力を集中させた。左翼を突破し、右まわりに迂回(うかい)して、ヤンの本隊の側面を衝こうというのである。

これは成功した。一時的にファーレンハイトはヤン艦隊を分断し、本隊に横撃(おうげき)をくわえた。

ファーレンハイトの横撃はすさまじかったが、ヤン艦隊からの反作用も強烈をきわめた。

敵軍の一角に錐(きり)をもみこむよう突入したファーレンハイト艦隊は、左右から高密度の掃射をうけて、連鎖する火球の群と化した。光りかがやく死と破壊のネックレスである。

僚友の苦戦を遠望したビッテンフェルトは、このときすでに陣形の再編成を完了させていた。またヤン艦隊の疲労もうたがいないよう思われたので、突進を指令した。迎撃の砲火は散発的であった。黒色槍騎兵はヤン艦隊の一部を文字どおり蹴ちらした。

ビッテンフェルトとファーレンハイトは合流をはたし、戦力の再集結に成功したかにみえた。

だが、それこそが狡猾きわまる罠の真髄であったのだ。帝国軍の両将は、直後に殺到すべき火線の輪の中心に兵力を集中させてしまったのである。

それと予測していたところで、ほかに選択の途はなかった。味方の孤立を無視することができようはずもなかったのだ。帝国軍各艦のスクリーンが苛烈な砲火によって灼きつくされ、優勢が劣勢に転化するまで、三〇分とは要さなかった。ヤン艦隊は帝国軍の両艦隊にたいして、数的劣勢にあったのに、回廊外縁の危険宙域を利して、敵を包囲してしまったのである。このときファーレンハイト艦隊を危険宙域の縁に追いつめたのは、ヤン艦隊右翼であって、それを指揮していたのはウィリバルト・ヨアヒム・フォン・メルカッツ提督であった。

「メルカッツ提督が――?」

旧知の名を聞いたとき、水色の瞳に一閃の雷光をはしらせて、ファーレンハイトはスクリーンを埋めつくす光点の群を見やった。敵意とほどとおい表情が、ふたつの王朝にまたがって勇将の名をほしいままにする三五歳の男の鋭角的な顔をよぎった。

「よろしい、本懐である」

つぶやくと、ファーレンハイトは、敵の砲火と危険宙域とに前後を挟撃されながら、非凡な手腕を発揮して、麾下の艦隊を再編し、包囲網の一点に火力を集中して突破口をひらいた。ほぼ同時に、ビッテンフェルトもヤン艦隊の一角を衝きくずし、もはやこれ以上の抗戦を断念して、回廊の出口へ殺到した。だがその行動は、ヤン艦隊の最後の誘いにのせられたものだった。

ヤンは敵の行動に対応してみずから包囲をとき、ふたたび縦深陣を敵軍の左右にきずきあげたのである。

ヤンが回廊の特性を利用してつくりあげた縦深陣のすさまじさは、その中央部、火力の集中する細長い宙域を通過しないかぎり帝国軍にとって退路が存在しない、という点にあったであろう。好むと好まないとにかかわらず、ファーレンハイトもビッテンフェルトも、火と熱の嵐を突破して回廊の外へ脱出する以外に選択肢をあたえられなかった。そして、ひとたび退路がさだまると、途中で攻勢に転じようとしても、ヤン艦隊の火力の壁に横隊をもってたいする結果となる。敵前回頭の愚をおかすまいとすれば、縦隊の各処を火力で寸断されつつ、ひたすら逃げるしかない。

「おそるべきはヤン・ウェンリーという男の智略だ。それと承知していながら、ついに奴の術中にはまるとは、おれの武勲の鉱脈もつきたか」

自嘲の翳りが音もなくファーレンハイトの頰を流れおちていった。

ヤン艦隊の旗艦ユリシーズのゲートでは、スパルタニアンが発進を開始している。

「ドライジン、リキュール、シェリー、アブサン、各中隊、発進準備いいな？」

オリビエ・ポプラン中佐の声には、ハイキングの出発をうながす以上の緊張感はふくまれていない。死地をくぐりぬける秘訣を問われて、「世の中を甘くみることさ」と答える男の本領が、ここにあるのかもしれなかった。

彼の部下たちも、豪胆さ、あるいは不遜さにおいて上官と精神的波長をひとしくする。自由惑星同盟(フリー・プラネッツ)の時代から大小無数の戦闘にたえて生をまっとうしてきた熟練兵(ベテラン)たちだ。

むろんごく少数の例外も存在する。

ポプランは機内のスクリーンの一隅に初陣(ういじん)のカリンことカーテローゼ・フォン・クロイツェル伍長の顔を見やって、にやりと笑った。緑色の瞳に陽光に似た光が踊る。

「こわいか、カリン」

「いえ、中佐、こわくなんかありません！」

「見栄をはるのは、けっこうなことだ。最初は大きすぎる服でも、成長すれば身体にあうようになる。勇気もおなじことだ」

「はい、中佐」

「……と、人生相談係のポプラン氏は無責任にのたもうた。しょせん他人の人生である」

さすがにカリンが形式的な返答もできずにいると、若い撃墜王(エース)は今度は声にだして笑った。

「よし、行け、カリン、教えたことの六二・四パーセントばかり実行すれば、お前さんは生き残れる」

その六二・四パーセントを、カリンは出撃直後に費(つか)いきってしまったような気がした。上下の失調感、三半規管の叛乱、現在位置の不明による不安——一分たらずの短時間に、それらをすべて経験したカリンだった。

「カーテローゼ・フォン・クロイツェル、しゃっきりしなさい！　あまりぶざまな姿を見せると、あいつに笑われるわよ」

あいつ？　あいつって誰のことだろう。一瞬、カリンは自分自身の心の道が一直線に伸びてはいないように思って不快になった。

スパルタニアンは戦場の宙域（そら）を翔（か）ける。速さは彼女の心身にこころよいが、航跡は安定しているとはいえない。戦艦の巨大な外壁が眼前にせまり、あわてて急上昇する。一回転したとき、自分が回避した艦が、敵か味方かすら知りえなかったことに気づいた。初陣とは自分の未熟さを確認する場なのだ。すべての神経回路で、その事実を思い知らされる。カリンはヘルメットを片手の拳でたたいた。計器を確認、現在位置を確認、声をだして数値を読みあげる。すれちがう翼に慄然（りつぜん）として中性子ビームのスイッチに指をかけ、それが味方であることに気づいて、ふたたび慄然とした。

ウラン238弾の火線が虚空に死の刺繍（ししゅう）を織りあげる。赤く黄色く白く、永遠の夜は極彩色のナイフによって、無数の細片に切りきざまれ、その一片一片がさらに無数の人命を貪欲に吸収する。

「世の中を甘くみること！」

世俗の道徳業者が聞けば目をつりあげるであろう台詞を、カリンは最上の呪文としてとなえる。まったく、ワルター・フォン・シェーンコップのような教育の敵が、天罰もうけずに世の中をわたり歩いているのだ。社会の枠組には、砂糖楓（かえで）の枝でつくられた部分があるにちがいない。

半壊した巡航艦から、ひとかたまりのエネルギーが乱流となって放出され、カリンの愛機を天頂方向へ投げあげた。視界と心臓が数回転し、ようやく自分の位置を再確認したとき、カリンの視野に帝国軍のワルキューレが一機、躍りこんできた。火線につづいて機体が、カリンの頭上をかすめすぎる。

「世の、なかを、甘く、みる、こと」

音節ごとにカリンの愛機は機首の角度を変えている。反転を完了したのは敵機のほうが早かったが、火線はむなしく虚空を縫っていた。中性子ビーム機銃の照準に、カリンは敵機をとらえ、ヘルメットのなかで、薄くいれた紅茶の色の髪をゆらした。

「くたばりなさい、皇帝（カイザー）！」

「カーテローゼ・フォン・クロイツェル伍長は、一機を撃墜して、無事に生還したそうです」

その報告をうけたとき、カリンの血統上の父親であるワルター・フォン・シェーンコップ中将は、戦艦ユリシーズの艦上で、ポケットウイスキーの瓶をあけた。顔前に瓶をかかげて、ふくみ笑いする。

「おてんば娘に乾杯……！」

それが父親としての真情であるのか、たんなる口実であるのか、不敵すぎる表情から、他者はうかがい知ることができなかった。

V

四月三〇日二三時一五分、ファーレンハイト上級大将の旗艦アースグリムは、ついにヤン艦隊の火力の網にとらえられた。潰走する味方の最後衛にあって、その全面潰走をくいとめ、退却を援護しつづけていたのだが、味方の減少と敵火力の密度の増大とは、比例せざるをえなかったのである。

エネルギー中和システムの能力が限界をこえた瞬間、灼熱した光の矛がアースグリムの艦腹をつらぬきとおした。誘爆が生じ、炎の蛇が艦内をのたうった。ファーレンハイトは指揮シートから放りだされ、壁面に、ついで床にたたきつけられた。激痛が螺旋状につきあげ、傷ついた肺の奥から、血と空気が口をとおって逆流し、床に散らばった。

床に半身をおこしたとき、ファーレンハイトは急激に接近する死の足音を耳道の奥に聴いた。血に汚れた顔でファーレンハイトは一笑した。水色の瞳が照明をうけて金属的な反射光を放った。
「おれは皇帝（カイザー）ラインハルト陛下にもおとらぬ貧乏貴族の家に生まれて、食うために軍人になったのだ。何度も無能な上官や盟主にめぐりあったが、最後にこのうえなく偉大な皇帝（カイザー）につかえることができた。けっこう幸運な人生と言うべきだろう。順番が逆だったら目もあてられぬ……」

あらたな激痛が血のかたちをとって口の端からこぼれた。暗度をます視界のなかで、従卒としてしたがっていた幼年学校の生徒が、まだ彼の傍にひかえているのを彼は見た。涙と埃に汚れた顔を直視して、ファーレンハイトは叱りつけた。

「なにをしている、さっさと脱出しないか」

「閣下……」

「さっさと行くのだ。アーダルベルト・フォン・ファーレンハイトが戦死するときに子供を道づれにしたと言われては、天上（ヴァルハラ）に行ってから、おれの席が狭くなる」

火と煙と屍臭（ししゅう）にむせかえりながら、幼年学校の生徒は、けんめいに、学校の精神を遵守（じゅんしゅ）しようとしていた。

「ではなにか、形見をください。生命に代えても皇帝陛下のもとへおとどけいたしますから」

死に瀕（ひん）した帝国軍の勇将は、あきれたように少年を見やった。苦笑を浮かべようとしたが、もはやその力すら失われていた。

「わかった、形見をやる……」

声帯の自由も急速に失われつつあった。

「お前の生命だ。生きて皇帝（カイザー）にお目にかかれ。死ぬなよ、いいか……」

自分で発した声を、ファーレンハイトはおそらく自身で聴きおえることはなかったであろう。司令官の死に、旗艦の死がつづいたのは二三時二五分であり、ごく少数の生存者はシャトルに身を託して流血の道をのがれでていった。

五月二日、敗残者の群は皇帝（カイザー）ラインハルトの本隊との合流をはたした。ビッテンフェルトの黒色槍騎兵（シュワルツ・ランツェンレイター）は艦艇一万五九〇〇隻のうち六二三〇隻を失い、兵員一九〇万八〇〇〇名のうち六九万五七〇〇名を戦死させた。ファーレンハイト艦隊は、艦艇一万五二〇〇隻のうち八四九〇隻を失い、兵員一八五万七六〇〇名のうち一〇九万五四〇〇名を戦死させた。そしてなによりも、ローエングラム王朝軍の上級大将がはじめて戦場に斃（たお）れたのである。

「ファーレンハイトが死んだか……」

蒼氷色（アイス・ブルー）の瞳が憂愁に沈んだ。決戦の前哨（ぜんしょう）において、軍最高幹部の一角を失ったのだ。リップシュタット戦役においてはラインハルトの敵陣に身をおきながら、将才のゆえに赦（ゆる）されて金髪の覇者に厚遇されたほどの男である。おしくないはずはないが、それ以上はラインハルトは口にせず、生還したもうひとりの上級大将に水晶の剣にも似た視線を投げつけた。アムリッツア会戦以後、最初の敗北を喫した猛将は、疲労しきった表情で、それでも精いっぱい姿勢を正して、皇帝の怒声を待っていた。

「ビッテンフェルト！」

「はっ……」

「卿らしい失敗だな。罠の存在を予期しながら、あえてそこに踏みこみ、それを噛み破ろうとこころみて、はたせなかったか。万骨かれて一将の功もならなかったわけだ」

ビッテンフェルトは全身を使って声調をととのえた。

「むなしく僚友を死なせ、陛下の兵士を多数そこないました。無能非才の身、どのような罰に処されようとお恨みはいたしません」

ラインハルトは頭をふった。豪奢な黄金の髪が、固形化した陽光を思わせて波うった。

「とがめているのではない。卿らしからぬ失敗をするよりは、よほどよい。このうえは、卿らしい働きで失地を回復せよ。ファーレンハイト元帥も、それをこそ望むであろう。予も、これまでにない覚悟でヤン・ウェンリーにたいするつもりだ。卿の力を予に貸せ」

死せる上級大将が、ローエングラム王朝で四人めの元帥に叙せられたことを人々は知った。

ビッテンフェルトは深々とさげたオレンジ色の頭を、しばらくはあげることができなかった。

彼は主君の寛大さに率直に感動していたが、若い覇王の傍にひかえるロイエンタール元帥の洞察は、ややことなる。皇帝の覇気がヤン・ウェンリーという一個人の打倒にのみそそがれているのが彼には意識と無意識の双方でわかったのだ。

「勝利か死か、ですか、わが皇帝（マイン・カイザー）」

ロイエンタール元帥がなかば独語のように言うと、皇帝の首席秘書官であるヒルダが、わずかに身じろぎして、皇帝と統帥本部総長とを等分にながめやった。

「ちがうな。勝利か死か、ではない。勝利か、より完全な勝利か、だ」

ラインハルトは透明感のある声で笑った。自分でも大言壮語がすぎるかな、と、ときに思わないではない。だが、彼としては、自己の存在理由をあらためて確認してみたかったのである。勝利をえるために戦場にあることの至福を、彼はこのとき全身で実感している。

ひさびさに、皇帝陛下がお笑いになった。近侍（きんじ）のエミール・ゼッレ少年にとっては、それがなによりも喜ばしかった。

第四章　万華鏡（カレイドスコープ）

Ⅰ

銀河帝国軍大本営は皇帝（カイザー）ラインハルトの名において、アーダルベルト・フォン・ファーレンハイト上級大将の戦死と元帥への昇進を公表した。

その報はイゼルローン要塞へひとまず帰還したヤン艦隊の知るところともなった。メルカッツ提督はかつての戦友のため一日間の喪に服し、五月一日の作戦会議に旧ゴールデンバウム王朝の宿将の姿は欠けた。代理者として出席したシュナイダーは喪章を胸にして座につき、ヤン艦隊の〝かたくるしさ〟を独占するムライ中将からやや棘（とげ）をふくんだ視線をむけられた。もっともムライも口にだしてまで非難はせず、ワルター・フォン・シェーンコップはというと、

「喪服を着た女が美人に見えることは、たしかな事実だ」

などと、とんでもなく非軍事的な感想をのべて、ムライから棘どころか針だらけの視線をうけたものである。

この席上、ヤンは疲労して、グラス一杯のブランデーと浴槽いっぱいの湯とをひたすら欲しているようにみえるが、これはこと珍しい風景ではない。他人には不可能事としか思えない奇策を考案するとき、彼は知性と活力にみちた創造的芸術家の風格をみせるときもあるが、それが実行され結果を生じたあとは、老いた猟犬のように怠惰なようすになるのがつねだった。

「戦いが終わると、彼は、自分が戦いを嫌っていたことを思いだして、やや不機嫌になる」

とは、ユリアン・ミンツの述懐するところだが、彼はことさら皮肉な観察をおこなったわけではなく、むしろその怠惰ぶりを弁護してすらいるのである。フレデリカ・G(グリーンヒル)・ヤンにいたっては、夫に弁護の必要を感じるどころか、怠惰を美徳の一種にかぞえかねない、という評判であって、この両者からヤン・ウェンリーという人物にたいする厳正な評価をえようとこころみるのは、無益というものであろう。

「わが軍は緒戦においてひとまず勝利をえましたが、これは帝国軍の基本戦略になんらかの影響をあたえるでしょうか」

ムライの発言で会議が会議らしくはじまるのも、ヤン艦隊の慣習ともいうべき風景である。不敵・不遜・不逞の三拍子そろった年少の幕僚たちからは、ムライはあきらかに煙たがられていた。〝薔薇の騎士(ローゼンリッター)〟連隊長カスパー・リンツ大佐は少年時代、画家志望であって、ヤン艦隊の幕僚たちの似顔絵を多くスケッチしているが、ムライの場合には顔を描かず、軍用ベレーと軍服のあいだに〝秩序〟という文字を書きこんでいる。だが、ムライの目と口がなかったら、

〝流亡の私兵集団〟が軍隊としての組織を維持しえるかどうか、はなはだ危ぶまれるところであった。

「いや、べつにたいした影響はないだろうね。今回はアムリッツァやバーミリオンのときとはちがう。私が根性悪く穴にひそんでいるものだから、皇帝(カイザー)といえども戦場をほしいままに設定するわけにいかないのさ」

根性悪く、というのはヤンの謙遜ではなく事実である。こと戦術にかんするかぎり、ヤンは好人物でも理想主義者でもなかった。勝つまではこのうえなく辛辣になり、容赦がないのである。

このときすでに、ダスティ・アッテンボローは回廊の入口に五〇〇〇万個の連鎖式爆発機雷を敷設すべく、作業の指揮にあたっている。オリビエ・ポプランに言わせると、〝けんかの準備にかんするかぎりは骨惜しみしない男〟が、その本領を発揮しているのであった。

「帝国軍の侵入にたいし、時間かせぎをするためだろう」

とは一般の観測であり、ヤンもそれを否定しない。連日連戦の疲労がヤン艦隊に残っているのは事実であった。短時間で身心をリフレッシュさせるためのタンク・ベッドがフル回転していたが、興奮と緊張と不安がタップを踏んで兵士たちの精神回路を徘徊(はいかい)しているため、一日に幾度もタンク・ベッドにはいる者が続出した。さすがに、シェーンコップやアッテンボローやポプラン級の精神的水準を有する者は、〝お祭りヤン・ファミリー〟にもそれほど多くはないようであった。ユリアンも、疲労を感じてはいなかったが、心臓と肺の機能はともすれば安定を欠くように思えるのだった。

いっぽう、帝国軍はどうであったか。

緒戦におけるファーレンハイト上級大将の戦死と黒色槍騎兵（シュワルツ・ランツェンレイター）の敗北とは、帝国軍にとってむろん衝撃ではあったが、精神上の致命傷となってはいなかった。ファーレンハイトは名将であった、黒色槍騎兵は勇猛であった。しかしなんといっても彼らは皇帝（カイザー）ラインハルトではない。讃（たた）うべきわが皇帝（マイン・カイザー）は、無傷の誇り高き翼を黄金色にはばたかせているではないか。

兵士たちの士気（モラール）は高いが、帝国軍の最高幹部たちは士気だけをたよりに作戦指導をおこなうわけにいかず、〝帝国軍の双璧〟は連日にわたる協議をかさねていた。

「大軍、大兵力は戦略レベルでの優位を確立するために不可欠の要因である。だが、戦術レベルにおいては、かならずしもそうではない。とくに戦場の地形によっては逆に敗因のひとつともなる」

そのていどの軍事学上の常識は、ミッターマイヤーもロイエンタールも充分に心得ている。たんに大軍をうごかすだけで勝利をおさめうるものなら、〝ダゴン星域の会戦〟においてゴールデンバウム王朝は自由惑星同盟軍（フリー・プラネッツ）を完全に覆滅（ふくめつ）せしめていたはずである。また、〝アムリッツァ会戦〟において、同盟軍は勝利者となりえていたはずである。大兵力が大兵力として機能するためには、第一に補給を完全にし、第二に情報を正確に伝達し、第三に遊兵をつくらぬことが必要であった。そしてロイエンタールとミッターマイヤーは、イゼルローン回廊という特殊な地形を前に、第三点に留意(りゅうい)せざるをえなかったのだ。

〝大親征〟の終幕を壮麗な光輝によって飾るべき〝回廊の戦い〟は、皇帝(カイザー)ラインハルトにとって最上の会戦であるとは、かならずしも定評をえていない。後世の戦史家のなかには、皇帝(カイザー)ラインハルトの用兵の特色であった〝華麗なる洗練〟が、この戦いにおいて影をひそめ、〝たんなる戦力的優越の誇示〟にすぎなくなったと指摘する声もあるが、それは批判であるのか、それとも残念がっているのか。いずれにしても、ラインハルトの〝戦力的優越〟はまったく揺らいではいないのだが、それも戦力を生かす環境があってのことである。

ヤン艦隊がイゼルローン回廊の入口に機雷を敷設した、との情報は、帝国軍最高幹部たちの眉をひそめさせた。ヤン・ウェンリーの企図するところを、すぐには察しえなかったのである。本来、ヤンは帝国軍を回廊内にひきずりこむことに戦術上の活路を見いだしていたはずではなかったのか。帝国軍の侵入に際して、迎撃の時間をかせぐつもりでもあろうか。

「なんのために指向性ゼッフル粒子があるのか。アムリッツァ会戦のときのように、あれを使って機雷原に道を開けばよいではないか。ヤンのたくらみなどとるにたりぬ」

その意見を、統帥本部総長ロイエンタール元帥は一蹴した。アムリッツァ会戦のときとは事情がまったくことなる。現在の戦場は、それでなくてさえ狭小なイゼルローン回廊であり、そこに機雷原によって栓をされた以上、行動の自由はいちじるしく制約されてしまう。

「吾々がその栓にゼッフル粒子をもって穴をあけたとする。ヤン艦隊は待ちかまえて、そこへ砲火を集中するだろう。吾々は穴からでてくる瞬間を狙撃されて、反撃の法もなくなぎたおされることになる」

だが、いずれにしても、回廊にひそむヤン艦隊を覆滅させるためには、回廊内に侵入するしかない。

「提案をすべて捨てることもないか」

つぶやいたロイエンタールは、半日にわたる思案のすえに、彼自身の作戦を立案し、皇帝に具申した。

ロイエンタールの提案になる作戦をうけたラインハルトは、いきおいよく黄金の髪を揺らして諒承の意をしめした。

「卿の作戦を、よしとする。ひとたび回廊内に侵入をはたせば、わが軍は敵の七、八倍、ヤン・ウェンリーとその一党を覆滅せしめるに充分であろう」

「陛下の御意をえて、作戦を実行にうつしたく存じます。なにか不備な点をお見つけでしたら修正いたしますが」

「いや、かまわぬ。もし、卿の作戦をもってしても勝利をえられぬときは、予があらためてヤンの奇謀に対抗する手段を考えよう。ご苦労であった」

　オスカー・フォン・ロイエンタールも、彼の主君や敵手とおなじく、矛盾を秘めた人格である。さまざまな傍証から、彼が皇帝（カイザー）ラインハルトの最終的な勝利をのぞんでいなかったのではないか、との疑惑をいだかれている身であるのに、立案した作戦は、当時の状況や条件からみて、おそらく最上のものであった。ウォルフガング・ミッターマイヤーは、主君と親友と、双方にたいする配慮から、細密な検討をこの作戦案にくわえたが、修正すべき箇処を見いだしえなかった。

「疾風ウォルフ（ウォルフ・デア・シュトルム）に合格点をいただけるとは光栄だ。おれにも宇宙艦隊の平（ひら）参謀ぐらいはつとまりそうだな」

　ロイエンタールが言うと、それをうけて、活力に富んだグレーの瞳が、紙背（しはい）にとおるような眼光をたたえた。

「いや、だめだな、卿（けい）におれの幕僚はつとまらんよ。おれは皇帝（カイザー）とちがって、有能な部下に嫉妬するタイプなのでな」

　へたな冗談にへたな反応でむくわれたロイエンタールは、黒い右目と青い左目と端整な唇とに、それぞれ微妙にことなるかすかな笑いをきざんだ。

「疾風ウォルフはご謙遜だ。全宇宙でおれに勝ちうる用兵家といえば、わが皇帝（マイン・カイザー）と、ヤン・ウエンリーと、メルカッツと、それに卿とがいるだけなのにな――そのうちふたりと戦わずにすむのは幸福なことだ」

ロイエンタールの声は、温度のことなる重層的な海流のひびきを思わせる。ミッターマイヤーは、半秒の沈黙ののちに、指先で自分の耳朶(じだ)をつまんだ。

「卿の論法をもってすれば、現世において五指にはいる用兵家のうち過半数はこちらの陣営にいることになる。共通の目的のため協力すれば勝利はおのずと手中にはいることだろう」

不意にいらだたしげな表情を疾風ウォルフはつくった。

「やめよう、ロイエンタール、卿とおれとがなぜこうもいわくありげな会話をかわさねばならんのか、おれにはわからぬ。つい最近までまったくそんな必要はなかったではないか」

素直な表情で、ロイエンタールはうなずき、年来の友に笑いかけた。

「まったくそのとおりだ。せっかくの夜、うまい酒を飲んですごしたいものだな。どうだ、四一〇年ものにはおよびもつかぬが、四四六年ものの白があるぞ」

Ⅱ

宇宙暦(SE)八〇〇年、新帝国暦二年の五月三日、六時三〇分、銀河帝国軍は皇帝(カイザー)ラインハルトの直接指揮のもと、イゼルローン回廊に進入を開始する。緒戦において一〇〇万以上の将兵を失ったとはいえ、なおその戦力は艦艇一四万六六〇〇隻、将兵一六二〇万人におよび、しかも後方にはなお予備兵力を擁していた。回廊と旧同盟首都ハイネセンの中間に布陣するアウグスト・ザムエル・ワーレン上級大将の艦隊がそれであって、彼の麾下だけで一万五二〇〇隻を算する。これにたいし、ヤン・ウェンリー軍はすでに二万隻を割りこみ、数のうえではもはや比較のしようもない。

皇帝ラインハルトは、総旗艦ブリュンヒルトの艦橋にあって、機雷を処理しつつ先鋒部隊が進んでゆくさまを、スクリーンごしに見まもっていた。

〝沈黙提督〟ことエルンスト・フォン・アイゼナッハ上級大将は、皇帝の命令をうけたまわって、第二陣の突入部隊の指揮をとることとなった。

「大命をこうむり、武人として光栄のきわみであります。陛下の御為に微力をつくし、ことならざるときは一命をもってお詫びいたす所存です。皇帝ばんざい！」

などとアイゼナッハは言わず、うやうやしい無言の一礼のみを残して皇帝ラインハルトの前から退出した。

ほかの提督たちも、ラインハルトの命令をうけて、つぎつぎと部署にむかっている。緒戦において敗北の苦杯をなめたビッテンフェルトは、一時的に旧ファーレンハイト艦隊の指揮権をもゆだねられ、二万隻にちかい戦力を擁することになった。ラインハルトが、猛将の強烈な復讐心に期待していることは、当事者にも僚友たちにも明白であった。

最年少の上級大将ナイトハルト・ミュラーは後衛である。

宇宙暦(SE)七九九年から八〇〇年にかけての遠征、通称〝大親征〟において、ナイトハルト・ミュラーはほとんどつねに最後衛の指揮をラインハルトからゆだねられている。これは帝国軍が、長大な征路の後方にたいする不安を完全に消去しえなかった事実を意味する。なにしろ後方には広大な旧敵国の宙域が広がり、ひとたび組織的な蜂起(ほうき)が生じれば、歴戦のワーレンをもってしても手におえなくなる危険性があった。そのようなとき、ミュラーは戦場から反転し、ワーレンと協力して帝国本土への長大な帰路を確保しなくてはならない。また、ありえることとも思えないが、帝国軍の後背から敵襲があったとき、それを防ぐ役もある。

先鋒を命じられ、機雷原の掃宙(クリーニング)と回廊最深部への突入をおおせつかったのは、ロルフ・オットー・ブラウヒッチ大将である。彼は半日以上の苦心にみちた作業のすえ、ようやく責務をはたすことができた。

ロルフ・オットー・ブラウヒッチ大将は、かつてジークフリード・キルヒアイスの麾下であり、その死後、ラインハルトの直属に転じた男である。前線にあっても後方にあっても一流の処理能力を有し、事前の周到な準備と戦闘における果断さで若くして高位をえた。一部には、〝自分自身でおこなった準備を忘れてむやみに突進する〟という評価もある。その勇敢さは生来のものであり、周到さは努力の結果であるといえるかもしれない。

五月三日二一時〇分、ブラウヒッチは、最初の砲火をヤン艦隊にむけて斉射する。正確に一五秒後、応射が暗黒の虚空を引きさいて殺到してきた。光の点と光の線が半瞬ごとに数をまし、やがて光の広大な幕が波うちながらスクリーンを占拠する。
この瞬間から、回廊は、破壊と殺戮のめくるめく万華鏡（カレイド・スコープ）と化した。

ブラウヒッチ艦隊は、たちまち、集中する火力の前にさらされた。しかも後方には機雷原があり、後退は不可能にひとしい。

覚悟のうえであり、これも作戦の一環である。ブラウヒッチは、麾下の艦隊六四〇〇隻を一〇〇隻単位の小集団に分けて敵火力の集中を回避する作戦を皇帝（カイザー）からさずけられていたが、それを実行する過程で、すくなからぬ損害をこうむった。前後を火と光の壁にはさまれ、帝国軍先鋒部隊は危地に追いこまれる。

五月四日二時二〇分、帝国軍統帥本部総長ロイエンタール元帥は、作戦の第二段階を指示する。

指向性ゼッフル粒子の放出が開始された。目に見えない雲の柱が五本、機雷原をつらぬき、点火されると、背筋をのばした巨大な五頭の火竜が暗黒の虚空に躍りたつ。それは壮麗な光景であり、壮麗さが内蔵する恐怖の、たけだけしい具現化であった。火竜が死滅したあとには、五本のトンネル状の通路がうがたれる。火竜をつかみ殺した巨神の指あとをしめすように。
五カ所のトンネル状通路を、高速巡航艦が突進した。
回廊内に躍りこんだ彼らは、たちまち同盟軍からあびせられる砲火のため、火球と化して爆発した。だが、五カ所を同時に制圧するのは不可能であったし、だいいち、それは陽動であった。敵が五本のトンネルに注意を集中させているあいだに、帝国軍の主力はブラウヒッチが苦労して切りひらいた通路から、回廊内へ侵入をはたしている。

二時間にわたる激闘のすえ、帝国軍はようやく回廊内に橋頭堡(きょうとうほ)ともいうべき宙点(ポイント)を確保した。五月四日一二時〇分、皇帝(カイザー)ラインハルトの旗艦ブリュンヒルトの純白の姿が回廊内にあらわれると、ヤン艦隊の通信回路を、音声化した緊張と興奮が流れわたった。

「皇帝(カイザー)のおでましだ。花束の用意はいいか」

アッテンボローのへらず口すら、やや精彩を欠く。呼吸と鼓動をととのえ、指揮卓に平手をたたきつけて、彼は叫んだ。

「撃て(ファイヤー)！」

砲戦において、アッテンボローはヤン・ウェンリー流の一点集中砲撃戦法をもっともよく習得している。数万本の光条が数百の宙点(ポイント)に豪雨と化して集中した。計算と実践の、完全なコンビネーションである。

密集態形の帝国軍は、正面からの砲火を回避しえなかった。不可聴の破壊音が艦艇と人間をたたき、光と熱は滝となって六方の空間にふりそそぐ。

無数の小恒星が炸裂し、放出されたエネルギーの渦が連鎖して、せまい回廊に濁流のうねりをおこす。そのため帝国軍もヤン艦隊も艦列をみだし、さらにはエネルギー・ビームが直進をはばまれて射撃命中率が低下するありさまで、前線は一時、混乱をきわめた。さきに秩序を回復したのは、やはりこの回廊での戦闘に慣れたヤン艦隊であった。ミッターマイヤーがせまい回廊の地形と、ヤン艦隊からの砲火になやまされながら、正統的な陣形をどうにかつくりあげたところへ、肉薄して激烈な砲火をあびせかける。

「左翼は後退！　中堅および右翼は前進！」

ミッターマイヤーの意図は、左翼の後退によって敵の前衛をひきずりこみ、同時に中堅と右翼を時計と反対方向に半転回させて敵の左側面を直撃することにあった。〝疾風ウォルフ（ウォルフ・デア・シュトルム）〟でなくてはよくなしえないダイナミックな用兵であったろう。

それが成功していれば、ヤンは苦境に立たされたにちがいないが、このとき、ミッターマイヤーの指令の迅速さは、部隊の行動に連動しなかった。通信体系も完全には機能しておらず、大兵力の行動を自由にする空間的な余裕もとぼしかった。帝国軍の艦列がやや混乱した一瞬をのがさず、ヤンは斉射を指令した。

爆発光の波濤が、ブリュンヒルトのスクリーンを占拠した。純白の女王をまもっていた数百艦が一度に火を噴き、脈動する光のなかでちぎれとぶ。それでも分厚い帝国軍の陣容は、ブリュンヒルトの姿をまだ露出させない。

ミッターマイヤーは鋭い舌打ちの音をたてて副官アムスドルフ少佐をかえりみた。

「元帥だの宇宙艦隊司令官だのと顕職（けんしょく）にまつりあげられているあいだに、おれも戦闘指揮の感覚がにぶったとみえる。味方がついてこれないような作戦をたてるとはな」

彼は皇帝に願いでて、総旗艦ブリュンヒルトからみずからの旗艦〝人狼（ベイオウルフ）〟に移乗し、最前線の渦中にのりだした。これが五月四日二〇時一五分のことである。

Ⅲ

「疾風ウォルフが最前線にでてきたぞ！」

帝国軍の通信回路に歓声がみちた。皇帝（カイザー）自身をのぞいて、兵士たちにこれほど人気のある将帥は帝国軍にいない。ロイエンタールでさえ、わずかにおよばないであろう。ミッターマイヤーは平然と敵の砲火に身をさらしつつ作戦を再構築し、実行を部下に命じた。

「バイエルライン、行け！」

敬愛する上官の命令は、若い勇将を昂揚させた。このとき彼の麾下は六〇〇〇隻前後で、帝国軍にあっては大部隊とはいえないが、機動性と鋭敏さにおいて傑出した存在であることはたしかであった。ミッターマイヤーは、ほぼ縦隊で進まざるをえない帝国軍において、バイエルラインに一翼を形成させ、半包囲の可能性をもたせようとしている。

それを迎撃したのは、ダスティ・アッテンボローの艦隊である。ヤンにはミッターマイヤーの作戦意図が読めたので、これをかならず阻止せねばならなかった。

バイエルラインの戦闘指揮能力と、アッテンボローのそれとは、ほぼ拮抗（きっこう）している。拮抗していないのは保有している兵力であって、アッテンボローの兵力は前面に展開する敵手と比較して八割に達しない。激突から混戦へと戦況が展開すれば、いずれ劣勢に追いこまれるであろう。

したがって、アッテンボローとしては、バイエルラインをヤンの本隊とのあいだにひきずりこんで挟撃したいところであった。そのため、最初の激突からわずか五分後には退却を開始して敵の突出を誘った。

バイエルラインは敵の罠をさとったが、ここでしりぞいては大局が変化しようがない。ミッターマイヤーが策（て）をうってくれることを信じ、あえて誘いにのって突出した。それどころか、より積極的に行動速度をあげ、まるで浪費するかのようにビームとミサイルを乱射しつつ猛進した。

このとき、ヤンの戦術行動は、異常なまでに熟練している。ミッターマイヤーのうごきを砲火によって牽制しつつ、一〇時方向に前衛部隊を高速移動させ、バイエルラインが気づいたときには半包囲態勢を確立させつつあった。バイエルラインはあわてて後退し、それによって被害を最小限にくいとめることができた。

「魔術師め、バイエルラインをもてあそんだか。まだまだ役者がちがうな」

ミッターマイヤーは短く、いささか深刻に苦笑せざるをえない。ヤン・ウェンリーの統率と用兵がないかぎり、〝エル・ファシル革命軍〟など烏合(うごう)の衆であるにすぎない。逆にいえば、ヤンの指揮があるかぎり、麾下の軍隊は宇宙で最強の精鋭であり、左に戦い右に守り、前に進み後ろにしりぞき、二万隻の軍が一〇万隻にも匹敵する活動ぶりをしめすだろう。だが、それはむろん消耗と疲労につながる。精神はつかれなくとも、身体が意思への服従をがえんじなくなる。

そのときこそ、勝機がおとずれるだろう。ミッターマイヤーはそう思うのだが、勝機がくるまで帝国軍の秩序が維持されるとはかぎらなかった。帝国軍は、それでなくてさえ逐次投入にちかい戦力の使いかたを強制されている。ラインハルトもロイエンタールもミッターマイヤーも、その愚を知悉しているのだが、ひとたび回廊内にひきずりこまれては、ほかに選択のしようがなかった。間断なく兵力を投入し、ヤン艦隊に連戦をしいて、その疲労と損傷を蓄積させていく以外にないであろうと思われる。

いっぽう、ミッターマイヤーの作戦指揮も、敏速さと正確さにおいて神技にひとしい。彼は親友のロイエンタールとおなじく、皇帝(カイザー)の今回の親征にたいして戦略上の批判をいだいていたが、ひとたびラインハルトの意をうけると、みずからの立場を戦術レベルの指揮官たるに限定して、全知全能を眼前の戦場における優位の確立に集中させていた。手もとに、機動力中心のものと火力中心のものと、二種類の戦闘集団をおいて一〇〇〇隻単位でうごかし、くずれかける戦線をそのつど補強する。さらに輸送船と病院船をフル回転させて、味方の兵站(へいたん)を有機的に結合することもした。

このため、ヤン艦隊の優勢を許しながらも、帝国軍は潰走せず、頑強に艦隊秩序を維持しつづけ、ヤンをして感歎(かんたん)させることになった。

「さすがに疾風(ウォルフ・デア・シュトルム)ウォルフだ。あの用兵は奇をてらわないが、凡将(ぼんしょう)のよくするところではない」

この賞賛は、じつのところミッターマイヤーにとってはばかばかしいであろう。帝国軍は敵よりはるかに兵力においてすぐれているのに、狭隘(きょうあい)な戦場にひしめきあって行動の自由を失い、後方の兵力は戦闘に参加することもできず、遠くから、味方の壁にさえぎられつつ情勢を見まもるだけである。

「遊兵をつくってしまった、なんというぶざまさだ」

と思い、ミッターマイヤーは焦慮(しょうりょ)をおぼえた。用兵学の基本に合致していない気はずかしさである。

五月六日、ヤンはメルカッツの献策をもちいて帝国軍に攻撃をくわえた。ヤン自身とメルカッツとアッテンボローが帝国軍の左翼——幅のせまいものであるが——にあいついで兵力をたたきつける。帝国軍が左翼に主力をそそぐ間に、マリノがひきいる分艦隊が帝国軍の中核を衝くというもので、奇策というより正統派の用兵の一種である。だがそれだけに成功確率は高く、事実、成功しかけた。

「よし、行け！」

マリノ准将は床を蹴って叫んだ。

「生きて華麗なる皇帝を、もっとも華麗に葬ってやるぞ」

自分自身の声に昂揚して、マリノは呼吸をはずませ、雷光が避雷針へ落ちかかるような勢いと速度で、ラインハルトの旗艦ブリュンヒルトに襲いかかっていった。

シュタインメッツ上級大将が、主君の危機に気づいた。彼の部隊も艦列を細長くのばして、かならずしも戦闘に有利な態勢ではなかったが、もともとの数が多い。猛進するマリノを阻止すべく、左斜め前方から襲いかかった。

敵軍の数と勢いにおされて、マリノの分艦隊は右方向へなだれをうった。三〇分弱の交戦で、マリノは麾下の四割を失い、艦列もくずれて潰走寸前となった。それを救ったのはヤンの本隊である。

シュタインメッツ艦隊のオペレーターが悲鳴を放った。

「敵主力、密集態形で突入してきます！」

シュタインメッツは迎撃を指令したが、ヤン直属部隊の砲火は精密さにおいて類をみない。シュタインメッツ艦隊は、数万キロにわたってつらなる火球と爆発光の群と化した。

このとき無言のうちに連係したヤン本隊とメルカッツの支隊とが、両翼となって交互にシュタインメッツの艦列をたたき、彼の艦隊はおどろくほどの速度で解体されていった。

シュタインメッツの旗艦フォンケルが、三本の磁力砲弾を同時にうけたのは、五月六日一一時五〇分である。

爆発につづいて火災が発生し、艦内は恐慌（パニック）につつまれた。火神の剣が艦橋で一閃し、幕僚たちを熱波の底になぎたおし、設備や計器類を吹きとばした。苦痛の叫びが死のうめきへと急変するなかで、シュタインメッツの副官セルベル中佐は血と火と煙をすかして司令官の姿をもとめた。シュタインメッツは彼の傍に、あおむけに倒れていた。セルベルはひとかたまりの血をはきだすと、赤く染まった口を開いた。

「閣下、閣下の左脚は完全につぶれていますぞ」

「……卿（けい）の報告はいつも正確だな。おかげでこれまで何かと助かった」

笑いもせずにシュタインメッツは応じ、感覚を喪失した左半身を、むしろ事務的にながめやった。

「これでは助かりそうにないな、卿の傷はどうだ?」

返答はえられなかった。セルベル中佐はみずからがつくりだした血の池に伏せて、もはや微動だにせず、その血も床下からの放熱のため急速に蒸発しつつある。シュタインメッツはボーレン参謀長の名を呼んだが、やはり返答はなかった。無感覚が右半身へと拡大をつづけ、出血がそれにともなった。視界に夜がおり、耳道に見えざる障壁がつくられた。

「グレーチェン！」

と提督はつぶやき、最後の呼吸をもらした。

シュタインメッツ上級大将の旗艦フォンケルが虹色の光彩につつまれる姿を、ロイエンタールは色のことなる両眼に映しだして、一瞬さすがに呼吸を停止させた。ラインハルトが統帥本部総長を肩ごしにかえりみた。半面がスクリーンからの光芒（こうぼう）に灼かれて、若い皇帝は白磁と黒曜石でつくられた彫像のように見えた。

「シュタインメッツは脱出したか？」

「……ただちに確認いたします、わが皇帝（マイン・カイザー）」

四半瞬の自失を、自分自身にすらさとられることなく、ロイエンタールは皇帝の下問に応じた。

シュタインメッツの司令部で唯一の生存者であるマルクグラーフ少将が、司令官の戦死を報告してくるまで、三分間を要した。ファーレンハイトにつづいて有力な将帥を失ったことを知ると、若い美貌の皇帝（カイザー）は黄金の前髪と白い額とを同時に片手でおさえた。睫毛（まつげ）の長い目をとざしたのは一瞬のことで、蒼氷色（アイス・ブルー）の瞳がひとりの人物を直視した。

「フロイライン・マリーンドルフ」

「はい、陛下」

「あなたを第二代の大本営幕僚総監に任命する。シュタインメッツに代わって予を補佐してほしい」

ヒルダはつねの聡明さに似あわず当惑した。

「ですけど、陛下、私は……」

ラインハルトは、岩塩を素材として彫刻されたような白い手をあげ、伯爵令嬢の異論を封じた。

「ああ、わかっている。たしかにあなたは一兵を指揮したこともない。だが、兵士を指揮するのは前線の提督たちで、彼らを指揮するのは予だ。あなたは予に助言してくれればそれでよい。誰が皇帝の人事に異をとなえるというのだ」

ヒルダはうやうやしく一礼した。異議をとなえる可能性のきわめて高い、ある人物の名を、彼女はあえて口にしなかった。

Ⅳ

この時機、帝国軍の陣列は破綻(はたん)をきたしており、ミッターマイヤーの神速の用兵でさえ、帝国軍の破綻を完全に修復することはできなかった。たとえば、シュタインメッツ艦隊は弱兵などではないのに、司令部が全滅したため統一されたうごきができず、ヤン艦隊の攻撃に果敢に抵抗しつつも、効果はゼロにひとしかった。それどころか左右に無秩序に艦列を展開するため、かえって味方の指揮系統を混乱させるありさまであった。

総旗艦ブリュンヒルトの艦橋で、皇帝(カイザー)ラインハルトは、眼前にせまった敵の砲火を、ごくわずかに優美な眉をひそめつつも平静にながめやっていた。傍にあって、その姿をロイエンタールが注視している。

あるいは、この金髪の覇王とともに、ここで生を終えることになるか——。

それもまたよし。ロイエンタールは、心の奥の薄明るい鏡にむかって人しれず笑いかけた。

もっとも、彼は、大本営の危機をふせぐため、事前に配慮している。

アレクサンデル・バルトハウザー少将は、ロイエンタール元帥麾下の勇将として知られる。きわだった才幹の所有者ではなく、大兵力を統率する器量もないが、命令に忠実で戦場でのはたらきに骨おしみしない点が、ロイエンタールの信頼をうけていた。少数の兵の動向によって局面が変わる、というときに、ロイエンタールはこの人物をよく使った。

このバルトハウザーの指揮する二四〇〇隻が、ヤン艦隊の右側面に並行するようなかたちで砲火をあびせ、その進撃速度をにぶらせることに成功した。わずかの時間だが、総旗艦ブリュンヒルトが退避するには充分な時間がかせげた。ラインハルトはその矜持から、後退をいさぎよしとしなかったが、敵主力をひきずりこんで挟撃することができる、と、ロイエンタールに説得されたのだ。だが、帝国軍各部隊の連動の速度は、ロイエンタールの期待を裏ぎった。ブリュンヒルトの後退によって生じたスペースは、帝国軍の艦列に埋められるより早く、ヤン艦隊に突進すべき場をあたえることとなった。

ヤン艦隊は猛然と前進し、オペレーターの絶叫でそれを知らされたロイエンタールは、意外に思いつつも砲列を敷いてそれを迎撃しようとした。

その瞬間に、ヤン艦隊は天底方向へ突進し、帝国軍の防御陣をかいくぐると、下方からラインハルトの本隊にビームとミサイルをあびせかけ、至近から艦列へ突入していったのである。

帝国軍の諸将は戦慄した。このときのヤンの用兵ぶりは、智将というより猛将と呼ぶにふさわしい。砲火は苛烈をきわめ、帝国軍の抵抗を撃砕してラインハルトの永遠の乗艦たるブリュンヒルトに肉薄していく。

ラインハルトも戦慄している。だが、それは恐怖ではなく昂揚の極致としてであった。

「これだ、これでなくてはな」

白磁の皮膚が生気にみちて紅潮し、呼吸がこころよくはずんだ。光とエネルギーの巨大な波濤が宇宙の一角を席巻し、そのただなかにあって、ラインハルトは生命力それじたいが擬人化したようにかがやいている。

「ロイエンタール！　俯角三〇度、二時方向に火線を集中させよ。敵の艦列に穴があいたらそこを圧迫して突きくずせ」

それ以上をラインハルトは語らないが、金銀妖瞳(ヘテロクロミア)の名将にとっては主君の意図は自明であった。敵の砲火と高速移動に直面しながら、ラインハルトは恐慌(パニック)におちいるでもなく、敵の艦列を維持するポイントを見ぬき、そこへ反撃を集中させたのである。そこを突きくずせば、ヤン艦隊の戦線の均衡(バランス)がくずれるであろう。効果が最大限であれば、ヤン艦隊の全軍崩壊へ、いわばダイヤモンドをカットするための鏨(たがね)の最初の一撃になりうる。最小限の効果であっても、ヤンは攻勢をひかえて艦列を再編成せねばならない。そのように重要なポイントは、巨大な戦場のなかで何カ所もあるわけではないのに、一瞬でラインハルトはそれを見ぬいたのだ。皇帝の天才は讃(たと)うべきかな、と、ロイエンタールは思わずにいられない。

豪奢な黄金の髪をかきあげながら、ラインハルトは笑った。宝石箱をくつがえしたように光彩にみちた笑顔。

「ヤン・ウェンリーが猛攻にでてくることはわかっていた。バーミリオン星域会戦のときもそうだったが、予と直接対決しないかぎり、予を打倒することはかなわないのだからな。予は……」

不意にラインハルトは沈黙し、無意識のうちに左手に口をあて、処女雪をかためたような白い前歯で薬指をかるく噛んだ。ヒルダはおどろいた。ラインハルトの表情が、怒りをふくんだものに変わっていたからであった。その表情は、ヤン・ウェンリーの激烈な攻勢を阻止し、彼を後退させた、との報告をうけたあとも、ほとんど変わらなかった。

ヤン・ウェンリーの旗艦ユリシーズも、先日来、死戦のただなかを漂っている。

「一生ぶんの勤勉さを、あなたはここで費(つか)いはたしてしまいそうですな、ヤン提督」

シェーンコップが言う。地上戦、白兵戦の名指揮官であり、驍勇(ぎょうゆう)をもって鳴る男だが、艦隊戦では出番がないので、ポケットウイスキーを片手に観客に徹している。アッテンボローなどからみれば、うらやましい身分であろう。この戦いが終わった直後、アッテンボローは旗艦マサソイトの艦橋の床に毛布をしいて眠りこんでしまい、イゼルローン要塞に帰投するまでめざめなかった。それほどに苦闘し善戦した。これは一四回の出撃を敢行したオリビエ・ポプランも同様で、最後の出撃から帰還すると、愛機の座席で六時間、私室のベッドで一四時間、のちにアッテンボローが評したところによると、〝信じがたいことにひとりで寝た〟ものである。

いずれにしても、ヤン艦隊の維持する優勢は、薄氷の上に片足で立っているていどのものであった。とにかく兵力の絶対数がたりないのである。シュタインメッツを斃(たお)して、その艦隊をさしあたりは無力化させたが、たとえばナイトハルト・ミュラー、ビッテンフェルト、アイゼナッハなどが無傷で後方にひかえており、その潜在力はおそるべきものであった。彼らが戦場にいないのは、戦場それじたいが狭いからであるが、もし皇帝(カイザー)ラインハルトが、ヤンがもっとも恐怖するあの戦法を採用してきたら、どう対処すればよいのか。

その前に、こちらが攻勢にでて帝国軍を圧倒するしかないのではあるまいか。

こうして五月七日二三時〇分、ヤンはふたたび全面的な攻勢にでようとする。

だが、今度はついにナイトハルト・ミュラーが皇帝をかばってヤン艦隊の砲火の前に立ちふさがった。

最初、指揮官不明のまま、敵の一隊が身をもって皇帝の前に壁をつくり、味方の攻勢をはらいのけていると聞いたとき、ヤン・ウェンリーはかるくため息をついた。

「ああ、その指揮官は鉄壁ミュラーにちがいないよ。異名にふさわしく、主君をまもろうとしているのだ。彼を部下にもったという一事だけで、皇帝（カイザー）ラインハルトの名は後世に伝えられるだろうな」

先年、バーミリオン星域の会戦において、ミュラーの来援（らいえん）のためにラインハルトを斃しえなかった記憶がよみがえったようであった。

このときミュラーは、麾下の兵力がほぼ完全にそろうのを待って、一気にヤンとラインハルトとのあいだに割りこみ、ヤンはミュラー艦隊が陣形を完成させる前に一撃をあたえたのみで、後退して艦列を再編成せざるをえなかった。

いまさらに、ミュラーのような良将を配下にかかえるラインハルトの陣容のゆたかさにヤンは感歎せざるをえなかった。ミュラーだけではない、ヤン自身の手で戦場に斃したファーレンハイトやシュタインメッツにしても、専制政治にたいする信頼のゆえに身命を捨てたのではなく、ラインハルト・フォン・ローエングラムにたいする忠誠心のゆえに、天寿をまっとうする機会を放棄したのである。彼らにとって、それがラインハルトの知遇にこたえる道だったのだ。

「つまりは、人は人にしたがうのであって、理念や制度にしたがうのではないということかな」

苛烈な戦闘の渦中にあって、戦闘の芸術家であるこの男は、脳細胞群の一部で、緊急とはいえない思惟をめぐらせてしまう。

なぜ戦うのか、という命題を、つねにヤンは考えているのだが、論理的に追求していけばいくほど、戦いの無意味さをのみ確認する結果になってしまうのだった。

なぜ、という、もっとも重要な論理の核（コア）をあいまいにして、感情に代用させるのが、煽動というものである。古来、宗教的憎悪にもとづく戦いがもっとも激烈で容赦のない戦禍をまねくのは、戦意とは感情に起因するものであって理念から発生するものではないからだ。敵にたいする憎悪ないし嫌悪、味方の指導者にたいする忠誠、すべて感情の支配するところである。他人ごとではない、ヤンにしたところで、民主政治にたいする忠誠とは、楯の一面をみれば、専制政治への憎悪ということになるのだ。

ヤンがユリアン・ミンツにたいして心配しているのは、六年にわたって彼の保護と影響下にあった若者が、けっきょくはヤンのために戦っているのではないか、という点である。それではいけない、とヤンは思う。ヤン個人への忠誠心によってユリアンが敵を憎悪し戦いを好むようではこまる。あくまでも民主主義の思想と制度にたいする忠誠であってほしい。

だが、さてそれではユリアンに、たとえば自分の死後も帝政に反対して戦ってほしいのか、という点になると、ヤンはためらってしまう。そもそも、ヤンはユリアンに軍人などになってもらいたくなかったのだ。ユリアン自身の希望をいれて軍人にしてやり、才能を評価してもいるいっぽうで、しばしば後悔の念にかられるヤンだった。

このように、ヤン・ウェンリーは矛盾の集積体であるのだが、最大の矛盾はといえば、激戦のただなかにあって、かくも勝利をえるためには無益な思考になかば身をゆだねながら、それでもなお彼が敗れないという点にあるであろう。彼の目前にいる敵手は、戦争の天才ラインハルト・フォン・ローエングラムであり、軍神(マルス)の魂と知神(ミネルバ)の頭脳とを併有する偉大な覇者であり、にもかかわらず、たかだか〝流亡の私兵集団〟を戦闘において打倒することができずにいるのである。

V

五月八日にはいっても、両軍の混戦はつづいている。ミュラーの戦列参加は、ヤンを一時的に後退はさせたが、戦局に劇的な変化は生じなかった。その点、バーミリオン星域会戦のときとはことなる。ミュラーの参戦は、ヤンにとって今回は計算外ではなく、対処法が考えてあったのだ。

「前後、左右、上下、いずれの方角を見ても味方の艦影で埋まっている。にもかかわらず、わが軍が劣勢であるのはどういうわけだ」

ミッターマイヤー元帥の幕僚ビューロー大将が焦慮と失望の声を発した。彼の言うとおり、帝国軍はあいかわらず数字上の優勢をたもちながら、実質はヤン艦隊に押されっぱなしであった。

ちょうど一年前のバーミリオン星域会戦と比較すると、今回の〝回廊決戦〟は時間的にも空間的にも、小さいが執拗な戦闘と移動の連続であった。数的にいちじるしく劣勢であるヤン艦隊としては、回廊の地形を活用し、機雷原や集中火力によって敵を分断し、時間差をつけて各個撃破する以外に勝算がありえないのだ。ミュラーでさえ、いったん配置した兵力を自在に移動させることはできず、延々とつづく局地的戦闘にたえねばならなかった。

この激戦下に、「ミッターマイヤー元帥戦死」の報がもたらされ、帝国軍総旗艦ブリュンヒルトの艦橋は無彩色の戦慄につつまれた。皇帝(カイザー)ラインハルトの黄金の髪が、一瞬、白銀色に変じたように、近侍のエミール少年には思われる。統帥本部総長ロイエンタール元帥は、左目の青さが顔じゅうに拡散したように蒼ざめ、皇帝の座する指揮卓に片手をついて長身をささえた。その腕が慄(ふる)え、微細な震動を卓ごしにラインハルトにつたえた。

「小官は悪運強く、なお現世に足をとどめたり。敵の砲火は、天上(ヴァルハラ)の門扉(もんぴ)を撃ち破るあたわず――」

ミッターマイヤーからの通信文が虚報を否定し、大本営は生色をとりもどす。ミッターマイヤーの旗艦〝人狼(ベイオウルフ)〟は、なお帝国軍の先頭にあって、傷つきつつも健在であった。

ラインハルトが、最終的な、しかもすさまじい戦法を実行にうつすべく決意したのは、そのときである。

こうして、〝回廊決戦〟の第二幕があがったのは、五月一〇日である。それは皇帝(カイザー)ラインハルトの、九日に開いた御前会議にはじまった。このとき皇帝の御前に顔をならべた帝国軍の最高幹部は、ロイエンタール、ミッターマイヤーの両元帥と、ミュラー、ビッテンフェルト、アイゼナッハの三上級大将、それに大本営直属の高級士官のみであり、ミュラーは昔日と比して寂寥(せきりょう)の感が胸をよぎるのを禁じえなかった。イゼルローン回廊に侵入する以前とくらべても、すでにファーレンハイトとシュタインメッツの両上級大将が戦没している。自由惑星同盟(フリー・プラネッツ)を滅亡せしめたあと、政治的にはその余喘(よぜん)にすぎぬヤン・ウェンリーの一党に、これほどの苦闘をしいられるとは、皇帝(カイザー)ですら想像しえたかどうか。双方の戦力差と、戦いの目的とを考慮すれば、これまでのところは帝国軍の敗勢を認めざるをえない。

ラインハルトは、まず、故シュタインメッツ上級大将の元帥昇進を発表し、ついでヒルダことヒルデガルド・フォン・マリーンドルフ伯爵令嬢が中将待遇で大本営幕僚総監となることを告げた。かつてラインハルトが言明したとおり、皇帝の人事に異をとなえる者はいなかった。

ただ、積極的に喜んだ者と、そうでない者とはやはりいて、ロイエンタール元帥の金銀妖瞳(ヘテロクロミア)には熱がないようにもみえたが、これはヒルダの意識が過剰であったのかもしれない。

「予はこれまで戦うにあたって、受け身となってよき結果をむくわれたことは一度もなかった。それを忘れたとき、軍神は予の怠惰を罰したもうた。今回、いまだ勝利をえられぬゆえんである」

ラインハルトの頬が、内部に太陽をもつかのように紅潮している。そのあざやかな色あいが、ヒルダにかるい不安をいだかせた。それが精神的昂揚のゆえばかりとは思えなかったのである。皇帝の体調を気づかうヒルダの視線をよそに、ラインハルトは、声のかたちをした熱い感情を歌いあげた。

「ヤン・ウェンリーは狭隘な回廊の地形を利し、わが軍に縦隊編成をしいて、わが軍の多数に対抗している。予はそれにたいし、巧緻をもってむくおうとしたが、これは誤りであった。正面から力をもって彼の抵抗を撃砕(げきさい)し、彼をふたたび起(た)つあたわざらしめることこそ、予と予の軍隊の赴(ゆ)くべき道であろう」

五月一一日六時四五分、帝国軍のあらたな波状攻撃をうけたヤンは、悪寒をおぼえた。彼がもっとも恐れていたのは、まさにこの戦法を採(と)られることであったのだ。

艦隊行動としては、まことに単純である。縦隊をもって突進し、集中砲火をあびせ、敵前回頭して反転しつつなおも砲撃し、後退する。第一隊が後退したとき、第二隊が前進し、集中砲火をあびせ、敵前回頭して反転しつつなおも砲撃し、後退すると、第三隊がこれにかわる。これを連鎖させて、防御陣が疲労し、消耗し、補給物資を費いはたすまでくりかえすのである。この戦法をつづけられれば、回復力においていちじるしく劣勢なヤン艦隊は、戦力をじりじりと減殺され、削ぎおとされて痩せほそり、ついには宇宙の深淵に溶けこんでしまうであろう。一時、イゼルローン要塞まで後退し、要塞主砲〝雷神のハンマー〟をもって帝国軍の波状攻撃に対抗すべきであろう。メルカッツがそう献策し、アッテンボローも賛同した。ヤンもそうしたいところであったが、再編された帝国軍の第一陣ミュラーは、間断ない波状攻撃によってヤン艦隊に休息の隙をあたえず、しかもひとたびヤン艦隊が後退すればそれにつけこんで急速前進し、並行追撃による混戦状態をつくりあげて〝雷神のハンマー〟を使用不能にしようと意図していた。

　ヤンにはそれが読める。読めるだけに、うごきようがない。間断なく襲来する波状攻撃にたいし、火力をもって応戦し、味方の艦列にあいた穴をふさぎ、半包囲された味方を司令部隷下の機動力をもって救うなど、戦術レベルでの対処法に忙殺された。ヤン自身をこのように忙殺させ、奇策を弄する余裕をあたえず、同時に心身の疲労に追いこむのが、帝国軍の目的のひとつでもあった。

　三〇時間にわたる執拗な攻撃のすえ、ミュラー艦隊はようやく後退した。ミュラー自身も疲労し、敵前回頭から後退にいたるあいだに、ヤン艦隊の砲火で損害をこうむったが、ヤン艦隊のほうにも、本格的な追撃をおこなう余裕などなかった。第二陣、エルンスト・アイゼナッハの大兵力が襲いかかってきたのである。ほとんどヤン艦隊の全兵力に匹敵するほどの数で、しかも疲労度がすくない。先頭部隊が各艦のエネルギー・タンクを空にするほどの猛射をあびせて、一時的にヤン艦隊を後退させ、その間隙に乗じて突出した縦隊がそのまま回廊の縁にそってヤン艦隊の側面から躍りかかってきた。

アイゼナッハの強力な側面攻撃によって、ヤンの本隊とアッテンボローの部隊とは、分断されてしまうかにみえた。用兵巧者の証明を、アイゼナッハは行動でしめしてみせたのだ。

「このままでは敵中に孤立します！　司令官はどうなさるおつもりですか」

声をうわずらせる参謀のラオ大佐に、アッテンボローは一笑してみせた。

「心配するな、死地にはいりこんだのは帝国軍のほうだ。退路を封じこんで袋だたきにしてやれ」

ラオ大佐はうたがわしげな表情だった。彼はもともとさほど悲観的な性格の人間ではなかったが、ヤンやアッテンボローに幕僚としてつかえるうち、そのような属性がつちかわれたようである。

だが、たしかに彼の危機感は杞憂に終わりそうだった。皮肉なことに、分断に成功した瞬間から、アイゼナッハ艦隊は両側面からの挟撃にさらされることとなったのである。

かつてヤンの旗艦ヒューベリオンの艦長であったマリノ准将が、アイゼナッハの左側面にビームとミサイルの牙を集中してつきたて、一時的にその中枢部に達する傷口をつくったのだ。アイゼナッハの旗艦ヴィーザルは、三方を火球と閃光にかこまれ、護衛の各艦はつぎつぎと爆発炎上した。危機に立ったかに見えたアイゼナッハは、眉ひとつうごかすでなく、平然と指揮をとり、マリノの猛攻をしのぎつつ、着実に傷口をふさぎ、断続的な砲火で敵を牽制しつつ危険宙域から離脱をはたした。

それでも、損害は無視しえるものではなかった。幕僚たちから後退を進言されたアイゼナッハは、唇をわずかにうごかした。口のなかで神と悪魔をののしったのかもしれないが、誰の耳にも音波となってはとどかなかった。いずれにしても、時機をみての後退は、帝国軍の戦術の基本であったから、アイゼナッハは我意(がい)を押しとおさなかったが、回頭と後退に際してことさら艦列に隙をつくってみせたものである。

ヤンはむろんその誘いにはのらなかった。ひとつには、つぎの波状攻撃が来る前に、武器弾薬・食糧・エネルギー・医薬品の補給と負傷者の後送、さらには被害をうけた戦線各処の兵力補充をやっておかねばならなかったのである。

「そろそろ限界だぞ」

というアレックス・キャゼルヌの警告にうなずきながら、ヤンはそれらの作業をおこない、さらにバイエルライン、ビューローらによる三次攻撃を撃退してのけた。それどころか、五月一四日二二時には防御から一転、逆突出して、帝国軍を衝きくずしにかかった。このため、第四次攻撃にでるべき黒色槍騎兵（シュワルツ・ランツェンレイター）と旧ファーレンハイト艦隊との連合部隊は、機先を制され、一時は混乱した。

ビッテンフェルトの旗艦〝王虎（ケーニヒス・ティーゲル）〟が、その名にふさわしい威容と猛気をみせつけつ、たけだけしく突進してきたのは一五日四時四〇分である。むろん一艦ではなく、少数ながら最精鋭を投入して、ヤン艦隊の中枢部をいっきょに衝きくずそうとした。その鋭鋒もさることながら、的確にヤン艦隊の中枢部を把握して攻撃を集中させるあたり、ビッテンフェルトの将才は凡庸ではない。

このため、ヤンは左翼部隊の突進を中止して、帝国軍の逆攻勢に対処すべく、一時、戦線を縮小しなくてはならなかった。ヤンとしては意外な計算ちがいである。前哨戦においてヤンにたたきのめされたビッテンフェルトは、戦列からはずされるでもなく、敗北の記憶によって戦意を萎縮させることもなく、旺盛な士気（モラール）と強烈な突進力によって、失われた名誉を回復しようとしていた。ヤンはビームとミサイルの壁でそれをふせぎ、時間をかせぎつつ巧妙に陣形を変化させた。あえてビッテンフェルトを正面から迎撃することをさけ、その攻勢をわずかに左方向へそらし、ひきずりこんでおいてメルカッツに側面を衝かせたのである。

これは黒色槍騎兵としては完全に挟撃されたかたちとなる。だが、この場合、挟撃する側よりされる側のほうが、はるかに強かった。数をへらしてはいたが、それがかえって指揮の統一を強化するのに役だったようである。

砲火の応酬と、それにつづく各艦の激突はすさまじかった。ある艦は乗員ごと虚空で四散し、ある艦は複数のビームに切りきざまれ、ある艦はエネルギー流を噴きあげつつ戦闘外宙域へよろめきでてそこで爆発する。

ヤンは、物資とエネルギーが底をつくかと思えるほどの火力を消費して黒色槍騎兵の攻勢をおさえつつ、旧ファーレンハイト艦隊に横撃をくわえて敵の指揮系統を圧迫した。このためビッテンフェルトの攻勢も限界点に達し、それを維持することが困難になった。

黒色槍騎兵は、ついに後退した。五月一五日一九時二〇分である。

だが、ヤン艦隊もこのとき人的資源の面で、おぎないようのない損害をこうむっていた。艦隊運用の総責任者エドウィン・フィッシャー中将が戦死したのである。〝黒色槍騎兵〟艦隊司令官ビッテンフェルト上級大将は、ヤン・ウェンリーを討ちはたしえなかったことに無念の歯がみをしたが、彼の一撃はヤンの片脚を奪った。もはやヤンは長時間にわたって帝国軍の猛攻をささえることはできないであろう。

このとき帝国軍が再度の全面攻勢をこころみていれば、ヤンはイゼルローン要塞に撤収せざるをえなかったにちがいない。だが、帝国軍も全能ではなく、自分たちがヤン艦隊に致命傷にちかい損害をあたえたことを知りようもなかった。

さらに、軍の最高幹部たちの秘密として、他に伏せられたのは、〝皇帝陛下、不予(ふよ)〟という事実である。即位以来、しばしばラインハルトを襲うようになった発熱が、五月一六日に生じ、統帥本部総長ロイエンタール元帥は、ミッターマイヤーやヒルダと協議して、ひとまず全軍を回廊外にだすことにしたのである。むろんこのとき、皇帝(カイザー)発病の事実は大本営の外にはもれなかった。

　ことヤン・ウェンリーとその一党にかんしては、ロイエンタールの戦略的識見は、主君たるラインハルトのそれより冷静で現実感覚に富んでいる。彼のみるところ、皇帝(カイザー)は壮大にかつ堅実に蓄積してきた戦略的優位を放棄して、戦術レベルでの勝利に固執(こしゅう)しようとしているのであり、無益とはいわぬまでも、回避しうる流血をあえてもとめているように思えた。

　口にこそださないが、ロイエンタールがいまさらのように確認しておどろかずにいられないことは、全宇宙の征服者である皇帝(カイザー)が、その巨大な才能と、そこからみちびきだされる結論に、個人的な戦意を優先させたということであった。〝皇帝(カイザー)の為人(ひととなり)、戦いを嗜(たしな)む〟と断定しようとは思わない。あれは嗜むというものではなく、黄金の髪の戦士が生きつづけるための不可欠の栄養素ですらあるようだ。最近の一再ならぬ発熱は、その魂の無限なまでの欲求に、本来は健康な若々しい肉体がたえかねているのではないかとすら感じられる。

　新帝国暦二年五月一七日、いずれにしても、帝国軍は二〇〇万人の将兵と二万四四〇〇隻の艦艇を失って、ついにイゼルローン回廊からの離脱を余儀なくされたのだった。

「吾々は宇宙を征服しうるも、一個人を征服するあたわざるか」

死戦の連続に疲労しきったミッターマイヤーが、グレーの瞳に憂色をたたえて独語した。狭隘な回廊に大兵力を投入し、一四日間にわたって戦火をまじえ、少数の敵を圧倒しえなかったのである。ヤン艦隊の二大支柱――イゼルローン要塞とヤン・ウェンリー自身とは、なお健在であった。

帝国軍の後退を知っても、ヤンは追撃しなかった。ロイエンタールとミッターマイヤーの統兵にはつけこむ隙がなく、ミュラーが逆撃の態勢をくずさず全軍の後尾をまもっている。ヤン艦隊も連日連戦で疲労と消耗の極にある。そしてなによりも、フィッシャーの死があたえた衝撃は重く深かった。その兇報をうけたとき、不敵なアッテンボローさえ、参謀のラオ大佐にむかって、彼に似あわぬ深刻なため息をついた。

「まいったな、うちの生きた航路図が、死んだ航路図になってしまった。これからうっかり森へハイキングにもいけんぞ」

フィッシャーが、地味で目だたない為人ながら、この人の手腕にヤン艦隊の命運が託されてきたことを知らぬ者はいない。ヤンは戦術レベルで敗れたことは一度もなく、その奇蹟をささえてきた要因は、ヤンの構想と奇謀に、ヤン艦隊の運動がつねに隙なく連動してきた点にもとめてよい。艦隊運用にかんするフィッシャーの名人芸と、その名人を発掘し全権をゆだねたヤンの度量とが、完璧なコンビネーションの妙を発揮して、今日までの勝利を維持しえてきたのである。

ヤンはサングラスを鼻にひっかけ、指をくみあわせたままの両手で額の中央をおさえて、しばらく凝然としていた。なかばは亡き部下を悼むようであり、なかばは、これからの艦隊運用の困難と、それにともなう勝利のえがたさを思いやるようでもあった。フィッシャーは、これまで不敗と不死を誇ってきたヤン艦隊司令部幕僚群のなかで、最初の戦死者となったのでもあり、自分たちが使ってきた幸運のランプに燃料がきれたのではないか、との不吉な予測に心をかすめさせることともなったのだ。

五月一八日、戦場から離脱し、イゼルローン要塞へ帰投しようとするヤン艦隊に、あらたな驚愕が投げこまれた。

「皇帝（カイザー）ラインハルトからの通信文です、彼は――彼は――」

戦艦ユリシーズの通信士官は、最初から事務的な沈着さを放棄していたので、ヤンの傍にいたユリアン・ミンツが通信プレートをうけとって視線をむけた。感情を整理し、理性に座をあたえるまで、二瞬の空白が、ユリアンにも必要だった。彼は頰を上気させてヤンに伝えた。

「皇帝ラインハルトからの通信文です、彼は停戦と会談をもとめています！」

幕僚たちの視線が乱流となって衝突しあい、やがて一点に集中した。ヤン・ウェンリーは指揮卓の上にあぐらをかいたまま、黒ベレーで顔をあおぎ、それをとめるともういっぽうの手で黒い髪をかきまわした。

第五章　魔術師、還らず

I

皇帝（カイザー）ラインハルトからの会見申しこみにたいし、ヤン・ウェンリーは即答しなかった。ことさら思慮をめぐらした結果ではない。連日連戦の疲労が心身を損耗（そんもう）することはなはだしく、強い驚愕や感動ですら、睡魔をしりぞけるにいたらなかったのである。

「脳細胞がミルク粥（がゆ）になってて、考えごとどころじゃない。とにかく、すこし寝（やす）ませてくれ」

ヤン自身がそうだから、ずうずうしく高みの観客に徹したシェーンコップをのぞいて、すべての幕僚が、ひたすら睡眠と休息を欲している。

「ベッドがほしい、女つきでなくていい」

と、オリビエ・ポプランは自分の人生の半分を否定するようなことを言い、ダスティ・アッテンボローは、

「起こした奴は反革命罪で銃殺！」

などと寝言まじりのぶっそうなあいさつを残して、私室にころがりこんでしまった。

謹厳なメルカッツさえ、

「無限の未来より一夜の睡眠がほしい心境だ」

とつぶやいて、最小限の指示をしめしたあと、私室へ直行した。その副官シュナイダーはというと、

「いま敵軍に攻撃されたらどうする気だ、しかしまあ眠るのも死ぬのも似たようなものか……」

と、落差の大きな発言を残して私室へむかったが、力つきたかエレベーターの内壁によりかかって眠りこんでしまうていたらくである。

「やれやれ、こいつら全員をめざめさせるには、キスしてくれる王女さまが一〇〇万人ぐらい必要だな」

留守番役のアレックス・キャゼルヌが肩をすくめると、ただひとりたしかな歩調で戦艦ユリシーズからおりたったワルター・フォン・シェーンコップが片目をとじてみせた。

「助力が必要なら、キャゼルヌ中将、婦人兵にかぎって小生ひとりで全員を眠りの園から呼びもどしてさしあげようか」

このうるわしい申し出を、キャゼルヌが無視したので、シェーンコップは無人のバーを独占するために悠然と歩きさった。

こうしてイゼルローン要塞は、妖精がまきちらす眠りの粉におおわれてしまった。ヤンもフレデリカも、ユリアンも、カリンも、その他の幕僚たちも、眠りの井戸に身を投げて、現実の水面下にもぐりこんでしまい、シュナイダーが眠りこむ直前の最後の理性で危惧したように、帝国軍の来攻があれば、イゼルローン要塞は〝不落〟の評から否定形をはずさねばならないところであったろう。

だが、むろんこのとき帝国軍も疲労の極にあり、最後衛のナイトハルト・ミュラーは戦域から完全な離脱をはたすまで、文字どおり不眠不休であった。彼らにはヤン・ウェンリーとその一党の戦闘能力にたいして正当あるいはそれ以上の評価があり、急追撃ないし伏兵にたいする備えをおこたることができなかったのだ。安全を確認したのちにミュラーもベッドに倒れこんだが、それを非難する者は誰もいなかった。

ようやく睡魔を飽食させると、ヤン艦隊は欠食児童の大群と化して要塞内の全食堂を占領した。将兵とも難民さながらの姿だったが、オリビエ・ポプランだけは起きた直後に、ひげもそり、コロンまでかけて僚友たちの前にあらわれたものである。もっとも、よけいな身だしなみで時間をついやしたため、士官食堂も満員となっており、廊下に立ったままホワイトシチューをかきこまざるをえなかったのは、ワルター・フォン・シェーンコップに言わせれば〝むだな努力の天然色見本〟というべきであった。

こうして五月二〇日の一三時三〇分にいたって、ようやくヤン艦隊の幕僚たちは、皇帝(カイザー)ラインハルトからの通信文を討議の素材とする心身の状態をととのえることが可能となったのである。

三杯ほどの紅茶と、その五倍ほどのコーヒーが香気の微粒子をぶつけあう会議室で、討議が開始されたが、じつのところヤンの決心はさだまっている。皇帝ラインハルトを会談のテーブルにひきずりだすことが、最初からヤンの戦略の帰結点なのである。

「最初は皇帝をイゼルローン回廊にひきずりこむ。つぎに会談のテーブルにひきずりだす。事態をうまくはこぶために、皇帝の両足に銀のスケートでもはかせたいところだな」

ヤン艦隊の基本的な政戦両略を、司令官自身がそう説明したことがあり、ほかの幕僚たちは真剣にうなずくべきか、冗談と解釈して笑うべきか、判断に迷ったものである。ヤン自身も幕僚たちも、民主政治の精髄をまもって最後の一兵まで玉砕する、という思想はない。生き残ってローエングラム王朝から政治的妥協をひきだす、そのためには勝たなければならない。他人が見てあきれようとも、それが彼らの戦うべき理由だった。

もっとも、ダスティ・アッテンボローが、これまた冗談とも本気ともつかず言明したことだが、

「かっこうよく死ぬのは、ビュコック爺さんにさきをこされてしまったからな。後追い心中をしても誰もほめちゃくれない。したたかに生き残っていい目を見なきゃ損さ」

という意見もある。これはヤン艦隊の悪しき性癖である偽悪趣味のあらわれであるにはちが

いない。だがとにかく、〝専制主義との妥協などありえない〟などと、彼我の力関係もわきまえず絶叫して自滅へ直進するような〝正直者〟はヤン艦隊の幹部にはいなかった。

　したがって、皇帝（カイザー）ラインハルトの申し出それじたいは、歓迎すべきものであった。ただ、無邪気にそれを信じこむ幸福さは、彼らの環境と現在のところ無縁であった。罠とみるべきではないか、との疑惑が基調とならざるをえない。帝国軍が軍事力による事態の解決を断念したからといって、ヤン艦隊の希望する方向へかならずしも彼らの選択がむかうとはかぎらないのだ。

「会見だの講和だのを口実としてヤン提督をイゼルローン要塞からおびきだし、謀殺するつもりではないか」

　会議の出発点となったその意見は、ムライ中将から発せられた。彼があえて常識論を述べ、反論や疑念をひきだす、一種の化学実験のようなおもむきがないでもない。

　ヤン自身は黒ベレーをぬいで、それを両手でもてあそんでいる。コーヒーの味が気にいらなかったのか、ひと口すすっただけでカップを受皿にもどしてシェーンコップが口を開いた。

「その可能性は薄いと思う。理由は、皇帝（カイザー）の為人（ひととなり）だ。あのプライドの高い金髪の坊やが、お得意の戦争で勝てないからといって、謀殺という手段に訴えるとは想像しにくいな」

　歴史上最大の征服者も、シェーンコップの舌鋒にかかると〝坊や〟あつかいだが、彼は曲線的な表現ながら、ラインハルトの精神を形成する骨格に卑劣さの成分がとぼしいことを、評価してはいるのである。反論したのはオリビエ・ポプランだったが、発言者がシェーンコップでなかったとしたら、ことさら論議する気になったかどうか。

「皇帝（カイザー）がそうでも、その幕僚たちのなかには、いささかことなる価値観をもった連中がいるでしょうよ。多量の流血を見て、しかも勝ちえなかった。皇帝（カイザー）の戦争の天才としての面目は失墜したはずで、忠誠心過多、判断力過少の奴らがなにか小細工をこころみるということも、ありえると思いますね」

なお討議がつづくなか、ユリアンは無言でヤンを見つめている。ヤンがすでに会見申しこみを受諾する意図であることを、ユリアンはさとっていた。彼にとって問題となるのは、自分がヤンに同行できるかどうか、という一点であった。

それにしても、戦いを好む皇帝（カイザー）ラインハルトは、なぜ急に会見を申しこむ意思をいだいたのだろう。全能ならぬユリアンには洞察が不可能なことだった。

「……華麗なる皇帝（カイザー）ラインハルト・フォン・ローエングラムは、勝利を知って平和を知らぬ人であった」

とは、後世の歴史家がこの軍事的天才にたいして投げかけた批判のうち、もっとも痛烈なもののひとつである。それはかならずしも公正で客観的な批判とはいえないが、それでもなおかつ、この壮麗な個性（ダイヤモンド）の一断面をカットしてはいる。すくなくとも、その逆でなかったことは、否定しえない事実であろう。

そのラインハルトが、発熱して病床に伏したのち、ヤン・ウェンリーにたいして会見を申しこんだというのは、彼の傍にあって彼を補佐するヒルダことヒルデガルド・フォン・マリーンドルフ伯爵令嬢にとっても意外なことであった。彼女はそのような事態を期待してはいたが予測してはいなかったのである。〝回廊の戦い〟に突入するに際して、ヒルダは無益な流血を回避するよう、一再ならずラインハルトに進言していた。

「ヤン・ウェンリーは宇宙のすべてを欲しているのではないと思います。あえて申しあげますが、譲歩が必要であるとすれば、それをなさる権利と責任は陛下のほうにおありです」

額に滝となって落ちかかる黄金の髪をかきあげつつ、皇帝(カイザー)は美しい秘書官をかえりみた。

「フロイライン・マリーンドルフ、あなたの言うことを聞いていると、ヤン・ウェンリーを追いつめて、窮鼠(きゅうそ)たらしめている責任は、予にあると主張しているように聞こえるが」

「はい、そう申しあげています」

不機嫌というよりむしろ傷つけられた表情で、そのときラインハルトはヒルダの諫言をうけとめた。眉をひそめて不本意さを表現する動作さえ、この若者は優美であった。

「宇宙の支配者にたいしてそうも歯に衣(きぬ)を着せない人間は、生者ではあなただけだな、フロイライン。あなたの勇気と率直さは賞賛に値するが、予がいつもそれを喜ぶと思ってもらってはこまる」

ヒルダが自分の主張をつらぬくことができなかったのは、ラインハルトの精神上の栄養素を彼女が熟知しており、それを失うことがひいてはラインハルト自身の存在意義を失うことに直結するのではないか、という危惧をつねにいだいていたからである。それにしても、彼の熱望するとおりヤン・ウェンリーを武力によって打倒し、宇宙を完全に支配したあと、彼の蒼氷色(アイス・ブルー)の瞳は何処を見すえ、白い手はなにをもとめるのか、ヒルダの聡明さをもっても予測しがたかった。

ラインハルトが発熱し、皇帝(カイザー)の不予を秘したまま王師(おうし)の撤退がさだめられたとき、ヒルダはひとまず安堵した——なによりも、ラインハルトの発熱が過労のためであって、病理学上の難点がなかったからであったが、とりあえず最終的な局面がさきにのびたのである。

本来はそう考えるべきではないのかもしれない。皇帝と帝国にとっての懸案が、平和裡に解決されるのを喜び、その成功を願うべきであろう。まして、戦闘じたいの長期化をさけるのはヒルダの最初からの考えであった。

それでもやや釈然としない点は残る。これまで、ヒルダをふくめた大本営幕僚たちが再三にわたって進言したにもかかわらず、ラインハルトはつねの度量で応えようとはしなかった。正面から軍事力を衝突させてヤンを膝下(しっか)にねじふせる、という考えに固執した。発熱しなかったら、その考えを押しとおし、なおも流血をつづけて最後にはヤンを葬(ほうむ)りさったであろう。回復力をうわまわる打撃を連続させ消耗のすえに殲滅する、という戦法それじたいは、けっして誤ってはいないのだが、ではなぜ、ラインハルトは当初の鉄血(てっけつ)主義から脱しえたのか。まさか発熱で気が弱まったゆえでもあるまいが……。

ベッドに半身をおこしたラインハルトは、視線と表情によるヒルダの質問に答えた。

「キルヒアイスが諫めにきたのだ」

金髪の若い皇帝は真剣だった。ヒルダは、自分の非礼さに気づくまで、皇帝を凝視しつづけた。白皙の頰が、発熱のため薄明るい赤さをともなって、暁の女神が残した接吻のあとのようにも見えた。

「キルヒアイスが言ったのだ、これ以上ヤン・ウェンリーとあらそうのはおよしください、と。あいつは死んでまでおれに意見する……」

その一人称を、故人以外の前でもちいたことに、ラインハルトは気づかぬようだった。ヒルダは無言だった。返答をもとめられていないことは明白だったので。

科学的に説明しえることである。意識の水面下に混在する思惟と感情のうちから、複数の水流がからみあって上昇する。永遠に失われた友人(フロイント)にたいする哀惜の念、それにともなう自己の過失への、増殖してやまない悔い。ヤン・ウェンリーという敵手にたいする敬愛の思い。ファーレンハイト、シュタインメッツ両上級大将をはじめとする数百万の戦死者にたいする自責の念。戦闘の推移の、いつにない鈍重さにたいするいらだち。戦闘以外に事態を解決する有効な手段がないか、と思案する戦略家としての識見。

それらの混沌のうち、もっとも明澄な部分が、ジークフリード・キルヒアイスという人格のなかに統一され、結晶化される。ラインハルトは無意識のうちに、彼自身のかたくなさを説破（せっぱ）して態度を変更させるための、もっともすぐれた方法を擬人化させたのだ……。

分析すれば、そのようになる。だが、人の世には分析しないほうがよい場合があることを、ヒルダはわきまえていた。〝ジークフリード・キルヒアイスが夢にあらわれて、戦いをやめるよう勧めた〟——その中世的な解釈で充分であり、正当でもある。ジークフリード・キルヒアイスが生きてあれば、皇帝の盟友として、また帝国の重臣として、かならずそう勧めたに相違ないのだから。

「……わかったよ、キルヒアイス、お前はいつもそうだ。おれよりたった二カ月早く生まれただけなのに、年上ぶって、いつもおれの喧嘩をとめるのさ。現在のおれは、お前より年上なんだぞ、お前は年をとらないからな。だけど、わかった。ヤン・ウェンリーと話しあってみよう。あくまで話しあってみるだけだ。決裂しないとは約束できないぞ」

けっきょく、ヒルダにもミッターマイヤーにもロイエンタールにも不可能であったことを、死者の霊は可能としたのだ。それを認識したとき、ヒルダは、比類ない存在である皇帝をかこむ重臣たちの幾人かの感性の揺れを、ふとかいまみたような思いにとらわれた。

皇帝陛下とフロイライン・マリーンドルフとのお話は終わった、と看（み）てとった近侍のエミール・ゼッレ少年が、病人のために蜂蜜（はちみつ）をいれた熱いミルクをはこんできた。その芳香は、ヒルダの気分を完全にはよくしなかった。

皇帝（カイザー）ラインハルトは国政に無関心であったり無責任であったりしたわけではない。彼は良心的な為政者であったと、姿勢においても結果においても、評してよいであろう。しかし、彼はまず本質的に軍人であり、為政者としての彼が意識と努力の産物であったのに、他方の彼は無意識と天分とで構成されていた。したがって、彼の支配体制、彼の帝国においては、つねに軍略が政略に優先する。このとき、彼の精神の辺境には、ヤンとの会談を自身で否定する部分もたしかに存在した。

「予自身が不甲斐なくも発熱したという理由もあるが、将兵も疲労しているし、補給を待つ必要もある。ヤン・ウェンリーとの会談は、そのまま妥協を意味しない。再戦の準備をととのえるため時間をかせがなくてはならぬ」

皇帝（カイザー）から会談の意思を伝えられて、安堵した者もいるが無念に思った者もいる。自分で知らぬうちに最大の功績をたてた猛将ビッテンフェルトなどは戦意を抑制するのに苦しんだ。

「皇帝（カイザー）がヤンと交渉なさったところで、どうせ決裂するにきまっている。そうなったら即座に再戦だ」

さすがに声は大きくないが、ビッテンフェルトはそう公言していた。ファーレンハイトやシュタインメッツの旧部下たちも、上官の死にたいする復讐心をおさえがたく、激発する気配が皆無ではなかったので、ミッターマイヤーはみずからのりこんで、ファーレンハイト、シュタインメッツ、両艦隊の再編に着手することにした。〝疾風ウォルフ(ウォルフ・デア・シュトルム)〟のグレーの瞳は、その所有者より二〇センチも身長が高い巨漢たちを、一瞥(いちべつ)で制圧することができるのである。

　ミッターマイヤーはこの年、三二歳になり、階級はすでに元帥にのぼり、地位は宇宙艦隊司令長官として、帝国全軍の最高幹部となった身である。兵士たちからみれば目もくらむほどの顕官(けんかん)であるのに、容姿は実際の年齢よりさらに若々しく、動作は軽快かつ俊敏で、兵士たちにたいする態度もかたくるしくない彼だった。

　ミッターマイヤーはたんなる戦術家ではなく、戦略家としての識見をそなえていたから、イゼルローン要塞およびエル・ファシル星系に旧同盟の残党が結集すれば彼ら自身に不利な事実が増大する一面のあることを承知していた。帝国としては、最初から敵の結集地が判明しており、攻撃は困難でも封鎖は容易なのである。いま、すくなからぬ犠牲をはらって軍事力による勝利に固執する必要があろうとは思えないのだった。

　さらにこれらの勢力は、現在のところヤン・ウェンリーを中心とした強固な人格的結合によって統一されているのであり、ヤンが存在しなくなれば雲散霧消してしまうかもしれない。この時点でミッターマイヤーにはそのような見解もあった。もっとも極端にいえば、ヤンを回廊にとじこめてその死を待つという気長な方法すら最終的にはとりえるのだ。

　ただし、その点では帝国軍——ローエングラム王朝も同様である。ラインハルトひとりを斃せば、それにかわる指導者は政治的にも軍事的にも存在しない。それだけに、ラインハルトの発熱と病臥は、豪胆なミッターマイヤーの神経網に寒風を吹きこんだ。〝皇帝陛下、不予なれば王師を還すものなり〟と公表することすら、彼は回避せざるをえなかったのだ。高給を食む侍医どもは、過労が原因だと言いたてるが、内在する精神エネルギーと外在する責務とが若々しい肉体に過重な負担をかけつづけているとすれば、将来はいったいどうなるか。

ローエングラム王朝は一代で終わるのではないか。そうなればまた争乱の世になる。ミッターマイヤーとしては皇帝の健康と結婚を願わずにいられなかった。争乱の時代に自分が権力をにぎる、という思考法は、この帝国最高の勇将にはない。

いっぽう、彼の親友オスカー・フォン・ロイエンタールは、病床にあるラインハルトの代理として、遠征全軍を統轄するのに完璧な手腕をしめし、その間、ほとんど私語を発しなかった。ミッターマイヤーにたいして、皇帝は病で斃れるような方ではない、ともらしただけで、僚友アイゼナッハを師と仰ぐかのように寡黙をとおし、朝食は白ワインとチーズですませることが多く、当人の意思とはべつに親友の心配の種をふやした。

ここでささやかなできごとがあった。遠くフェザーンにある軍務尚書パウル・フォン・オーベルシュタイン元帥が、皇帝のもとへ意見を具申してきたのである。皇帝は却下したが、ほかの二元帥とヒルダにのみ明かされた謀略の内容は、かつてビッテンフェルトがしりぞけた、幕僚の提案と酷似していた。ただ、さらに辛辣であるのは、ただヤンを呼びつけても来ないであろうから、重臣を誰かひとり使者の名目で人質にだす、という点であった。ミッターマイヤーもロイエンタールも絶句して、その場では批判の声もでてこなかった。
油断したヤンが帝国軍のもとへやってきたところを殺して、後の憂患（ゆうかん）を断つ。当然、人質となった重臣は、怒ったヤン一党の手で報復のために殺されるであろう。さらにその報復を名目として、指導者を失ったヤン一党を軍事的に制圧すれば、全宇宙はローエングラム王朝のもとに統一される。ただひとりを犠牲にすればよいのである。だが、それと承知で人質になりにいく重臣がいるであろうか？

「使者としてほかに候補者なき場合は、臣がその任にあたりましょう」

オーベルシュタインがたんに冷酷非情と評されるだけの存在でありえないゆえんは、策謀の犠牲者に自分自身をも擬（ぎ）する苛烈さと、それを表明するときの恬然（てんぜん）たる態度にあるかもしれない。それは充分に認めながらも、ミッターマイヤーもロイエンタールも、軍務尚書を賞賛する気になれなかった。〝疾風ウォルフ（ウォルフ・デア・シュトルム）〟は彼らしくもない毒素を声にこめた。

「あのオーベルシュタインと無理心中などという死にかたをさせられたのでは、ヤン・ウェンリーも浮かばれんだろうよ。だいいち、奴が使者となってヤンのもとへおもむいたところで、ヤンが信用するものか」

金銀妖瞳（ヘテロクロミア）の統帥本部総長は、ひさびさに親友の毒舌に唱和して言った。

「いや、いっそ奴のやりたいようにさせてやればよいのさ。ただし、オーベルシュタインがヤンの一党に殺害されたあと、おれたちが奴の復讐をしてやる義務もないはずだ」

「そのとおりだ、ヤン・ウェンリーよりもむしろあのオーベルシュタインがいなければ宇宙は平和、ローエングラム王朝は安泰、万事めでたしめでたしだな」

積極的にそうなることをのぞんでいるわけではない。だが、そうなったところで残念に思わないことは、両人ともにたしかであった。そして、時宜(じぎ)を失したこの献策が、皇帝の心をとらえなかったことを、皇帝の名誉のために喜んだ。

大軍をひきいる将帥として、軍事史上に冠絶する彼らも、全知の予言者ではない。オーベルシュタインと酷似した発想にもとづく、より次元の低い策謀が、ある種の菌糸(きんし)さながらに宇宙を侵(おか)そうとしていることを知らなかった。彼らは、敵ながら尊敬する客人の来訪をこころよいものにしようと準備をはじめた。

その配慮は、けっきょくのところ無益に終わる。彼らはついにヤン・ウェンリーと対面することがなかった。

Ⅱ

五月二五日一二時〇分、ヤン・ウェンリーは皇帝(カイザー)ラインハルトとの二度めの会見に応じるため、イゼルローン要塞を離れる。乗艦は巡航艦レダⅡ号で、これは二年前、ヤンが同盟政府の査問会に呼びつけられた際の乗艦でもあった。まあとにかくあのときは無事に還ってこられたのだから、と、幕僚たちが縁起をかつぎ、ヤンはそれをうけいれたのである。

乗艦は簡単に決定されたが、そこにいたる道は短くとも意外に平坦ではなかった。シュナイダーがあらためて問題提起をしたのだ——皇帝ラインハルトの武人としての矜持は信用しうるとしても、その幕僚たちはどうか。ミッターマイヤー元帥のような信義の人ばかりで、帝国軍が構成されているわけではない。皇帝への忠誠を名目として、あるいは戦死した将兵の復讐を理由として、あえて謀殺という手段に訴える者たちが存在するかもしれない、と。

それを聞いて、ややためらったのちに、ユリアン・ミンツが提案した。

「でしたら、まず、僭越ですが、ぼくが提督の代理者として皇帝ラインハルトのもとへおもむきます。そして細部まで条件や提案やらを聞いてから、あらためて提督が会談の場へいらっしゃればよろしいでしょう」

ヤンは黒ベレーごと頭をふった。

「いや、それはだめだね、ユリアン」

対等の立場で会談をもとめてきた皇帝にたいし、礼を失することになる。皇帝が感情を害し、会談の要望を棄てることにでもなれば、和平の機会を永久に失うことになるかもしれない。現在の戦力でふたたび帝国軍と正面から戦えば、まず勝算はない。将兵の疲労は完全に回復しておらず、戦死者を補充することは不可能にひとしく、補給物資をととのえるにもイゼルローンの生産力では時間を必要とする。艦艇の整備も、これからはじめねばならぬ。

ことにヤンが強調したのは、フィッシャーの死による艦隊行動力の低下であった。フィッシャー中将を失った現在、艦隊の再編と運用の責任者に擬せられたのはマリノ准将であった。有能な指揮官ではあるが、フィッシャーの実績と信頼度には、およびようもない。つぎの大規模な戦闘に際して、以前のような完璧な艦隊行動をとりうるかどうか、ヤンには自信がなかった。この自信喪失こそ、ヤンがラインハルトとの再会見を拒否できなかった一因であったのだ。

「作戦をたてるだけでは勝てない。それを完全に実行する能力が艦隊になくては、どうしようもない。ここで会談の申しいれを拒否して、短時日のうちに再戦することになっては自殺行為だよ」

そう言われれば、幕僚たちも反論のしようがなかった。フィッシャーの戦死による打撃の巨大さは、彼らも身にしみて承知している。さらには、ヤンの目的が和平にあることも諒解するところだった。けっきょくは、会談を受諾する利益と、拒否する利益と、双方を量って、前者をとらざるをえない。

「まあ、いいだろう。皇帝（カイザー）から会談を申しこませたことは、吾々（われわれ）の実質的な勝利を意味する。それに、会談が成功するとはかぎらないにしても、そのあいだに時間はかせげるわけだ。フェザーンや旧同盟領で帝国軍にたいするゲリラ活動でもおきてくれれば、吾々の立場はさらに有利になる。過剰な期待は禁物だがな」

あえて楽観論に徹して、キャゼルヌが総括(そうかつ)した。各人に時差はあったが、幕僚たちは全員がうなずいた。

問題は随員の人選にうつった。

そうなると自薦他薦があいついだ。ラインハルトを〝専制的軍国主義の申し子〟として否定するいっぽうで、やはりその存在の華麗さを認めずにいられないからである。全宇宙を征服した黄金の有翼獅子(グリフォン)を肉眼で見たいとは、誰しも思うことであった。

ヤン夫人のフレデリカは、当然ながら随員となるべきであったが、インフルエンザに感染して発熱してしまい、家事の教師でもあり家庭医学の大家でもあるキャゼルヌ夫人から安静を命じられては、いかんともしがたかった。

そのキャゼルヌは、戦力の再整備に専念せねばならぬ立場なので、随員の候補から最初にはずされた。シェーンコップは、要塞の防御力強化に専念すべしとして、やはりはずされた。アッテンボローは留守の艦隊をあずかる必要から、メルカッツはラインハルトを〝陛下〟と呼びえないであろうから、ポプランは空戦の機会があるはずはないから、ムライはおそらく全員のお目つけ役として、つぎつぎと落選を余儀なくされた。

けっきょく、高級士官の随員は三名だけであった。副参謀長のパトリチェフ少将、〝薔薇の騎士(ローゼンリッター)〟連隊のブルームハルト中佐、かつてアレクサンドル・ビュコック提督の副官であったスール少佐である。

というのも、エル・ファシル独立革命政府のロムスキー主席が同行することになり、その随員が一〇名をこえたため、ヤンのほうが遠慮したのである。もっとも、それは公式の見解であって、オリビエ・ポプランなどは、自分がトラブル・メーカーであるゆえに同行を忌避されたのだ、と、のちのちまで信じていた。

「ブルームハルトは護衛役、スールはビュコック爺さんの代理人としてえらばれたのさ。パトリチェフ少将？　あれは引きたて役、それ以外になにがあるというんだ」

誰にも意外だったのは、ユリアン・ミンツの残留であったろうが、ヤンは彼のいわば最大の側近を同行させなかった。霊感と呼ばれる便利なものが時間外勤務をおこなったのか、口にしたとおりキャゼルヌの激務を補佐させるためか、シェーンコップが毒舌をたたいたようにユリアンの随員と相手に見られるのを回避したのか、たんなる気まぐれか、不分明であった。

「ユリアン、留守を頼むよ」

そう言われて若者はうなずくことと、残念そうな表情をたたえることを、同時にやってのけた。これは器用さのゆえではなく、心情が整理されていないからであった。

「おまかせください、と申しあげたいところですけど、ぼくはお伴(とも)できないのが残念です。ぼくではお役にたてませんか？　パトリチェフ少将より……」

パトリチェフより自分をえらんでほしかった、と思うのはユリアンの増長というものであろう。その自覚が絶無ではないから、ヤンの視線をうけてユリアンは赤面した。ヤンはおだやかに笑い、若者の頬を指でかるくはじいた。

「ばかだな、私はずっとお前をたよりにしてきたよ。六年前、お前が身体より大きなトランクをひきずって私の家に来たときから、ずっとたよりにしてきたさ」

「ありがとうございます、でも……」

「私が行けないのだったら、かわりにお前に行ってもらうよ。私がいるから私は行く。それだけのことさ」

「はい、とにかく吉報をお待ちします。お気をつけて」

「うん、ところでユリアン」

「はい？」

ヤンが仔細ありげに声をひそめたので、ユリアンは耳を近づけた。

「キャゼルヌの娘とシェーンコップの娘と、正直なところどっちが好みなんだ？　お前の決断しだいで私も覚悟を決めなくちゃならないからな」

「提督！」

自分で意外に思うほどユリアンは顔に熱を感じ、それを見たヤンは楽しそうにへたな口笛を吹いた。こういうとき、彼はシェーンコップやポプランの上官としてふさわしい人物にみえる。

若者をからかったあと、ヤンは妻の病室を見舞った。フレデリカの傍には、キャゼルヌ夫人とふたりの娘がつきそっていて、シャルロット・フィリスが病人のために林檎の皮をむいていた。果物ナイフをあやつる手つきは、フレデリカといい勝負であろう。

「フレデリカ、ちょっと宇宙一の美男子に会ってくるよ、二週間ぐらいで還ってくる」

「気をつけていってらしてね。あ、ちょっと、髪が乱れてるわ」

「いいよ、そんなこと」

「だめです、宇宙で二番めの美男子にお会いになるんだから」

フレデリカがナイトテーブルの上のヘアブラシをとってヤンの髪を手早くすいた。キャゼルヌ夫人はさりげなくよそをむいていた。

ヤンはあいかわらずへたな接吻を妻の熱っぽい頰に残し、キャゼルヌ夫人とふたりの娘にあいさつして病室をでた。

ユリアンが、ヤンのスーツケースをさげて廊下で待っていた。ドアがとじると、シャルロット・フィリスがすくなからぬ感銘と興味をいだいたようすで、母親のひざをたたいた。

「ね、ママ。パパとママもあんなことしたことある？」

フレデリカのほうを横目でちらりと見て、キャゼルヌ夫人は悠然と答えた。

「むろんありますとも」

「いまはしないのね？」

「いい、シャルロット・フィリス、あんたは一年生のときに教わったことを四年生になっても習おうとは思わないでしょ。それとおなじことよ」

こうしてユリアンはヤンと別れた。彼の胸に不安の薄い影はあったが、皇帝ラインハルトが卑怯な手段をとるとは彼も思わず、その信頼が不安を凌駕した。後日、どれほどユリアンは苦悩したことだろう。ラインハルトという太陽を直視した彼は、他の星の存在に気づかなかったのだ。


フェザーンの独立商人であったボリス・コーネフが、イゼルローン要塞と交信可能の宙域までたどりついたのは、ヤンが要塞を出立した三日後のことであった。彼はヤンの委託をうけ、情報収集と軍費集めのために旧同盟領とフェザーン方面を駆けまわっていたのである。帝国軍の検索の網目をさけ、通信を封鎖して貨物船をひそかに運航させてきた彼は、じつは三〇時間ほど前に巡航艦レダⅡ号と行きちがっていたのだ。イゼルローン要塞との交信が可能となると、ボリス・コーネフは開口一番に言った。

「ヤンに会いたい、ヤンはまだ生きているか」

「お前さんの冗談が水準に達していたことは一度もないが、今度のときたら海溝の底に沈んでいるな。あいにくと死神はバカンス中らしくて、元帥はのうのうと生きてるよ」

通信スクリーンにあらわれたポプランが、いやみな口調でいやみを言ったが、その表情が一変するのに、ごく小さな砂時計が必要なだけであった。ボリス・コーネフが不吉な翼にのせてはこんできた情報は、イゼルローン要塞の幹部たちの脳裏に、真紅のランプを点滅させ、〝神の角笛（ギャラルホルン）〟の警報をなりひびかせた。アムリッツァの失敗者アンドリュー・フォークがヤンの暗殺をくわだて、精神病院を脱走したというのである。

　黒ベレーを床にたたきつけて、アッテンボローが憤激の声をあげた。

「アンドリュー・フォークの低能め！　四年前にアムリッツァ星域で二〇〇〇万人殺したくせに、まだ不足か。殺したければ自分を殺せ、それが文明と環境のためだぞ」

「奴にとっては生涯かけた大事業なのだろうさ」

　シェーンコップの声が、淹れすぎたコーヒーのように暗くにがい。

「ヤン・ウェンリーを凌駕するというのはな。実績でおよばなければ当の競争相手を殺す、という境地にようやく達したわけだ」

　ユリアンは悪寒がこわれかけたエレベーターのように脊髄（せきずい）のなかを上下するのを感じていた。アンドリュー・フォークは自由になった。それは彼自身の能力（ちから）によってか？　誰かが、何者かが、彼を自由にしてやったのではないか。これは一狂人の暴走ではなく、悪辣きわまる策謀のゲームであって、フォークは最初から転落を予定された綱わたりの芸人にすぎないのではないか……。

「すぐにヤン提督を追いかけてつれもどせ。万事それからだ。多数で追うと帝国軍にいらざる疑念をもたせることもあるから少数でいい」

シェーンコップが急場の決断をくだし、ユリアン以下の同行者をえらんだ。

こうして、混乱を完全に収束しえぬまま、ユリシーズをはじめ六隻の戦艦がヤンを追ってイゼルローンを進発した。混乱の収束は留守のキャゼルヌにゆだねられた。彼がもっとも困難を感じたのは、病床のヤン夫人にこの件を知らせずにおくという点だった。自由惑星同盟軍(フリー・プラネッツ)の歴史上、屈指の能吏(のうり)にとっても、これはすくなからぬ難問であった。

Ⅲ

どちらかといえば半流動物のように停滞していた事態が、急激に流れはじめる。方向はひとつだが、流れかたはかならずしも秩序だってはいない。

「誰もが平和をのぞんでいた。自分たちの主導権下における平和を。共通の目的が、それぞれの勝利を要求したのである」

と、後世の歴史家は言う。これは一般論としては正しいが、ヤンの場合、自分たちの主導権に固執しているわけではなく、その点が、ラインハルトとの会見に建設的な成果をもたらしうるはずであった。というより、そこで理解ないし妥協が成立しなければ、憎悪を糧(かて)として潰滅にいたる不毛の道が残されるだけである。

いまヤンが暗殺者の手に斃れれば、民主共和政にとっては、その不毛な道さえ閉ざされてしまう。アンドリュー・フォークは個人的な競争意識の腐臭を放つ残滓によって、彼が信奉したはずの思想と制度を死滅させてしまうつもりなのだろうか。どうやって彼の無益な企てを阻止すればよい？　ユリアン・ミンツは必死になって考えた。

同盟の過激派の残党がヤン・ウェンリーの生命を狙っている。その事実を帝国軍に告げ、帝国軍の手でヤンをまもってもらってはどうか――そうユリアンが考えついたのは、イゼルローンをでた焦燥の旅の途上、自己の力の限界を思いやってのことであった。

だが、判断から決断へうつる瞬間に、ユリアンはためらった。ヤンの生命を帝国軍の手にゆだねることじたいは、なんら恥ずべきことではない。そもそも停戦と会見を申しこんできたのは帝国軍であるから、ヤンが皇帝ラインハルトと直接に視線をあわせるまで、またその会見が終了するまで、ヤンの安全を保障する義務が帝国軍にはある。その観点からすれば、最初から迎えと護衛のために部隊の派遣を要求してもよかったのだ。

しかし、このときユリアンは、ある恐怖にみちた想像を禁じえなかったのである。

「もし帝国軍の一部がこれを利用し、保護を名目としてヤン提督に危害をくわえるとしたら……」

つまり、ヤン・ウェンリーが帝国の宇宙統一を阻害する存在であって、戦闘と陰謀とをとわず彼を排除すべきである――そう考える者が、保護を名目としてヤンに接近し、彼を殺害し、その罪をアンドリュー・フォークらに着せるとしたら。精神病院を脱走した狂人が、どうやってヤンを暗殺しようというのか。背後に、マリオネットの糸をあやつる強力な存在があるのではないか。たとえば、帝国軍の策謀の水源地たる軍務尚書オーベルシュタイン元帥……。

これは偏見、あるいは過大評価に類する思考であった。オーベルシュタインが皇帝(カイザー)の敵手と王朝の障害物を打倒すべく、つねに複数の策謀を構想しかつ提案していたことは事実である。だが、宇宙暦(SE)八〇〇年六月一日のヤン・ウェンリーの危難にかんして、彼の手は白い。

この当時、オーベルシュタインは、惑星フェザーンを離れず、彼自身の思案にもとづくある作業に没頭していた。それは軍務尚書としての多忙な事務処理のあいだを縫っておこなわれていたのである。そのことを、むろんオーベルシュタインは宣伝したりはしなかったが、沈黙しているかぎり、ヤン・ウェンリーという帝国の公敵にたいして策謀を弄していると思われても、彼の場合、不自然ではなかった。それどころか、否定しても信じてもらえるかどうか、あやしいものであった。積年の行為が、彼にたいする印象と評価を固定させていたのである。

ユリアンには、オーベルシュタインを恐怖し忌避する必要はなかった。ただし、結果としてそうだったのであって、この時点において彼がオーベルシュタインの幻影におびえたのは当然であった。主体こそちがえ、ヤンにたいする陰謀の内実は、ほぼユリアンの予想したとおりであったのだから。

いずれにしても、ユリアンとしては、帝国軍に協力をもとめる気にはなれず、彼の判断をシエーンコップも是とした。まったく、ほかに選択の余地はないように思えたし、隠密行動は不可欠であるように見えた。

こうして五月二八日から三一日にかけ、イゼルローン回廊の旧同盟側出口周辺の宙域はごく静かに混乱をきわめる。

どことも知れぬ場所では、この陰謀を立案し指令する人間たちがひそやかに蠢動している。いかに不健康で非建設的な作業であるにせよ、従事する者にはそれ相応の苦心も努力も必要だった。彼らはまずアンドリュー・フォークを匿い、彼の無秩序な精神上の流血に一定の方角をあたえ、彼の行為を正当化するために美辞麗句のかずかずを用意して、それを彼の耳から心へ注意深くそそぎこんだ。それから彼に一隻の武装商船をあたえてイゼルローン方面へ送りこんだ。教団本部潰滅のあとも、余喘をたもつ組織の総力をあげねばならなかった。ことに帝国軍の中枢部に知られてはことが水泡に帰するとあって、細心の注意がはらわれていた。その点において、ユリアンらの判断は正しくなかったのだが、その点を非難しうる者は、〝人間は全能でなくてはならない。自分がそうである〟と断言できる者だけであろう。

「大主教さま……」

「なにか？」

「お許しいただいて申しあげます。ヤン・ウェンリー暗殺の件でございますが、アンドリュー・フォークなどの異教徒に大事をゆだねてよろしいものでしょうか」

ある日、そう問われたド・ヴィリエ大主教は、質問者である老いた主教の、偏狭で頑迷そうな顔を見やり、ゆるやかな微笑で内心を隠しつつ返答した。

「心配するな。フォークが大事をゆだねるにたりぬ人物であることは、私もわきまえておる。教団の目的は今度こそ達成されねばならぬのだ」

自信にみちた荘重な口調だけで、相手を承服させるには充分であったが、ド・ヴィリエはさらに語を継いだ。

「アンドリュー・フォークは、最初から燃やされるためにつくられた藁人形にすぎぬ。功はわが教団の忠良なる信徒に帰する。なぜフォークのごとき無能者の異教徒に、宇宙最高の智将を抹殺するという名誉をあたえてやらねばならぬ？」

その名誉は自分にこそふさわしい、と、若い大主教の、声ではなく両眼の隅にちらつく光が語っていた。

老いた主教は、うやうやしく半白の頭部をさげていたので、聖性よりも俗性をあらわにしたその眼光には気づかず、感激しつつ退出した。

ド・ヴィリエにとって、地球教の信仰は手段であり、教団組織は手段の具象化であるにすぎないのだった。この非信仰的、打算的な思考と行動は、ド・ヴィリエという人格がむしろ地球教団の狭小な枠をこえた普遍的な存在であったことを知らせるものである。彼が銀河帝国のいますこし帝都オーディンにちかい地方に生まれていれば、官界ないし軍隊に身を投じて栄達をはかろうとしたであろう。自由惑星同盟(フリー・プラネッツ)に生まれていれば、政界、実業界、学界をとわず、才能と力量と志望にふさわしい道を自分で選択しえたであろう――成功したかどうかは別問題だとしても。

彼が生を享(う)けた場所は、広大な領域と狭小な政治精神をあわせもった帝国の、辺境の一隅に位置する惑星であった。しかも、その惑星は、現在と未来ではなく、過去の領域に存在しており、自分が不当に貶(おと)しめられている地位を回復するために、陰微な手段をとるしかなかったのだ。その手段に、自己の将来を託して悪いはずがあろうか、と、ド・ヴィリエは思う。

「ふん、フォークか。士官学校を卒業したときに死んでいれば、恥多い生涯を送ることもなかったであろうに」

ド・ヴィリエはつぶやきすてた。

暗殺の計画者が実行者を侮蔑する例はいくらでもある。ド・ヴィリエがアンドリュー・フォークを侮蔑したゆえんは、おそらく、フォークがゆたかな可能性にめぐまれながらそれを生かしえなかった点にもとめられるかもしれない。ド・ヴィリエは、ほとんど唯一の可能性を地球教にもとめた。内部で彼自身の立場を強化するとともに、料理を盛りつける皿じたいも大きくせねばならない。全人類を支配する宗政一致の教団国家。聖俗両権をひとつの掌におさめる、専制にして不可侵の教皇。血を絵具として、その壮大な壁画が描けるものなら、流血をためらうべき理由は、ド・ヴィリエには考えもつかなかった。

Ⅳ

ヤン・ウェンリー自身は、自分が暗殺されるという可能性について、どう考えていたのであろうか。

つい一年たらず前には、彼は自分が属していた政府の手で排除されようとした。彼はその可能性を事前に察知しえたが、それは水晶の球を覗いて未来を見たからではない。フレデリカとの新婚旅行の際に、本来ありうべからざる監視の目を感じ、さらに不当な拘禁をうけ、その理由を分析したことによるのである。

ヤンは全知でも全能でもなかったから、彼が収集しえた情報と、分析力のおよぶ範囲でないかぎり、予見力などはたらかせようもなかった。ヤンは思考の遊戯がきらいではなかったから、自分が暗殺される可能性を、さまざまな角度から検討してはみたが、それにも限界があった。地球教の残党が、アンドリュー・フォークを道具としてヤンの暗殺をはかっている、などという事実を、正確に見ぬいていたとしたら、ヤンは人間以外の種族に属する存在であったろう。そもそも、第一義的に考えるべき問題に、彼は直面していた。

「太陽を直視していれば、ほかの弱々しい星辰など見えるはずもない。ヤンの思念は、皇帝ラインハルトにのみ集中していた」

　という後世の批評は、ラインハルトの偉大さを必要以上に強調してはいるが、方向において正しい。ヤンとしては、まずなによりも、ラインハルトの為人と動向を考えねばならず、地球教にまで気がまわらなかった。

　また、地球教団の内部でしか通用しない思考法がある。つまり、ラインハルトとヤン・ウェンリーが〝結託〟し、前者が後者を地球教の討伐にさしむけたらどうするか——という恐怖があった。くわえて、自分の実力をしめし地位をさらに強化するためにも、ド・ヴィリエ大主教がヤンの暗殺を画策している、などということがヤンにわかるはずもなかった。フェザーンとの関係が判明する以前から、ヤンは地球教に注意をむけてはいたが、そこから、彼にたいする殺意の存在までを導きだすことは、できるはずもなかったのだ。

　さらにこの時機、テロがくわだてられるとすればその標的は皇帝ラインハルト・フォン・ローエングラムであろう、との認識が一般的であった、という事情もある。ローエングラム王朝とはけっきょくのところラインハルト個人と同心円上の存在であり、彼に妻も子もない以上、彼が死ねば王朝は瓦解し宇宙の統一は失われる。皇帝ラインハルトが、彼に敵対する者たちによって暗殺されるとすれば、それには理由もあり、意義もある。ゴールデンバウム王朝への忠誠をなおいだく者もいるであろう。

いっぽう、ヤン・ウェンリーを暗殺したら、どうなるか。皇帝ラインハルトのために、最大の敵手を斃してやり、その支配体制を強化させる結果を生じるだけではないか。

また、たとえ多少の危険があろうとも、それを理由として皇帝ラインハルトとの会見を拒否しうるヤンの立場ではなかった。

ラインハルトは秘書官のヒルダ、ごくちかい未来に大本営幕僚総監となるはずのマリーンドルフ伯爵令嬢に、つぎのように明言しているのである。

「予はヤン・ウェンリーに手をさしだすつもりだが、ひとたびそれを拒まれたときには、ふたたび握手をもとめるつもりはない」

ラインハルトの気性からいっても、皇帝としての尊厳からしても、それは当然のことであった。それを洞察していただけに、ヤン・ウェンリーも唯一の機会を逸するわけにはいかなかったのである。圧倒的な大軍を相手に互角以上の戦闘を展開し、帝国軍の名将をふたりも戦死せしめたことは、ヤンの戦術能力と彼の一党の勇戦ぶりをいまさらのように証明したが、ひとまず終わってみれば、あいかわらず帝国軍の戦略的優位はうごかない。

そして、この戦略的優位は、ラインハルトにとって愉快なものではなかった。奇妙さもきわまったことではあるが、〝物量によって正面から押しつぶす〟という戦略の正しさが、戦術家——軍事的冒険家としてのラインハルトにとっては、たしかに不快だったのである。

戦略家は〝多数をもって少数を撃つ〟ことを思考の基本とするのに、戦術家はしばしば〝少数をもって多数に勝つ〟ことに快感をおぼえる。戦場において奇略を発揮し、敵の戦略的優位を劇的にくつがえすことに、最高の美学を見いだすのである。

「誰もが負けると思っている土壇場での、信じられぬ逆転勝利！　それは古来、無数の戦術家を滅亡にさそいこんできた魔物のささやきである」

とは、人類社会において西暦(AD)が用いられていた当時からの警句(けいく)であり、それはラインハルトの時代まで変わらぬ真実であった。

ラインハルトは、これまでその甘美で危険な誘惑におぼれることはなかった。大軍を編成し、それをうごかすべき時機と場所をえらびぬき、卓絶した指揮官を登用し、補給と情報伝達に留意した。前線の将兵を、彼自身もふくめて、餓えさせたことは一度もない。彼が凡百(ぼんびゃく)の無責任な軍事的冒険家ではなかった証明が、そこにある。

だが、宇宙暦(SE)八〇〇年、新帝国暦二年初期の〝回廊の戦い〟において、ラインハルトは自軍の戦いぶりに、また自分自身の指揮統率ぶりに、強い不満をいだいていたようである。彼の代理人たるロイエンタール元帥やミッターマイヤー元帥にとっては、じつのところ、たまったものではない。皇帝(カイザー)はその理性を発揮して戦略的優位を確立しながら、実戦指揮においては、ほとんどそれを生かそうとしなかった。戦いの後半、圧倒的な兵力をヤン・ウェンリー軍の正面にたたきつけ、敵にいちじるしい損耗をしいたが、損耗の比率においてはともかく、損耗の実数においては帝国軍がうわまわる。しかも、この物量戦が成功するかとみえた時点で、軍を引いてしまったのであった。

「皇帝（カイザー）は戦いではなく流血をお好みあるか」

と、第一線の指揮官のうちには徒労感のうちに怨嗟（えんさ）をこめてそう口走る者も少数ながらいたのである。むろん、このとき、皇帝が発熱し病床に伏したことを、知りようもないからではあったが。

それを耳にしたミッターマイヤーは、その場で、口走った指揮官に平手打ちをくわせて床に横転させた。粗暴なようでも、これはそうせねばならないのである。この不平を彼が見逃がせば、皇帝（カイザー）の権威に傷がつくばかりではない、発言者たる士官が不敬の大罪で処断されることもありえたのである。ミッターマイヤーの平手打ちは、ことをその場で収束させるために必要であり、彼の果断な処置は賞賛に値するものだった。

だが、当のミッターマイヤーには、部下の不満以上に深刻な危機感があった。明敏な彼は、皇帝の人格に、ダイヤモンドの糸にも似た亀裂を見ていた。戦略家としての理性と、戦術家としての感性との乖離（かいり）である。いままでその両者は強靭な精神的統一のもとにあったのに、それが結合力を弱めつつあるように思えるのだった。

「ご病気が肉体だけでなく精神をも弱めているのだろうか」

そう思ういっぽう、皇帝（カイザー）の発熱と病臥は、精神的なエネルギーが衰弱した原因ではなく結果なのではないか、との不安をミッターマイヤーは禁じえないのであった。医師たちは過労だと言うが、ほかに病因らしいものを発見しえぬゆえに、誰も異論をとなえようのない理由をもちだしてきたのではあるまいか。

だが、ではなにが皇帝不予の真の原因か、という点になると、ミッターマイヤーも漠然たる推測しかなしえない。というより、あえてそこで思考停止してしまうのである。皇帝不予の真の原因を追及することは、帝国軍最高の勇将にとってさえおそろしかった。この恐怖にくらべれば、現象としてあらわれたラインハルトの発熱など、意に介すべきことではなかった。

以上のような事情から、ミッターマイヤーほど明敏な男でも、ヤン・ウェンリーが第三者によって暗殺される可能性にまでは思いおよばなかったのである。ロイエンタールにしても同様であったろう。それが帝国軍側の事情であった。

V

五月三一日二三時五〇分。巡航艦レダⅡ号の艦上。

ロムスキーら政府代表との食事をすませた士官たちは、士官クラブ（ガン・ルーム）で就寝までのひとときをすごしていた。

ヤンは三次元チェスが好きなくせに技術は拙劣で、この二年間、誰と勝負をしても勝ったことがないというていたらくだったのだが、この日、ブルームハルト中佐を相手に辛勝と快勝を一度ずつ演じて上機嫌だった。

「吾ながら、こんなに弱いとは思わなんだ」

と、くやしがるブルームハルトを横目で見ながら、ヤンは自分でいれた紅茶をすすった。

〝コーヒーよりまし〟なていどの味が、ユリアンの貴重な存在を思いおこさせた。この幾日か、ユリアンとの連絡がとれないのが、ヤンにはいささかおもしろくないし不安でなくもない。

むろん、この間、ユリアン以下、ヤン艦隊の幕僚たちはヤンとの連絡をとろうと必死だった。だが、回廊の数カ所で発生した電磁嵐と、それ以上に人為的な妨害のため、それは不可能だったのだ。

「さて、気分がよくなったところで今夜はもう寝むとしようか」

ヤンは立ちあがって部下たちの敬礼をうけ、自分の個室に引きとった。残った部下たちは、ヤン提督の就寝をロムスキーの秘書官に通告したあと、ポーカーをはじめる。

シャワーをあびて、ヤンが個室のベッドにはいったとき、すでにカレンダーはめくれて六月一日零時二五分になっている。やや低血圧の傾向があるヤンは、寝おきほどではないにしても寝つきが悪く、ベッドサイドに怪奇小説やら筆記具やらを常備していた。ことにこの数日、なぜか眠りが浅く、睡眠導入剤もおいてある。やはり緊張の微粒子が精神回路に侵入しているのかもしれない。

皇帝ラインハルトと会見するにあたって、ヤンはなんら策謀に類するものを用意していなかった。同行のロムスキーが外交的術策などを弄することのできる人ではないだけに、ヤンの責任はかるいものではなかったが、皇帝ラインハルトを相手に戦場以外の場で術策をきそおうとは思わない。

睡眠導入剤を飲んでから、怪奇小説を一〇ページほど流し読みする。

零時四五分、ひとつあくびをして、ベッドランプを消そうとしたヤンの手がとまる。インターホンの呼出音が鳴りひびいたのである。ブルームハルト中佐の声が緊張をはらんでヤンの鼓膜を打った。

奇怪な演劇がレダII号の周辺で開幕していた。

もと同盟軍の准将アンドリュー・フォークが精神病院を脱走し、狂気の域にはいった偏執的憎悪によってヤン・ウェンリーの暗殺をはかろうとしていたが、このちかくの宙域で彼が強奪した武装商船が発見された――それが最初にレダII号にもたらされた通信である。ついで、ヤンを迎えるために帝国軍が二隻の駆逐艦を派遣した、との報告があった。このため、艦長ルイシコフ少佐は警戒態勢をとったが、一時二〇分、一隻の武装商船がスクリーンに出現した。一時二二分、武装商船がレダII号にむけて発砲する。応戦しようとしたところ、帝国軍駆逐艦が二隻、その武装商船の背後に出現し、集中砲火をあびせて、搭乗者もろとも武装商船を破壊してしまったのである。

駆逐艦が信号で通信をもとめてきたので、双方のあいだに回路が開かれた。映像はかならずしも鮮明ではなかったが、帝国軍の軍服を着用した士官らしい男が、通信を傍受してヤン提督をねらうテロの存在を知ったむねを告げた。

「テロリストは処理しました。ご安心いただきたい。ついては、吾々が皇帝のもとへ閣下をご案内するにつき、ぜひ直接のごあいさつをさせていただきたいのですが……」

「吾々の代表はロムスキー議長だ。議長のご判断にしたがう」

ロムスキーの判断は紳士としての節度にかなうものだった。相手の申し出を喜んでうけ、接舷を許可したのである。

「アンドリュー・フォークがねえ」

パトリチェフは、巨大な肺を半分だけ空にするようなため息をついた。

「陰気で尊大でいやな野郎でしたな」

とブルームハルトは一刀両断したが、パトリチェフの声には多少の同情がある。

「秀才だったのですが、現実が彼のほうに歩みよってくれなかったのですな。方程式や公式で解決できる問題なら、手ぎわよくかたづけたにちがいありませんが、教本のない世界では生きられなかったらしい」

ヤンは沈黙していた。論評する気になれなかったのである。フォークの自滅に責任はなかったが、後味のよい話題ではなかった。それに、狂人として社会的に抹殺されたフォークが、どうやって軍艦や同志を集め、テロを実行におよんだか、裏面の事情を知りたい気もする。ただ、睡眠導入剤を飲んだあとに起床をしいられたので、ヤンはやや集中力を欠き、細密な思考が持続しなかった。

帝国軍の駆逐艦がレダII号との接舷作業をおこなっていた。ハッチとハッチを延ばして接続させ、気圧を保ったまま双方の乗員が移乗しうるようにするのだ。士官クラブ（ガン・ルーム）のスクリーンに、その光景が映しだされている。

「わざわざ接舷する必要がありますかねえ」

スール少佐が小首をかしげたが、ヤンは小さく肩をすくめた。ロムスキー医師が決定したことだ。政府代表たるロムスキーに先行して皇帝（カイザー）ラインハルトとの会見をうけたことは、ヤンにとっていくぶんかの引け目になっていた。民主主義体制の手つづきを、一時的ながら失念していたという思いがあるので、万事にロムスキーの権威なり面子（メンツ）なりを優先させてやろう、と、ヤンは考えていたのである。ロムスキーが、偉大な革命政治家ではないにしても、基本的に善良で、策謀や嫉視と無縁の人間であることを、ヤンは評価していた。つぎのような、やや皮肉な証言が後世に残されている。

「ヤン・ウェンリーは、ロムスキーにけっして満足していたわけではなかったが、彼より人格的に劣る人物に権力をにぎられてはたまらないので彼を支持していた。また、ロムスキーの欠点は、だいたいにおいて笑って許容しうる範囲におさまるものとみなしていた」

一時五〇分、巡航艦レダII号と帝国軍駆逐艦の一隻とが接舷し、密着した通路をとおって帝国軍の士官があらわれる。迎えた一同を見わたして失望した表情をつくったのは、その場にヤンがいなかったからだ。これはロムスキーの側近たちが、外交・渉外の優先権を主張し、ヤンら軍人は呼ばれるまで自室で控えることになったからである。ヤンとしては、こんなささいなことでロムスキーの側近とあらそうつもりはない。それに、いまいましい睡眠導入剤の効力で、このときやたらと眠くなっていた。めんどうな対面をロムスキーにゆだねてすむなら、そうしたいところだった。

だが、帝国軍の軍服を着た男たちは、そう解釈しなかった。危機を感じたヤンがどこかに隠れているものと思ったのだ。〝生命の恩人〟を感謝の笑顔で迎えたロムスキー医師の顔面にブラスターが突きつけられた。奇怪な劇の、二幕めがこうして開いた。

「ヤン・ウェンリーはどこにいる?」

脅迫的な質問をうけたとき、ロムスキーはおどろくよりむしろあきれたようであった。

「あなたたちがなにをのぞんでいるのか知らないが、銃をつきつけるとは非礼でしょう。まず銃をしまいなさい」

後世、この態度を批判する者がいる。

「犬にむかって礼儀正しく節度を説いても通用するはずがない。主席は言葉のかわりに椅子でも投げつけるべきであった」

兵士はいきなりブラスターを医師の胸にむけて発砲したが、狙いがそれ、火線は下あごを削りつつ咽喉の最上部をつらぬいた。頸骨(けいこつ)と神経繊維の束を破壊されて、医師は無言で床にくずれおちた。顔には、ごくおだやかな驚きの表情が貼りついたままだった。

ロムスキーの側近たちは、悲鳴を発して逃げだした。数本の火線がそれを追ったが、一本も命中しなかった。これは、逃げる彼らがヤン・ウェンリーのもとへ案内してくれる、という計算が暗殺者たちにあったからかもしれない。

一時五五分。スーン・スール少佐とライナー・ブルームハルト中佐は、恐慌(パニック)にわしづかみされたロムスキーの側近たちの、口よりも表情と動作から、事態の険悪さをさとる。銃を手に、いっぽうで士官クラブ(ガン・ルーム)の戸口に家具でバリケードをきずきはじめたところへ、乱れた足音がして、一〇本以上の火線が室内にとびこんできた。

銃撃戦の、それが始まりだった。

ロムスキーを撃った男は、スーン・スール少佐の射撃で鼻の下を撃ちぬかれて即死した。ゆえに、彼がこの不名誉なテロに加担したのは、信仰のためか物質的利益のためか、永久の疑問となった。

敵の火線は、ブルームハルトらにくらべて練度で劣ったが、密度はそれをおぎなってあまりあった。危険をさとった部下たちは、それまで彼らの司令官にひたすら頭と身体を低くするようもとめていたのだが、方針を転換せざるをえなかった。

「逃げてください、提督！」

ブルームハルト中佐とスール少佐の叫びがかさなり、それに暗殺者たちの怒号、ブラスターの発射音、人間や椅子の倒れる音がいり乱れた。ブルームハルトが練達の射撃でたちまち三人を撃ち倒しながら、ふたたびヤンにどなった。

「逃げてください、提督！」

と言われても、どこへ逃げればよいのか。

ヤンはひとつ首をふった。黒ベレーからハーフブーツにいたるまで、服装を完全にととのえていたのは、個人的な迅速さをさしたる美徳とみなさないこの男にしては上出来であったろう。パトリチェフが、ヤンのそれの二倍ほども太い腕を伸ばして、ヤンの肩をつかんだ。あっけにとられている司令官を、パトリチェフはなかばかつぐように裏口のほうへひきずっていき、その身体を外へ放りだしてドアを閉じると、その前に立ちはだかった。

パトリチェフの巨体を、半ダースの荷電粒子ビームが串刺しにした。同盟軍第一三艦隊の創設以来、ヤン・ウェンリーの司令部にあって司令官と参謀長を補佐しつづけてきた陽気な巨漢は、ごくおだやかな目で、軍服にあいた六つの穴と、そこから流れだす血を見やった。加害者の群に視線を転じると、パトリチェフは悠然と彼らをさとした。

「よせよ、痛いじゃないかね」

痛覚をベッドにおき忘れたような声が、加害者たちを怯ませた。反動は二秒後にきた。わめき声と火線が、パトリチェフの巨体を乱打した。巨体の広い表面に無数の穴をうがちながら、パトリチェフはゆっくり床に沈んだ。

パトリチェフが、おそらく故意に、巨体でドアをふさいでしまったので、暗殺者たちはその巨体をうごかすのに苦労した。そこへブルームハルトとスールが射撃を集中した。このときすでに彼らふたりだけが、乱入した暗殺者の群に抵抗していたが、その射撃の効率はおどろくべきものだった。暗殺者たちの憎悪の射撃が、まずスールに集中した。

火線の一本がスールの左鎖骨の下をつらぬいたが、心臓と肺には命中しなかった。彼が意識を失って倒れたのは、むしろ、よろめいた拍子に側頭部を壁に強打したからである。

暗殺者たちは、自分らの仲間を五人も撃ち倒した青年士官に復讐したかったに相違ないが、それよりも当初の目的にたいする忠実さが優先した。暗殺者たちの数人が、スーン・スールと彼が流した血の傍を荒々しく駆けぬけていった。

Ⅵ

二時四分、舞台に五隻めの船があらわれたとき、巡航艦レダⅡ号は多数の死傷者をだし、狭猾な侵入者たちにほぼ制圧されていた。したがって、スクリーンを占拠した戦艦の姿を発見したのは、侵入者たちのひとりである。

「未確認艦、急速接近！」

暗殺者たちにとって未確認であっても、それは、彼らよりはるかに出自のたしかな一団であった。急行をかさねてきたユリアン・ミンツらの乗艦ユリシーズであったのだ。〝通信が混乱・途絶した宙域の中心にヤン提督はいる〟という洞察が正しくむくわれたのである。

駆逐艦の一隻が、あわてて艦首の方向をかえたが、ユリシーズの砲門はすでに焦点をさだめていた。わずかな出力と射程の差が、生死を、勝敗を分けた。閃光の槍が三本、駆逐艦をつらぬき、鈍い白色の火球と化した暗殺者たちの艦は、四散して乗員もろとも分子に還元した。

一艦は吹きとばしたものの、巡航艦レダⅡ号に接舷した一艦に砲撃をくわえるわけにはいかなかった。ユリシーズは、憎しみあう双生児のようにくっついた二隻の艦に接近し、レダⅡ号に接舷した。酸化液を吹きつけ、強引に通路をつくる。

銃火の応酬が最初に生じた。火線が縦横にはしり、残光が網膜に青い糸をひく。

数からいえば、暗殺者たちのほうが、なお優勢であった。彼らの指導者は、組織の人的資源のたいはんをこの陰謀にそそぎこんだのである。だが、ユリシーズからレダⅡ号の艦内へ乱入してきたのは、ワルター・フォン・シェーンコップの指揮をうける歴戦の男たちであり、彼らの怒りと練度は、暗殺者たちの信仰心を凌駕した。銃撃戦につづく白兵戦は、いわば狼と肉食兇の闘争だった。兇暴さでまさる暗殺者たち、地球上の戦いで帝国軍を辟易(へきえき)させた狂信者たちも、やがて血の泥濘(でいねい)のなかにつぎつぎと撃ち倒された。血と憎悪にまみれて倒れた敗者のひとりに勝者が鋭く問いかけた。

「ヤン提督はどこにいる?」

「…………」

「言え!」

「もはや……もはやこの世のどこにもおらぬ」

にくにくしげに答える兵士の前歯を、シェーンコップの軍靴が蹴りくだく。紳士をよそおうには、彼の怒気は質量ともに過剰だった。

「ユリアン、提督を救いに行け! おれも、こいつらを掃討(そうとう)してから行く」

言われるまでもなかった。装甲服を着用しているとは信じがたいほどの軽捷(けいしょう)さで、ユリアンは駆けだし、マシュンゴら五、六人の武装兵がそれにつづく。

臨界寸前の不安のなかで、それでもユリアンは奇蹟につながる一本の糸を必死でつかんでいた。通信が途絶したまま、ヤンの乗艦を発見することができたのだ。ここまで来たのだから、希望はつうじる。努力はきっとむくわれる! ユリシーズ号は強運の艦であり、自分はそれに乗ってきたのではないか。

ユリアンの探しもとめる相手は、困惑したようすで艦内のどことも知れない区画を歩いていた。ときおり腕をくんで立ちどまり、また歩きだす。暗殺者の群から逃げてはいるのだが、うろたえて走りまわるでもないところが常人とややことなる。どこが安全だろうか、と、いちおう考えてはいるのだが。

フレデリカとユリアンを同行させなくてよかった、と、心からヤンは思った。奇妙なことに、彼らの献身的な護衛によってみずからが生きのびる、といった発想は、このときこの男にはない。まきぞえにしたくない、という思考がさきにたつ。いまだって、部下に〝戦場〟から放りだされたものだから、こうやって歩いているのだ。むろん、死にたいのかと問われれば、

「あまり死にたくはないな」

と答えるのだが、あまりの三字がくわわるところが、この男のこの男らしい点かもしれなかった。死ねば、妻のフレデリカに悪いと思う。副官として三年、妻として一年、ほんとうによくつくしてくれた。こんな自分でも、いるだけで彼女は喜んでくれるのだから、なるべく健康で、いっしょにいてやりたい。

二時三〇分。このとき、ヤンとユリアンとの位置は、直線距離にして四〇メートルしか隔たっていなかった。ただ、そのあいだには三重の壁と機械類の城郭がそびえていて、透視力をもちあわせない彼らの対面をさまたげていた。

「ヤン提督！」

ユリアンは駆けつつ闘い、闘いつつ彼にとってもっともたいせつな人を探しもとめている。

「ヤン提督！　ユリアンです。どこにいらっしゃいますか!?」

彼のあとにつづくのは、マシュンゴほか二名きりになっていた。二名の生命が白兵戦の渦中で失われたのだ。敵は逃げるということをせず、出会えばかならず闘って斃さねばならなかった。そのためどれほど貴重な時間がついやされたかわからない。

二時四〇分。ヤンは立ちどまった。彼を呼ぶ声が至近に聴こえたのだ。

「ヤン・ウェンリー提督!?」

その声は質問ではなく、確認ですらなく、発砲の意図を表明する音響でしかなかった。そして、発声者は、自分自身の声で鞭うたれたかのように、発作じみたうごきで発砲したのである。

異様な感触が、ヤンの左腿を一本の棒となって貫通した。ヤンはよろめいて壁に背をつけた。感触はまず重さに具体化し、ついで熱さに変わり、最後に痛みとなって全身に拡大した。真空ポンプに吸いだされるように、血が噴きだしている。

動脈叢(そう)を撃ちぬかれたな、と、ヤンは奇妙に冷静な判断をくだした。意識野にたいする痛覚の侵蝕(しんしょく)がなければ、立体TV(ソリビジョン)の画像をながめているような気すらする。むしろ、彼を撃った相手のほうが恐怖と逆上の叫びをあげ、ブラスターをとりおとし、踊りくるうシャーマンのような動作で、ヤンの視界から消え失せてしまった。

「殺した、殺した！」

という調子はずれの声が遠ざかるのを聴きながら、ヤンはスカーフをはずして傷口にまきつけた。そこはすでに血の湧出池と化して、ヤンの両手は赤く染めあげられた。彼がこれまで流してきた血の量にくらべれば、ささやかなものであったが。

いま、痛覚はヤンの意識野と現実とをつなぐ、ほとんど唯一の細い通路となっていた。もしかしたら死ぬな、と、ヤンは思い、妻や被保護者や部下たちの顔を思い浮かべた。すると自分自身の現状に腹がたった。彼らの手のとどかないところでこんな目にあっている自分の不甲斐なさがいまいましく感じられた。彼は片手を壁につけて、通路を歩きはじめた。まるで、それによって、彼と彼の親しい人々とのあいだに横たわる距離の壁を打破できるかのように。

奇妙だな、と、ヤンは意識野のごく一部で苦笑した。血が大量に流出すれば、体重は軽減するはずであるのに、なぜこうも身体が重いのだろう。ひどく重い。腿だけでなく下半身全体に、悪意にみちた透明な腕がまつわりついて、彼を引きずり倒そうとしている。

アイボリーホワイトのスラックスは、見えざる染色技術者の手で、一瞬ごとに赤黒く染まりつつあった。傷口にまきつけたスカーフは、いまや出血をとめる力を失い、たんに血が伝わり落ちる布製の通路と化していた。

あれ、と、ヤンは思った。視線の位置が流れ落ちるように低くなったのだ。いつのまにか、床にひざをついていた。立ちあがろうとして失敗したヤンは、壁にかるく背中をぶつけ、そのまま壁ぎわにすわりこんでしまった。どうも格好がよくないな、と思ったが、姿勢を変えるだけの余力もすでになくなっていた。彼の周囲に、なお血だまりがひろがりつつあった。やれやれ、奇蹟（ミラクル）のヤンが血まみれ（ブラッディ）ヤンになってしまった、とヤンは考えた。考えることさえ、はなはだしい疲労をともなってきた。

指がうごかない。声帯の機能も失われつつあった。だから、

「ごめん、フレデリカ。ごめん、ユリアン。ごめん、みんな……」

という声を聴いたのは彼以外にいなかった。否、自分でそう思っただけかもしれなかった。

ヤンは両目を閉じた。彼がこの世でおこなった最後の動作。薄明から漆黒へ、無彩色の井戸を落下していく意識の隅で、なつかしい声が彼の名を呼んでいた。

宇宙暦（SE）八〇〇年六月一日二時五五分。ヤン・ウェンリーの時は三三歳で停止した。

第六章　祭りの後

I

　六月一日三時五分。

　これまで経験したことのない衝撃が、見えざるロープと化してユリアン・ミンツの両脚にからまった。

　急停止したユリアンは、人血に塗装された戦斧(トマホーク)をかるく床につき、混乱した視界と呼吸を整理しながら、周囲を見わたした。衝撃は感じた。だが、なぜそれを感じたのか、とっさにはユリアンに理解できなかった。不吉きわまる感覚が嘔吐めいた圧迫をともなって、咽喉もとにせりあがってきた。

　正面に通路、人影はない。左側にも薄暗い通路が伸びていて、人影は……ある？　立ってはいない。戦闘態勢をとってもいない。壁を背にしてすわりこんでいるようだ。にぶい光沢の小さな塊が転がっている。通路の入口に放置されたブラスターだった。帝国軍の制式銃のようだ。

人影は、片脚を伸ばし、片ひざを立てており、ややうなだれているようにみえた。顔が見えないのは、ベレーをかぶり、そこからはみ出た前髪が顔を隠しているからだった。黒く濡れた床のひろがりが、出血の量を無言のうちに語りかけてくる。

「ヤン提督……?」

否定を期待する、それは声だった。ユリアンの脳細胞の一部が悲鳴をあげた。

「提督……」

急にひざが震えはじめた。ユリアンの悟性よりも肉体のほうが、事態を正確に理解し、それに反応したようであった。ユリアンは左側の通路に踏みこんだ。踏みこみたくはない、きたるべき事態に直面したくはないのに、彼は通路に進入した。もちたくもない義務感に背中を押されながら、彼は三、四歩進み、均衡を失って床に片ひざと片手をついてしまった。そこはもはや流血の池の岸だった。ユリアンは、やや高い位置から、死者の顔を――待ち疲れて眠りこんでしまったような顔を見つめた。

慄える手で、ユリアンはヘルメットをぬいだ。乱れた亜麻色の髪が、冷たい汗と熱い汗に濡れた額にはりついている。若者の心と声は、髪におとらず乱れ、秩序を欠いていた。

「赦してください、赦してください。ぼくは役たたずだ。一番肝腎なときに提督のお役にたてなかった……」

まだ温かみを残した血が、若者のひざを濡らしたが、ユリアンの意識は遮断されていた。四年前、彼はヤンになんと言ったか。胸をはって宣言したではないか。「ぼくがまもってさしあげます」と。現実はこうだ。自分は役たたずの能なしの嘘言家(うそつき)だ！　提督をまもるどころか、彼が息をひきとるとき傍にいてあげることすらできなかった……。

　強烈な不快感が、神経回路を駆けぬけ、ユリアンの五官に現実の臭気をもたらした。視線を肩ごしに投げかけて、ユリアンは見た。帝国軍の軍服を着た男が五、六人。彼の背後にちかづいていたのだ。

　ユリアンの全血管と神経網に真紅の電流が充満するまで、一瞬の一〇〇分の一の時間も必要ではなかったであろう。

　帝国軍の軍服をまとった男たちは、人間の形状をとった敵意と憎悪のエネルギー体に直面することになった。このとき、ユリアンは、宇宙でもっとも危険で獰猛な存在だった。

　突進と跳躍と斬撃とが、同時におこなわれたのだ。戦斧(トマホーク)の一閃で、ひとりの兵士が頭部をなかば切断され、鮮血と絶鳴を宙にまきつつ横転する。逆方向へ飛んだ第二閃が、あらたな犠牲者の鎖骨と肋骨(ろっこつ)を撃砕し、その男が床上の空間を飛ぶあいだに、三人めが、砕かれた鼻梁(びりょう)から血を噴きあげた。

　憎悪と狼狽の叫びが、ユリアンの左右で反響しあった。敵の戦斧は、ユリアンの影さえとらええなかった。その光景をシェーンコップが目撃したら、剽悍(ひょうかん)さを賞賛するとともに、冷静さを欠く点を批判したであろう。沸騰する激情のままにユリアンは戦斧を旋回させ、直進させ、床にあらたな人血のカーペットをしきつめていった。

「中尉！　ミンツ中尉！」

ユリアンの腿より太い両腕が、若い復讐者の身体を後方からだきとめた。ルイ・マシュンゴの膂力は、ユリアンをはるかに凌駕するはずだが、暴発する戦気の活火山をおさえつけるため、渾身の力を必要とした。

「おちついてください、中尉！」

「離せ！」

亜麻色の髪が大きく揺れて、毛髪の先端からユリアンのものではない人血が、マシュンゴの黒い顔にはね返った。

「離せ！」

浮きあがった両足で、ユリアンは宙を蹴った。靴先からも血が飛び散って、ちぎられた紅玉の首飾りのように宙を乱舞した。

「離せ！　こいつら、皆殺しにしてやる。こいつらは殺されるだけのことをしたんだ！」

「もう誰も生きていませんよ」

マシュンゴは、汗にまみれた声を発した。

「それより、ヤン提督の遺体をどうするんです。かわいそうに、このまま床にすわらせておくんですか⁉」

嵐は半瞬でおさまった。ユリアンはもがくのをやめてマシュンゴをかえりみた。瞳に理性が、あるいはそれに似たものがもどった。力を失った掌から戦斧が血塗られた床に落ち、ねばった音で酷使に抗議する。

マシュンゴが腕をひろげて、若い復讐者を解放した。生まれてはじめて歩行する幼児のようなたよりなさで、ユリアンはもう一度ヤンの前へ歩みよって、ひざをついた。遠くで誰かが弱弱しく死者に語りかける声をユリアンは聴いた。

「提督、イゼルローンへ帰りましょう。あそこがぼくたちの、ぼくたち皆の家ですから。家へ帰りましょう……」

あるはずのない返事を待っているような若者の姿を見て、黒い巨人が無言のうちに行動した。うやうやしいほど鄭重(ていちょう)に、マシュンゴはヤンの生命を失った身体を両手でかかえあげた。その動作は、見えざるロープとなって、ユリアンを起(た)たせることにもなった。ユリアンはマシュンゴにならんで歩きだした自分に気づいた。

ヤン提督はもういないのだ。

比類ない戦争の芸術家でありながら戦争をきらいぬいていた黒髪の青年は、もう戦わずにすむ場所へ去ってしまった。

ユリアンの意識が、記憶の回廊を逆進した。二六〇〇日にのぼる日々の光景が、無数の細片となって脳裏を乱舞した。思い出の数は、脳細胞の数にひとしかった。それはこれからも蓄積され、増殖していくはずであったのに、このようなかたちで中断されてしまうとは。

　このときはじめて、液体化した激情と失意が、涙腺のドアを突き破った。子供のように激しく泣きだしたユリアンを、マシュンゴはとまどったように見つめ、口のなかでなにかつぶやいた。こういうときは早く泣いたほうが勝ちだ、と言ったようであった。ユリアンは見ても聞いてもいなかった。掌にひろがってこぼれおちる潤いの熱さだけが知覚のすべてだった。

　生きるということは、他人の死を見ることだ。ヤン・ウェンリーはそう言っていた。戦争やテロリズムはなによりも、いい人間を無益に死なせるからこそ否定されねばならない。ヤンはそうも言っていた。あの人が言っていたのは、いつも正しかった。だけど、いくら正しい言葉を残しても、当人が死んでしまったらなんにもならないではないか！

　言葉――そう、ユリアンはヤンの臨終をみとることができず、最後の言葉を聞くこともできなかった。ヤン夫人に伝えるべき言葉も聞きそこねてしまった。後悔と自己嫌悪の思いが、あらたな涙となって体外へ流れでた。

　そのころ、シェーンコップは、士官クラブ（ガン・ルーム）で、彼の部下でもあり弟子でもあるブルームハルト中佐の姿を発見していた。

　床に倒れたブルームハルトの周囲には、七、八人の帝国軍軍服を着用した男たちの死体が転がっていて、これは単身ブルームハルトがいかに勇戦したかを証明するものであった。シェーンコップは床の流血で一度ならず軍靴をすべらせかけながら、その傍にひざをついた。ヘルメットをとり、血で彩色されたブルームハルトの身体を揺さぶると、死に瀕(ひん)した青年士官は薄目をあけ、全身の力をふるってささやいた。

「無事ですか、ヤン提督は?」

とっさに、シェーンコップは返答できない。

「あの人は要領が悪いですからね、ちゃんと逃げていてくれればいいんですが……」

「ユリアンが助けにいった、大丈夫だ、すぐここへやって来るさ」

「……よかった。あの人が生きていないと、これから将来(さき)、おもしろくないですからね……」

声がとぎれ、二度くりかえして浅いが激しい呼吸音が洩れた。〝薔薇の騎士(ローゼンリッター)〟連隊長代理ライナー・ブルームハルト中佐は、彼がまもろうとしていた司令官に一五分遅れて絶息した。

シェーンコップは表情を消して立ちあがったが、眼光の一部に沈痛さの微粒子がふくまれていた。天井を見あげ、息をついて視線を水平にもどすと、視界に、接近してくる人影が映った。敵ではなく、見知った味方だと判明したとき、シェーンコップは安堵の声を高くした。

「ユリアン、無事だったか。調べてみたんだが、こいつらは帝国軍ではなくて……」

ワルター・フォン・シェーンコップは絶句し、急激にたちのぼる兇事のもやのなかに立ちすくんだ。口のなかが砂漠化し、〝薔薇の騎士〟連隊以来の勇猛な指揮官は、粘土の塊をはきだすように、ひびわれた声をおしだした。

「……おい、よせよ、ここは演劇学校の練習場じゃない。悲劇の舞台げいこなんぞやりたくもないぜ……」

彼は口を閉じ、殺気だった眼光をユリアンにむけ、肩で息をついた。現実を許容するための、それが彼の儀式だった。ひとことも言わず、ユリアンにもひとことも言わせず、彼は、マシュンゴの腕のなかに横たわる司令官に敬礼をほどこした。二度だけ、わずかに手が慄えるのを、ユリアンは見た。

敬礼の手をおろすと、シェーンコップはユリアンに一片の布を見せた。それは一年前、皇帝(カイザー)ラインハルトの部下たちがキュンメル男爵邸で見いだしたものであった。刺繍された一連の文字がユリアンの視界にとびこんだ。「地球はわが故郷、地球をわが手に」

「……地球教!」

眩暈(めまい)がユリアンを襲った。この直前まで帝国軍めがけて直進していた憎悪が、いちどに方向転換をとげるというわけにはいかなかったのだ。感情をすべて費いはたしたと思っていたのに、なお驚くことができる自分が、彼にはうとましかった。

「ですが、地球教徒がなぜヤン提督を暗殺しなくてはならないんですか。ぼくが地球へ潜入して彼らの本拠地をさぐったからでしょうか。だとしたら……」

「詮索はあとだ。犯人の正体がわかれば、いまはそれで充分だろう。いずれ奴らの踏んだ地面まで、まとめて火葬場の炉のなかに放りこんでやる」

不吉な静かさで宣言すると、シェーンコップは部下たちをかえりみた。

「生きている奴を二、三人、ユリシーズにはこびこめ。あとでゆっくり口述試験にかけてやる。どうせイゼルローンに着くまでは、道中の暇をもてあますだろうからな」

スーン・スール少佐は意識不明の重傷だったが、生存が確認されている。巨大な兇報のなかで、それは唯一のささやかな光明だった。ユリアンはスール少佐が好きだったし、彼が意識を回復すれば、さまざまな事情を聞かせてくれるであろう。ただ、それはスール少佐にとっても悲痛なことであるにちがいなかった。

「ひきあげますか」

とマシュンゴが問い、シェーンコップとユリアンは同時にうなずいた。

レダⅡ号の内外で、殺しあいはなおつづいていた。戦闘能力と秩序においては、シェーンコップの部下たちがはるかに優れていたが、相手はことごとく死兵だった。地球教の本拠を攻撃した帝国軍の兵士たちが感じたように、シェーンコップの部下たちも、恐怖というより不気味な嘔吐感めいた感覚に襲われて、敵に多大の流血をしいつつも、わずかずつ後退するありさまである。

三時三〇分、シェーンコップが全員退去の司令を発した。

「屍食鬼(グール)どもを相手に時をついやすな。帝国軍に見つかったりしたら、ややこしいことになる。生存者をまもってひきあげろ」

命令はすみやかに実行され、すべての生者はユリシーズに移乗した。ヤン、パトリチェフ、ブルームハルトの遺体も収容された。このとき、ロムスキー医師ら革命政府の文官たちの遺体を収容しそこねたことが、行動の完璧を欠くものとして、後日、一部の批判をこうむる結果になった。

Ⅱ

三三歳という少壮の年齢で不慮の死をとげたヤン・ウェンリーという人物にたいし、哀惜の思いは多くの人々からささげられている。それは彼の麾下で戦った人と、彼と直接に戦った人からのものが、もっとも多いのだが、いっぽう、後世の歴史家のなかにはきびしい批評をくだす人も存在するのだ。

それらの批評のうち、もっとも辛辣で、ヤンにたいして否定的な見解をしめすのは、つぎのような意見である。

「……ヤン・ウェンリーとはけっきょく、何者であったのか。口では戦争を否定しながら、戦争によって栄達し、所属する国家が滅亡したのちも、みずから主導するあらたな戦争によって人類社会の再分裂をはかり、それにも中途で失敗し、混乱と戦禍の種子を後世に残した。彼が存在しなければ、宇宙暦（SE）八世紀末から九世紀初頭にいたる戦乱の期間に、不本意な死を強制された人間の数は、はるかに減少していたはずである。吾々(われわれ)は彼を過大評価すべきではない。ヤン・ウェンリーは挫折した理想主義者ではなく、失敗した革命家でもなく、大義名分にこだわっただけのたんなる戦争屋でしかない。軍事ロマンチシズムのどぎつい光彩をとりはらったあと、この人物の業績表に残るものはなにか。いわく、無である。生によっても死によっても、この男は人類に幸福をもたらさなかった」

　いますこし、おだやかな意見もある。

「……皇帝(カイザー)ラインハルトとヤン・ウェンリーの二度めの会見が実現されたとすれば、それは歴史になにをもたらしえたであろうか。巨大な帝国とささやかな共和国との平和共存であったろうか。最終的な、かつ徹底的な一大会戦であったろうか。いずれにしても会見は実現されず、生者も死者もひとしく希望を断たれたのである。ヤン・ウェンリーは、もっとも死ぬべからざる時機に死んだ。だが、むろんその死は彼の本意ではなく、陰謀によって強制されたものであるから、その点にかんしてヤンを責める者がいたとしたら本末転倒といわざるをえない。最大の罪は、非建設的な狂熱と偏執をもって歴史の可能性を絶(た)った反動的なテロリストたちにある。それは、〝テロリズムによって歴史はうごかない〟というヤンの主張を嘲笑するかのような行為であって、すくなくともヤン個人の生命はテロリズムによってうごかされてしまった」

　さらに、このような見解もある。

「……道徳的な善と、政治的な善とは同一ではない。宇宙暦(SE)七九七年から八〇〇年にかけてのヤン・ウェンリーの選択と行動とは、前者であっても後者ではなかった。時代と状況とは、平時よりはるかに強力な指導者を要求しており、実力においても人望においても、ヤン以外にその任にたえうる人物はいなかったにもかかわらず、ヤンはそれを拒否しつづけた。その結果、彼は個人的な満足感をえたかもしれないが、彼がいい子であることに固執した結果、自由惑星同盟（フリー・プラネッツ）という民主国家は、柱を失って崩壊せざるをえなかった。とはいうものの、ヤンの歴史哲学をもってすれば、同盟は国家としての生命と存在意義をすでに失っており、軍人独裁によって名目だけ永らえることに意味はない、ということであったろう。さらには、彼自身が、歴史上の主役の地位を他者にゆずりたいとのぞんでもいた」

その〝主役〟とは、彼の被保護者であるユリアン・ミンツであったかどうか。

「ユリアンは皇帝（カイザー）ラインハルトの麾下につけば、いずれ帝国元帥にだってなれる」

と、ヤンは若者の将来性を称揚したことがあるが、彼の思想と立場からいえば、このほめようは二重に不見識である。とはいえ、彼が名前をあげた両者の力量を認めていたこと、ユリアンの資質がラインハルトを凌駕するものではないとみなしていたこと、以上の二点を、この発言から確認しうるであろう。もっとも、後者にかんして補足するなら、ヤンは自分自身にたいしても、ラインハルトを凌駕する存在とはみなしていなかった。

「吾ながらだいそれたことをやっているよ」

と、ユリアンにむかって肩をすくめてみせたことがある。ラインハルトに惹かれた人間は、べつに彼ひとりではないが、ラインハルトが歴史上にしめる位置と意義を、もっとも深く認識していたのは彼であったろう。そして、彼に敵対すべき自分の立場を、いささか憮然として見つめていたようでもある。

ヤンは自国の権力者や権力周辺居住者に生理的な嫌悪感をいだいており、当然ながら彼らと親交がなかった。彼らの来訪もむろん喜ばず、仮病や居留守を使って面会をさけたことさえ再三であった。ことさら主義や思想があってのことではなく、偏食の子供が野菜をきらうのとほぼ同水準の心理と行動なのである。

戦場にあっては、〝人間ばなれした〟と表現されるほど機略と奇謀に富んだこの青年が、対人関係ではろくに知恵もでなかった。いやな客人の来訪をうけねばならなくなったヤンが、仮病の種も費いはたして困惑したときなど、ユリアンが病人役をかってでたこともある。急場を救われたあと、ヤンは謝礼の意をあらわすつもりで、ユリアンの服のポケットに一〇ディナール紙幣をいれたり、ナイトテーブルにチョコレートの箱をおいたりしたものだった。そのあたり、目下(めした)にたいしては不器用ながら気も遣うし、優しくもあり寛容でもある男だったが、自分より上位の者にたいして、とくに政治権力の中枢ちかくに居住する人種にたいしては隔意(かくい)があった。

イゼルローン要塞での生活をヤンが気にいったのは、この辺境の軍事拠点にあっては彼より上位の者がおらず、接客や公的行事のわずらわしさが首都ハイネセンにいたときよりいちじるしく軽減したからであった。ヤンは要塞都市における事実上の独裁者として、中世の王侯のようにふるまってもよかった。だが、その生活や態度が限界のはるか手前でおさまっていたことについては、多数の証言がある。彼が高級軍人にありがちな利権と完全に無縁であった理由は、彼の意思というよりむしろ性格にもとめられるが、賞賛に値することであるにはちがいない。

　ヤン・ウェンリーが強欲さにとぼしい人物であったことは、彼に非好意的な歴史家でも認めざるをえない事実である。いっぽう、彼に好意的な歴史家でも、彼がより多くの味方とより多くの機会をえようとしなかった一種の消極性に言及（げんきゅう）せざるをえない。

　彼の名声の出発点となった〝エル・ファシル脱出行〟のとき、ヤンは二一歳のそれこそ青二才でしかなく、民間人の有力者に脱出計画の成算を執拗にうたがわれた。ヤンとしては、彼ひとりの胸にあたためている奇略を他人にもらすわけにいかず、「大丈夫です」と、文明発祥以来の安直な台詞をくりかえすだけで、積極的に説得しようとはしなかった。精神的な波長や価値観のことなる人々に自分の思考を理解させるということが、彼にはめんどうでたまらず、その点においてヤンは政治的人間としての資質をまったく欠いている。

「きらいな奴に好かれようとは思わない。理解したくない人に理解される必要もない」

　というのがヤンの本音であったろう。もっとも、何者の知音（ちいん）も理解もいらない、というほど孤独に徹していたわけでもない証拠に、被保護者のユリアン・ミンツの裡に傑出した受信機能を見いだすと、戦略や戦術についてさまざまに教え、少年の聡明さを喜んだ。けっきょくのところ、軍人にしたくない被保護者の裡に、ヤンは高水準の軍人としての資質を育(はぐく)んでしまったわけで、ヤンの裡にあった才能と志望の乖離は、ユリアンという鏡に反映せざるをえなかったのだ。

後世の歴史家によって評される、〝多彩な、矛盾と勝利にみたされた短い人生〟を終えたヤン・ウェンリーは、その遺体を部下たちに護(まも)られながら、虚空に浮かぶ彼の城へ帰っていった。

Ⅲ

戦艦ユリシーズは、あとを追ってきた五隻の僚艦と合流し、葬列をつくってイゼルローンへの帰路をたどった。帰還したのは六月三日一一時三〇分のことである。

その間に、ユリアンとシェーンコップは、いくつかの問題を処理しなくてはならなかった。まず最初に、捕虜にした三名の地球教徒が尋問をうけた。尋問する側に、人道や協調をおもんじる精神が一時的に欠落していたのは事実である。尋問が不調に終わったあと、司令官や僚友を失った〝薔薇の騎士(ローゼンリッター)〟の面々はことに激昂してやまなかった。

「シェーンコップ中将、地球教徒どもをお渡しください。どうせ奴らが裏面の事情をしゃべるはずがない。奴らの希望どおり、はでな方法で殉教させてやればよいでしょう」

カスパー・リンツ大佐の主張は、まだ抽象の衣を着ていたが、彼の部下たちの声は露骨だった。

「生きたまま核融合炉に放りこめ！」

「いや、一センチごとに切りきざんで、下水に流してやる！」

復讐を渇望する部下を見わたしたシェーンコップは、そっけないほどの声で応じた。

「あわてるな、イゼルローンにも核融合炉はある。大きい奴がな」

これほど不吉な迫力をこめた返答は、〝薔薇の騎士〟の面々でも経験したことがないものだった。

部下たちがひきさがったあと、シェーンコップとユリアンは、憮然というには深刻すぎる視線を交換した。

「提督の随行者（おとも）はパトリチェフとブルームハルトか。帝国軍の奴らが信じるように天上（ヴァルハラ）というものが実在するとすれば、ヤン提督のいいチェス相手になるだろうよ」

「おふたりとも、提督以上に拙劣（へた）でしたからね」

ユリアンの心を、風が螺旋状に吹きぬけている。意味も意義もない会話の交換は、コンクリートの荒野に種子をまく不毛さを連想させた。だが、とにかく、なにかしゃべっていないことには、毛細血管にまでコンクリートが流れこんで、全身を石化させてしまいそうな気がした。

「おれはこんな気分をあじわうために、帝国から亡命してきたんじゃない。まさか国を捨てたむくいじゃあるまいな」

「………」

「だとしたら、どうせのこと、国を捨てるより滅ぼしておいたほうが、後顧の憂いがなかったかもしれんて。だが、まあ、過去はともかく問題はこれからだ」

「これから……？」

「そうだ。ヤン・ウェンリーは死んだ。耳をふさぐな！　ヤン提督は死んだ。死んでしまった！　それも皇帝ラインハルト以外の手にかかってな。最後まで意表をついてくれたよ！　感心なんぞしてやらんがね」

シェーンコップの拳の下で、罪のないテーブルが悲鳴をあげた。ユリアンは、シェーンコップにおとらず、自分が蒼白になっていることを知覚した。奇妙な発見があった。全身から血の気が引いたとき、血は体内のどの場所に集まっているのだろう。魂からこぼれた血は、どこに溜まるのだろう。

「……だが、こうしておれたちは生きている。生き残ったからには、これからのことを考えるべきだろう。これからどうやって皇帝と戦うか」

「これから、ですか？」

自分の声とも思えない声が、勝手に答えている。知能も理性もない音声の羅列。

「そんなこと、考えることもできません。ヤン提督がいなくなったのに……」

なんだってヤン提督が考えてくれた。戦う意味も、戦う方法も、戦ったあとのことも。すべてヤンが考えた。ユリアンたちはそれにしたがっていればよかった。それなのにこれからのことは自分たちで考えねばならないというのか。

「それじゃいっそ、降伏するか？　皇帝（カイザー）の前に膝をついて服従を誓約するか。それもよかろう。私兵集団としては首領を失った瞬間に解体するのがしぜんのなりゆきってものだ」

絶句したユリアンに、二秒半ほどの間をおいてシェーンコップは声のない短い笑いをむけた。

「それがいやなら、おれたちは弱小勢力なりに団結せねばならないし、団結するからには代表者が必要だ。誰かヤン提督の後継者を立てねばならんだろう」

「それはそうですが……」

後継者を立てるなど不可能ではないか、と、ユリアンは思う。恒星系の質量の大部分を、恒星じたいがしめるように、ヤン艦隊という星座はヤンあってこそ宇宙にかがやきを放つのだ。ほかの誰にそんなことが可能だろう。とはいえ、たしかに誰かが後継者にならなければ、ヤン艦隊は解体してしまう。

「それともうひとつの問題だが……」

「まだなにかあるんですか？」

「こちらのほうが重要かもしれんぞ。ヤン夫人には誰が話す？」

これほど不吉で不快で、しかも不可欠の疑問はほかに存在しえなかったであろう。重油を口にふくんだような表情で、シェーンコップはとにかく年長者としてのささやかな義務をはたしたのである。

いっぽう、ユリアンにしてみれば、うけとめた課題の巨大さに窒息させられる思いだった。そうだ、フレデリカ・G(グリーンヒル)・ヤンに、誰が告げるのだろう。彼女の夫が狂信者たちに暗殺された、と。皇帝(カイザー)ラインハルトと堂々と戦って旗艦の艦橋で死んだのではなく、巡航艦の一隅で誰にもみとられることなく息をひきとったのだ、と。ひとつの逃げ道が、追いつめられたユリアンの脳裏にひらめいた。

「……キャゼルヌ夫人にお願いしましょうか。あの人なら」

「ああ、おれもそう思わないではなかった。それがいいかもしれん。こういうとき、男はだらしなくていけない」

豪胆で辛辣な亡命貴族が、ユリアンの逃げをとがめようとはしない。シェーンコップと知りあって以来、はじめて見る姿だった。無限のように思えた活力と鋭気が、乾季の河の水さながらに蒸発し、河底をさらけだした印象だった。

皆そうなのだ。イゼルローンにいる人々すべてがそうなる。ユリアンは身慄いした。恒星が失われたとき、それをめぐる惑星や衛星はどうなるのか。瞬間、悲哀を圧倒する恐怖のなかで、ユリアンは呆然と立ちつくした。

Ⅳ

こうして六月三日一一時三〇分、葬列はイゼルローンに入港した。

極秘通信によって司令官の死を知ったキャゼルヌとアッテンボロー、それにメルカッツの三将官が葬列を出迎えた。古い蛍光灯に照らされた石膏像の一群。一〇〇万の大軍を指揮して宇宙を往来してきた不敵な男たちが、傷だらけの魂を軍服につつんで若い使者を待っていた。ユリアンのあいさつをうけて、キャゼルヌが蒼白な声を咽喉から押しだした。

「なあ、ユリアン、もともとヤンの奴は順当にいけばお前さんより十五年早く死ぬ予定になっていたんだ。だがなあ、ヤンはおれより六歳若かったんだぜ。おれがあいつを送らなきゃならないなんて、順序が逆じゃないか」

自由惑星同盟軍(フリー・プラネッツ)にあって最高級の軍官僚といわれた男が、このていどのことしか言えないのである。衝撃の深さが思いやられた。

オリビエ・ポプランの姿はユリアンの視界になかった。ひそかにヤンの訃報をうけたあと、

「死んだヤン・ウェンリーなんかに用はない」

と言いすてて、一ダースほどのウイスキー瓶とともに私室に籠城(ろうじょう)しているという。

「フレデリカさんは……？」

「彼女は知らない、まだ話してない。お前さんが伝えてくれるだろう？」

「ぼくだっていやです。キャゼルヌ中将の奥さんにお願いしたいんですが……」

だが、夫からそれを伝えられたキャゼルヌ夫人は、ユリアンの依頼を拒んだ。つねになく血色の悪い顔に、おだやかだが明白な拒否の表情をたたえて彼女はさとした。

「ユリアン、これはあなたの責任であり義務ですよ。あなたはヤンご夫妻の家族だったんですからね。あなた以外の誰が話すというの。もし話さなかったら、話したとき以上に後悔するわよ」

キャゼルヌ夫人の正しさを、ユリアンは認めずにいられなかった。恥ずかしくも思った。フレデリカは夫の訃報を自分自身でうけとらねばならないのだ。誰も代わってはくれず、他者にゆだねることもできないのだった。それを思い知りながら、ユリアンは将官たちに視線をはしらせた。キャゼルヌはあわてて、シェーンコップはゆっくりと、それぞれ頭をふった。メルカッツはなかば目を閉じて無言だった。アッテンボローは声をたてずに色の褪せた唇をうごかした。「頼むよ、おい」という力のない言葉を、ユリアンは彼の唇のうえに見いだした。ユリアンはため息をつきたかったが、早くも呼吸器が機能を乱しはじめていた。

観念して扉をノックし、フレデリカの応答があったときから、ユリアンの視覚と聴覚は正常さを欠いていたように思われる。

「いつ帰ったの、ユリアン、早かったのね」

フレデリカの笑顔も声も、輪郭がぶれていた。それにたいしてなにか答えはしたのだ。三言、四言、無意味な会話。そして突然、明晰な一言が聴覚神経から心臓へ直通した。

「あの人が死んだのね……?」

ユリアンは慄えた。フレデリカのヘイゼルの瞳が彼の肉体を透過して、記憶の画廊を検証しているように思えた。声帯の全機能を動員して、ようやく若者はささやき声をおしだした。

「どうしてそうお考えです?」

「だって、あなたがそんなにも言いづらそうにすることは、ほかに考えられないわ。そう、やっぱりあの人が死んだの……」

ユリアンは口を開いた。言葉は、彼自身の意思によらず、たてつづけにつむぎだされてきた。

「はい、そうです。ヤン提督は亡くなりました。皇帝(カイザー)との会見をさまたげようとする地球教の残党のために——ぼくはお救いにあがったのですが、まにあいませんでした。申しわけありません。遺体を収容するのが精いっぱいだったのです」

「……ユリアン、あなたが嘘言家(うそつき)だったらよかったわ。そうしたらあなたの報告を信じなくてすむのにね」

フレデリカの声は、粘土板に書かれた古代文字を解読でもしているようなひびきがあった。

「ぼんやりと、不安を感じてはいたのよ。キャゼルヌ中将が顔を見せないし、夫人もどこかいつもとちがっていたし……」

声がとぎれた。意識と感性の海溝から、巨大な海竜が海面へ浮上しようとしている。その気配をユリアンは感じて、全身を緊張させた。フレデリカは視線を床に落とした。彼女が泣きだした瞬間に自分は逃げだすのではないか、と、ユリアンは思った。

フレデリカは顔をあげた。それは乾いていたが、生気と現実性を悲哀のスポンジに吸いとられたようだった。

「あの人はね、こんな死にかたをする人じゃないのよ。あの人にはあの人らしい死にかたがあったのに」

……戦乱が一世代以上も過去のことになった平和な時代、ひとりの老人が生きている。かつては名声を有した軍人だったというが、それを実見した証人たちもすくなくなり、当人も誇らしげに武勲を語ることはない。若い家族たちに七割の愛情と三割の疎略(そりゃく)さで遇されながら、年金生活を送っている。サンルームに大きな揺り椅子をおいて、食事に呼ばれないかぎり、まるで椅子の一部になってしまったように静かに本を読んでいる。毎日毎日、時がとまったように。

ある日、外で遊んでいた孫娘が、サンルームの入口からなかにボールを放りこんでしまう。ボールは老人の足もとに転々とする。いつもは緩慢な動作でボールをひろってくれる祖父が、孫の声を無視したようにうごかない。駆けよってボールをひろいあげた孫娘は、下方から祖父の顔を覗きこんで苦情を言いかけ、説明しがたいなにかを感じる。

「お祖父ちゃん……？」

返答はなく、老人の眠りに落ちたような顔を、陽光が斜めから照らしている。孫娘はボールを抱いたまま、居間へ駆けこんで大声で報告する。

「パパ、ママ、お祖父ちゃんが変なの！」

その声が遠ざかっていくなかで、老人はなお揺り椅子にすわっている。永遠の静謐さが老人の顔を潮のようにみたしはじめる……。

そんな死にかたこそがヤン・ウェンリーにはふさわしい、と、フレデリカは思っていた。それは確信というより既視感をもって見る現実の光景だったのだ。

ヤンはつねに最前線にあって強大な敵と戦い、あるいは陰謀の牙に嚙み裂かれかけてきた。フレデリカ自身が、夫を死の顎から半髪の差で救いだした経験もある。にもかかわらず、なぜか、夫は不当な死の寸前でかならずひきかえす人だ、と、彼女は思いつづけてきたのである。

「でも、かえってあの人らしいかもしれないわ。天上が実在するとしたら、あの人、ビュコック元帥にお目にかかって頭の下げっぱなしでしょうね。元帥から後事を託されたのに、半年もたたないうちにのこのこあとをついていって仲間になりたがるんだもの……」

フレデリカの舌と唇がうごきをとめた。血の気を喪った皮膚の下で、海竜がめざめつつあった。最後の抑制を、フレデリカは低い声にこめた。

「お願い、ユリアン、しばらくひとりにしておいて。もうすこしおちついたら、あの人に会いに行くから……」

ユリアンは言われたとおりにした。

V

イゼルローン要塞のうえに、陽は翳った。陽気な祭りが終わったのだ。誰ひとり想像しえぬ種類のベルが鳴りひびいて。

いまイゼルローン要塞は末端の兵士にいたるまで、悲哀の井戸の底に沈んでいる。だが、時が経過すれば、動揺と困惑が乱気流となってすべてのフロアをのみこむであろうことはうたがいをいれなかった。そして、その狂乱に身をゆだねる贅沢さは、幹部たちには許されなかった。ヤンの死を対外的に発表し、葬儀をおこない、組織にあいた巨大すぎる空隙(くうげき)をわずかでも埋めなくてはならなかった。地位にともなう責任の、なんと苛烈なことであろう。

イゼルローンへの葬列のさなか、シェーンコップが指摘したように、彼らもヤンの後継者についてユリアンの注意をうながしたのだ。ユリアンにむかって、アッテンボローが声を高めた。

「人間は主義だの思想だののためには戦わないんだよ！　主義や思想を体現した人のために戦うんだ。革命のために戦うのではなくて、革命家のために戦うんだ。おれたちは、どのみち死せるヤン提督を奉じて戦うことになるが、その場合でも、この世に提督の代理をつとめる人間が必要だ」

戦いをやめる、という選択は、アッテンボローにはないようだった。むろん、ユリアンにもない。

「とにかく吾々は指導者を必要としている」

「政治的な指導者も必要でしょう、ロムスキー医師(せんせい)が亡くなったのですから」

その点をアッテンボローが忘れてしまっているのか、とユリアンは思ったのだが、伊達と酔狂で革命をやっている、と公言する青年士官は、虚を突かれたようすをみせなかった。政治的な指導者はすでに決まっている、と当然のように言う。

「誰です、それは?」

「フレデリカ・G(グリーンヒル)・ヤン夫人さ」

驚愕はさまざまな色彩をおびているが、そのときユリアンの眼前には、フレデリカのヘイゼルの瞳が浮かびあがった。

「むろん、ヤン夫人にはまだ話してはいない。近日中に要請することになるだろう。彼女が、そう、すこしおちついてからな」

アッテンボローの声がつづいている。

「ヤン提督の政治的な後継者は、将来はいざ知らず、現在のところ彼女しかいないんだ。亡くなったロムスキー医師には悪いが、知名度といい、共和主義勢力のシンパシイを期待できる点といい、ヤン夫人が故人よりはるかに勝る。政治上の見識や手腕だって、ヤン夫人のそれが過去の偉人におよばないにしても、さしあたってロムスキー氏より下でなければいいんだからな。そう思わないか?」

ユリアンは即答しえなかった。アッテンボローの意見は正鵠を射ているようには思えたが、そのような地位に就くことを、はたしてフレデリカが承知するだろうか。夫の遺体の上に彼女自身の権力を据えるものとして、拒絶するのではないだろうか。

判断がつかぬまま、ユリアンはアレックス・キャゼルヌを見やった。若者の視線をうけて、軍政と補給の大家は口を開いた。

「アッテンボローもときには正しいことをいう。政治的判断の点でもな。実際、おれたちが民主共和政の正統な後継者として認められるためには、ヤン夫人を政治的な代表者におしたてる以外にないだろう。むろん、当人が拒否すればそれまでだが……」

「拒否すると思いますよ。あの人はこれまでずっと補佐役に徹してきたんです。自分が頂上に立つなんて。まして……」

「ユリアン、いいか、政治における形式や法制というものは、二代めから拘束力をもつのだぜ。初代はそれをさだめる立場にある」

キャゼルヌが身をのりだした。

ヤン・ウェンリーが生前、民主共和勢力の政治的代表の地位にあり、彼の死後にヤン夫人がその地位を相続するとしたら、それは一種の世襲であり、地位を私物化することになるだろう。だが、生前のヤンは、その地位に就くことを拒否しつづけた。結果として、その態度が、彼の妻であるフレデリカに、政治上の正当性をあたえることになるだろう。ヤンが妻に残した政治上の遺産は、形式や法制に左右される次元のものではないからだ。

「お言葉ですが、それは理屈です」

ややかたくなにユリアンは主張した。彼の理性は、キャゼルヌの説明を是としているが、感情が連動しなかった。フレデリカはヤンを失ったばかりだというのに、他者のつごうでそのような荷重をおしつけてよいものではない、とも思った。

ユリアンが退室すると、幹部たちは顔を見あわせた。

「やれやれ、あれではユリアン自身も簡単にひきうけそうにないな、ヤンに代わる軍事指導者の地位を」

キャゼルヌが疲労感をこめてつぶやき、シェーンコップは無言であごをなでた。彼らは、ヤンが急死によって放擲した椅子を、ユリアンのために用意しようとしていたのである。

まだ一〇代のユリアンを、そのような地位につけることに、反対のなかろうはずはないが、ラインハルト・フォン・ローエングラムにしたところで、宇宙の覇者となりおおせる以前は、たんなる〝金髪の孺子〟でしかなかった。ヤン・ウェンリーも〝エル・ファシルの英雄〟になるまでは、たんなる読書ずきの一士官にすぎなかった。誰でも、英雄になるのであって、英雄として生まれるのではない。ユリアンは現在こそ未熟で経験不足の若者であるが——

「ヤン・ウェンリーの被保護者であり用兵学上の弟子であったという事実は、この際、無視できない。実力以上の効果があるのではないかな」

「カリスマというやつか？」

「既成の用語など、どうでもいい。重要なのは、この際、ヤン・ウェンリーという恒星の残照を、誰がもっともよく反射するかという点だ」

それはユリアン・ミンツ以外に存在しない、という点で、彼らの意見は一致した。むろん、補佐役が必要かつ重要ではある。ユリアンひとりに荷重をおわせるつもりは彼らにはなかった。けっきょくのところ、分担される責務のなかで、〝顔〟の部分を担当する者が不可欠なのだった。

ユリアンの将来性は、故人となったヤンも認め、かつ期待するところだった。あと一〇年の歳月があれば、その将来性は架空から現実の領域に属するものとなっていただろう。現段階においては、可能性を最大限に評価するしかないのである。

「だが、おれたちとおなじように、ほかの将兵が考えるかどうかだ。ユリアンが指令をだしても、面従腹背(めんじゅうふくはい)で応じるかもしれんぞ」

「おれたちの意識改革こそが必要だろうな」

まず幹部たち自身が、ユリアンの指導性を尊重し、彼の指示や命令を受容し、彼の地位と決定が他者に優越することを認めなくてはならない。でなくては、兵士たちがユリアンにしたがうはずがないであろう。いずれ、ユリアンの軍事指導者としての才幹と器量は、試練のときを迎える。ひとたびそれをクリアすれば、ユリアン自身が小ながらもみずからの光を発する恒星になりえるはずであった。

「それにしても、脱落者がでることはさけられないな。ヤン・ウェンリーが総指揮者であるからこそ、ついてきた連中がたいはんなのだから」

キャゼルヌの懸念に、皮肉な指摘で応じたのはシェーンコップである。

「思うに、まっさきに脱落するのは、エル・ファシル独立政府のお歴々ではないのかな。ヤン・ウェンリーの軍事的才幹と名声にたよって、大事をなしとげようとする便乗派ぞろいだったのだから」

キャゼルヌは、かるく唇を曲げた。

「いいさ、脱落したい者には脱落させよう。数が力と言いきれるような状態ではないからな。少数でもとにかく核(コア)を確立しておかんことには……」

むしろそのほうがよい。去る者は追わず。不満をいだく者たちを、むりに陣営内にひきとめておいても、火山脈が残るだけのことである。いつ爆発を生じるか、指導者たちのほうが不安をしいられるし、それを一掃するために流血の粛清を余儀なくされるとしたら、傷口はより深く大きくなるであろう。さしあたり、量的な縮小はやむをえぬところだった。

やむをえぬ、ですまないのは、キャゼルヌとシェーンコップに呼びだされたユリアンの立場である。ヤン・ウェンリーに代わって革命軍の司令官になれ、と申しわたされたとき、若者はおどろくよりもむしろあきれはてて、ふたりの年長者を交互に見やった。反撃の態勢をととのえるのに、鼓動の二〇拍が必要だった。

「艦隊の指揮官が必要なら、アッテンボロー中将がいらっしゃるじゃありませんか！　あの人は二七歳で閣下でしたよ。ヤン提督より早かったんですよ。実績も人望も充分じゃありませんか」

「あれはだめだ」

「なぜです？」

「本人が、自分は黒幕でいたいと言っている」

「そんな……」

「おれたちも同様だ。あきらめて上に立て、ユリアン。およばずながら、おれたちが足をささえてやるから」

「倒れるときはもろともさ」

ろくでもない表現をシェーンコップが使い、キャゼルヌが眉をしかめた。

考えさせてほしい、という、はなはだ独創性を欠く返答で、ユリアンはその場をのがれた。

ヤン艦隊の司令官！　若者にとって、それは神聖不可侵の座だった。彼はその参謀長になることは夢想したが、司令官の座は、想像と光速の領域外にあった。短いが深刻な困惑のすえ、ユリアンはフレデリカに相談をもちかけた。これはキャゼルヌ夫人のアドバイスによるもので、他人のことを考える機会をフレデリカにあたえたほうがよい、という理由からだった。

「ひきうけたら？」

と、フレデリカはごく静かに言ってのけ、ユリアンは意表を突かれた。

「フレデリカさんまで、そんなことをおっしゃるとは思いませんでした。考えてもみてください、ぼくにヤン提督とおなじことができるはずないでしょう！」

「あたりまえよ」

またしてもごく静かに、フレデリカは若者の異議を肯定し、またしても意表を突かれてフレデリカを見かえす若者に、彼女はくりかえした。

「あたりまえよ、ユリアン、ヤン・ウェンリーみたいなことは誰にもできないわ」

「ええ、できません。才能の差が大きすぎます」

「いえ、個性の差よ、ユリアン。あなたはあなたにしかできないことをやればいい。ヤン・ウェンリーの模倣（まね）をすることはないわ。歴史上にヤン・ウェンリーがただひとりしかいないのと同様、ユリアン・ミンツもただひとりなのだから」

そう言ったフレデリカ自身も、ほどなく、望みもしない地位を提示されることになった。アレックス・キャゼルヌが彼女を訪問し、夫人が合格点をあたえるとも思えない悔やみの言葉を述べたあと、政治上の代表となるよう要請したのだ。

「ほかに方法がないなら、わたしは、政治上の代表をつとめさせていただきます。いたらぬ身ですけど」

それがフレデリカの返答だった。

「でも、それには多くの人の支持と協力が必要です。わたしは代表の地位に就いたら、命令はともかく、皆さんに指示をださねばなりませんし、それを順守していただかねばなりません。その点、皆さんにお願いしておきたいと思います」

身体ごと、キャゼルヌはうなずいた。

フレデリカが政治上の代表の座をうけたことに、もっとも意外さを禁じえなかったのはユリアンである。一対一のとき、フレデリカは彼に語った。

「わたしはあの人と一二年間つきあったわ。最初の八年間はたんにファンとして、つぎの三年間は副官として、つぎの一年間は妻として。そしてこれから、未亡人としての何年か何十年間かがはじまる。月日を自分で培わねばならないとしたら、わたしはあの人のきずいた土台に、埃以外のものを一ミリでもいいから積みあげたいわ。それに……」

フレデリカは口をとざした。自分ひとりの考えに沈むという風情ではなく、彼女に忠告し励ましてくれる何者かの声を聴いているように、ユリアンにはみえた。

「それに、残された者がここで挫折してしまったら、テロによって歴史はうごかない、というあの人の主張を、わたしたちの手でくつがえしてしまうことになるわ。だから、分不相応を承知で、わたしは義務をはたすつもり。ヤン・ウェンリーをなまけ者だと言う人がいたら、わたしが証言してあげるわ。あの人はあの人にしかはたせない義務をおろそかにしたことは一度だってない、ということを」

「……ごりっぱです、フレデリカさん、ぼくも義務から逃げません。どうせ装飾物(おかざり)でしょうけど、軍事指導者とやらになります」

フレデリカは金褐色の頭を激しく横にふった。

「りっぱですって？　わたしは、りっぱなんかじゃないわ。真実を言うとね、わたしは民主主義なんか滅びてもいいの。全宇宙が原子に還元したってかまわない。あの人が、わたしの傍で半分眠りながら本を読んでいてくれたら……」

どう応じたらよいのか、ユリアンには判断がつかなかった。判断とは知能ではなく器量の産物なのだ、と、ユリアンは思い知らされていた。キャゼルヌ夫人を呼んでフレデリカをまかせながら、彼は自分の未熟さを心から呪った。

VI

シェーンコップらの予言ないし観測は、みごとすぎるほど的中して、巨大なイゼルローン要塞の隅々までが、ヤンの訃報に浮き足だっていた。各処で兵士や民間人の小さな輪が、ささやきをかわしあっている。楽観論は冬眠にはいり、寒々とした精神の冬野を、悲観論の大群がとびはねていた。

「ヤン・ウェンリーなきヤン・ウェンリー軍は、たんなる流亡の私兵集団になりさがった。いずれ内部分裂を生じ、自滅するであろう。流血をともなうか否か、遅いか早いか、たんにそのちがいがあるだけである……」

ヤンの死が公表されたのちに、そのような観測が流れることになったのは当然だった。ヤンの軍事指導者としての地位をユリアンが継承するむね、キャゼルヌが発表したあと、動揺はむしろ増大したようにみえた。反応を承知のうえで、キャゼルヌは発表したのである。疑問、反発、さらに冷笑の声が噴きあがった。乱気流が、むかうべき方向を見いだしたわけであった。

「ユリアン・ミンツがヤン・ウェンリーの養子だからといって、なぜ彼を軍事指導者としてあおがねばならぬのか。彼より階級も高く武勲も多い幹部たちが幾人もいるのに、なぜユリアンのような……」

ダスティ・アッテンボローが、辛辣な一声で常識論の壁に穴をあけた。

「なぜユリアンのような亜麻色の髪の孺子に兵権をゆだねるかって？　おれたちにとって必要なのは過去の日記ではなくて未来のカレンダーだからさ」

「ですが、彼はあまりにも若くて未熟ですし、だいいち、皇帝(カイザー)ラインハルトと同一視するわけにはいきませんぞ」

「それがどうした？」

だが、アッテンボローの抗戦にもかかわらず、不満と不安と動揺と無力感の四騎士は、見えざる甲冑をまとって要塞内を駆けめぐり、人々の神経に毒液をふりそそいでいるようだった。

ムライ中将がユリアンの部屋を訪れて、ある宣言をしたのは六月五日の朝である。

「ユリアン、私はヤン艦隊における最後の任務をこれからはたすつもりだ。きみの許可をもらいたいのだが」

「どうなさるのです、ムライ中将？」

自分の洞察力と構想力の限界を思い知らされつつ、ユリアンは問うた。ムライの口調にはわざとらしさはなかった。

「不平分子や動揺した連中をひきつれて、イゼルローンをでていく」

ユリアンの心に一滴の冷雨が落ちた。自分は見かぎられたのだろうか。協力するにたりぬ人物と思われたのだろうか。

「ご決心は変わりませんか、ムライ中将。あなたがいらっしゃってこそ、ヤン艦隊は軍隊として機能しますのに……」

四年間、ヤン・ウェンリーの奇蹟と魔術の蔭で、堅実に自己の責務をはたしてきた参謀長は、おもおもしく首をふってみせた。

「いや、むしろ私がいないほうがいいのだよ。もう私がいてきみの役にたつことはなにもない。引退させてくれんものかね」

ムライの風貌に、歳月の刻印が押されていた。頭には白いものが点在し、それを視認したユリアンは、言葉を失った。

「それに、フィッシャーもパトリチェフもいなくなった。疲れもしたし寂しくもなったよ。私はヤン提督の麾下にいたおかげで、才能や実績以上の地位をえた。ありがたい、と思っている」

淡々とした声に現在の境地がかいまみえた。

「いま私が離脱を公表すれば、動揺している連中は私のもとに集まってくる。ムライのような幹部でさえ離脱するのだから、というかたちで自己正当化ができるからな。私がなにを狙っているか、わかってもらえるだろうか」

ムライの心情をユリアンはあるていど理解しえたように思った。自分の現在の器量で、この人をひきとめておくのは不可能なこともたしかだった。これまでヤンのためにつくしてくれたことを感謝し、こころよく送りだすべきだ、と思った。

「どうぞ中将のなさりたいようになさってください。お疲れさまでした。ほんとうに、いままでありがとうございました」

立ち去る中将の後ろ姿に、ユリアンはもう一度頭をさげた。冷静で、緻密で、常識と秩序をおもんじ、礼儀や規則に口やかましい人だった。あれほど肩が薄かっただろうか。直線に伸ばしていたはずの背中が、いつの間に丸くなっていたのだろうか。さまざまなことに気がついたとき、ユリアンの頭はしぜんに下がったのだった。

ユリアンの部屋を出たムライは、アッテンボローと行きあい、イゼルローンを退去することを年少の同僚に告げた。

「私がいないほうが、貴官らにとってはよかろう。羽を伸ばすことができて」

「否定はしませんよ。ですが、酒を飲む楽しみの半分は禁酒令を破ることにあるのでね」

冗談以外の成分を声にこめて、アッテンボローは右手をさしだした。

「世間はきっとあなたのことを悪く言いますよ。損な役まわりをなさるものだ」

「なに、私はたえるだけですむ。きみらと同行する苦労にくらべればささやかなものさ」

ふたりは握手をかわして別れた。

エル・ファシル独立革命政府の委員たちが、半ダースほど顔と表情をそろえてユリアンを呼びつけたのは、その日のうちであった。若すぎる軍の代表者を前に、ことさら事務的によそおった宣告がなされた。

「ムライ中将が離脱するそうだが、それとは無関係に吾々も政府を解散することにした。決定をいちおう知らせておこうと思ってね。本来、そんな義務もないのだが……」

「そうですか」

ユリアンの反応は温かみを欠き、独立政府の委員たちは不快げに身じろぎした。

「悪く思わんでほしい。もともとエル・ファシルの独立じたい、ロムスキー医師の独走による部分が大きかったのだ。吾々は彼のつくりあげた雰囲気にひきずられて勝算のない革命運動にまきこまれてしまった」

故人に責任をおわせようとする彼らの見えすいた逃避ぶりが、ユリアンの感性を、負の方向へ強烈に刺激した。

「ロムスキー医師は独裁者でしたか？　彼に反対する自由が、あなたがたにはなかったのですか」

独立政府の関係者たちは、羞恥心を仮眠させていたのだが、若者の声はそれらを揺りおこしかけた。委員たちのそれをねじ伏せようとする努力が声にあらわれた。

「とにかく、ヤン提督もロムスキー医師も、不慮の死をとげた。反帝国の革命運動は、軍事的にも政治的にも指導者を失ったわけだ。これ以上の対決と抗争になんの意味があるというのかね」

「…………」

「もはや政治体制にこだわるより、もっと大局に立って、全人類の平和と統一に貢献すべき時期だ。憎悪や敵意はなにものも産みださない。きみらも死者の理想に固執して殉教者を気どったりせぬがよかろう」

忍耐力のすべてをユリアンは動員した。

「あなたがたがでて行かれるのを、ぼくは制めはしません。ですから、あなたがたも気持ちよく出発なさってください。なにも今日までのあなたがた自身を否定なさる必要はないでしょう。ご苦労さまでした、と申しあげておきます。もう失礼させていただいてよろしいでしょうか」

委員たちが尊大に許可してくれたので、ユリアンは退出した。いま彼はムライの真意を知りえた。こういう連中を、ムライ中将は整理してくれるのだ。自分たちだけでは、外聞や妨害をおそれて、離脱する勇気もない人々を、ムライ中将は集めてつれだしてくれる。脱落者の汚名を着ることを承知のうえで。ユリアンはムライに感謝し、彼のような人を幕僚にえらんだヤンの識見にあらためて感銘をおぼえた。

このように揺れうごく人々のなかで、微動だにしない人もいる。かつて銀河帝国軍の上級大将であったウィリバルト・ヨアヒム・フォン・メルカッツは、ヤンの喪に服するいっぽう、黙黙と戦略および戦術の研究立案にしたがっていた。

「わしはいままで何度か考えたことがあった。あのとき、リップシュタット戦役でラインハルト・フォン・ローエングラムに敗北したとき、死んでいたほうがよかったのかもしれないと……」

副官のベルンハルト・フォン・シュナイダーに、彼はそう述懐した。

「だが、いまはそうは思わん。六〇歳ちかくまで、わしは失敗をおそれる生きかたをしてきた。そうではない生きかたもあることが、ようやくわかってきたのでな、それを教えてくれた人たちに、恩なり借りなり、返さねばなるまい」

シュナイダーはうなずいた。敬愛する上官の人生を、彼は三年前にひきのばしたのである。その選択が正しかったか否か、一度ならず彼も苦慮したのだが、どうやら誤ってはいなかったようであった。登りつづきであろうと、自分の選択した道である。それをさけようとは思わなかった。

六月六日、イゼルローン要塞は革命軍司令官代行ユリアン・ミンツの名において、ヤン・ウェンリーの死を公表し、正式な葬儀をおこなった。同時に、エル・ファシル独立政府は解散を宣言し、短命の歴史を終えた。

第七章　失意の凱旋

I

ひとりの男の死が、彼の味方に絶望を、彼の敵に失望をあたえた。

新帝国暦二年六月六日一九時一〇分、イゼルローン要塞から全宇宙へ発せられた通信波を、帝国軍がキャッチした。ヤン・ウェンリーの訃報が、総旗艦ブリュンヒルトの艦上にあるラインハルトのもとへとどけられたのは一九時二五分である。報告者は、大本営幕僚総監の座を目前にしたヒルデガルド・フォン・マリーンドルフ伯爵令嬢であった。

少年のように髪を短くした美貌の秘書官は、未整理の表情に顔を支配させていた。彼女の聡明さと、それを秩序ただしく制御する意思とが、このとき、春の水にただよう薄い氷にも似て揺れているようにみえる。

「陛下、ご報告申しあげます。さきほどイゼルローン要塞より全宇宙にむけて訃報が発せられました」

固い、そのくせするどさを欠く声は、ヒルダに似つかわしくなかった。不審そうな皇帝の視線が宙をはしった。

「ヤン・ウェンリーが亡くなったのです」

美しい秘書官が語る言葉の意味を理解したとき、失意が落雷のようにラインハルトの頭上におちかかった。彼は白い両手でベッドの柱をつかんだ。なかばは彼の優美な長身をかろうじてささえるように、なかばは彼の激情を無生物にも知らしめるように見えた。蒼氷色（アイス・ブルー）の瞳が、むしろ怒りにちかい光彩をたたえて伯爵令嬢を直視した。

「フロイライン……フロイライン！」

豪奢な黄金の髪が風をはらんだ。

「あなたから兇報を聞いたことは幾度もあるが、今回はきわめつけだ。それほど予を失望させる権利が、あなたにはあるのか？」

処女雪（バージン・スノー）をかためたような皮膚の下で、血管は灼熱し沸騰した感情の通路と化していた。侮辱されたように彼は感じていた。彼がいままで戦い、これからも智略を競わせることを欲し、さらに会談によって為人（ひととなり）をより知りたいとのぞんだ相手が、突然、消滅してしまったという。これほどの理不尽さを自分は受容せねばならないのか。不意に、奔騰した怒りが叫びとなって体外にはしりでた。

「誰も彼も、敵も味方も、皆、予をおいて行ってしまう！　なぜ予のために生きつづけないのか！」

これほど負の感情を露出させ、過激にそれを表現するラインハルトの姿は、ヒルダにとって最初に見るものであった。彼女自身が不当な非難をうけたことも忘れて、ヒルダは若い皇帝を見つめた。彼女の視線のさきには、無限の喪失感にさいなまれる金髪の覇者の、途方にくれたかのような表情があった。

ラインハルトの人生に最初から敵が存在したのではないにせよ、敵の存在が彼の人生に歩むべき方向をしめしたのは事実である。ゴールデンバウム王朝とそれに寄生する門閥貴族の群。自由惑星同盟（フリー・プラネッツ）とそれに属する将帥たち。彼らとの戦いと勝利が、ラインハルトの人生をどれほど輝かしく彩ったことであろう。そしていま、彼らのなかで最高かつ最大の存在が、ラインハルトの人生から失われたのである。それはラインハルト自身がより輝かしく成長する可能性を喪失することを意味した。怒りは、あるいは恐怖につうじていたかもしれない。ジークフリード・キルヒアイスの死と、なかばはかさなる意味において、ラインハルトは失うべからざる存在を失ったのである。

「予には敵が必要なのだ」

それなのに、ヤン・ウェンリーは、彼と結着をつけることなく逝ってしまった！　ラインハルトから、ヤンに勝利する機会を永遠に奪いとって。時代をつくる責任をラインハルトひとりに押しつけて。自分ひとり、さっさと、別次元の航路に乗りかえてしまったのだ。

ラインハルトは、病床にあるのでなければ、私室のなかを歩きまわったにちがいない。失望が怒りのエネルギーに転化して、彼の白皙の頬を内側から燃えかがやかせていた。

「予はあの男に、予以外の者に斃される権利などをあたえたおぼえはない。あの男はバーミリオンでもイゼルローン回廊でも、予を勝たせなかった。予の貴重な将帥を幾人も斃した。そのあげくに、予以外の者の手にかかったというのか！」

他者から見れば理不尽もきわまるであろうその怒りが、本人には完全に正当なものであることを、ヒルダは理解していた。やがて火勢がおとろえるように、ラインハルトの怒気は鎮まっていったが、失望の翳りはむしろ深みをましていった。

「フロイライン・マリーンドルフ」

「はい、陛下」

「予の名代として誰かをイゼルローンへ派遣したい。弔問の使者としてだ。誰がよいとフロイラインは思う？」

「わたくしが参りましょうか？」

「いや、フロイラインにはつねに予の傍にいてもらわねばこまる」

ヒルダは思わず若い金髪の覇者の顔を見なおし、内心で赤面した。ばかばかしい、自分はいま一瞬、なにを考えたのだろう。

「フロイラインは予の幕僚総監なのだからな」

ヒルダの皮膚の下を流れる血液が、極微量の変化をしめしたのに、ラインハルトは気づかなかった。彼はひたすら彼ひとりの思案の軌跡を追っていた。そういう人なのだということがヒルダにはわかっている。

「そうだ、ミュラーに行かせよう。思えば、先年バーミリオン星域会戦のあとに、ヤンと顔をあわせた間柄であったことだしな」

ヒルダをつうじて皇帝の意思を伝えられたナイトハルト・ミュラー上級大将は、つつしんで使者の任をうけた。

彼が故カール・グスタフ・ケンプ提督の副将として、ヤン・ウェンリーとのあいだに死戦をまじえたのは、すでに二年の過去である。敗北し、主将ケンプを救いえなかった彼は、ヤンにたいする復讐戦をのぞんだが、現在それは、偉大な敵手にたいする敬意へと昇華していた。

それにしても、乱世であるとはいえ、ケンプ以外にもいかに多くの僚友を失ったことであろう。ジークフリード・キルヒアイスにはじまり、レンネンカンプ、ファーレンハイト、シュタインメッツとつづく名将たちの凋落(ちょうらく)は、寂寥の感をミュラーにあたえずにいなかった。だが、考えようによっては、これで死者のリストも終わるかもしれない。そう思ってみたが、彼の精神をおおう冬雲は、晴れわたるきざしをみせなかった。

ミュラーをのぞいた他の幕僚たちにとっても、ヤン・ウェンリーの訃報は巨大な衝撃であった。彼らは声をのんで視線をかわし、兇報の意味を消化するのに苦労をしいられた。

「たしかにヤン・ウェンリーは死んだのか？　死をよそおってどこかで生きているのではないか」

　そう疑惑をいだく者もいたが、これはまったくたんなる疑惑であるにすぎなかった。ヤンがそのような手段を弄するべき理由を、彼らは説明しえなかったのである。ヤンは戦場においては奇謀詭計の名人であったが、死をよそおってじつは生きている、というやりかたは、ヤンの発想にはなかった。

「それは、いままではなかったかもしれんが、あのペテン師のことだ。なにを企んでいるか、知れたものではないぞ」

　だが、ヤンを称揚する者にせよ、否定する者にせよ、このようなかたちで最大の敵手を失うことになるとは予想もしえなかった。ヤンが斃れるとすれば、自分たちとの争闘においてのみ、と、帝国軍の領袖（りょうしゅう）たちは信じこんでいたのである。領袖の領袖たるラインハルトにおいて、その確信はもっとも強かった。

「ヤン・ウェンリーを斃す権利は、宇宙でただひとり、わが皇帝（マイン・カイザー）の御手に帰するものだ。たとえ大神オーディンであろうとも、それを侵すことはかなわぬ」

　オスカー・フォン・ロイエンタールが、幕僚であるベルゲングリューンに語ったことがある。ヤンにたいするラインハルトのこだわりようを、なかばは皮肉ったものであるにせよ、なかばは本心であったかもしれない。

「奴があんなことで死ぬものか、性質（たち）の悪い罠にちがいない。奴は生きてどこかに隠れている」

　証拠もなくそう決めつける者こそ、じつは意識の深い水面下で、ヤンの生存を願っているのかもしれなかった。自由惑星同盟（フリー・プラネッツ）の滅亡後、強大な銀河帝国軍は、ほとんどヤン・ウェンリー個人を相手として戦ってきたとさえ言えるのである。不幸なロムスキー医師と、彼のつくったエル・ファシル独立政府の存在など、帝国軍にとっては論評にも値しないことであった。

　とにかくも帝国軍の将帥たちは〝敵の消失〟に喜びをおぼえることがかなわなかった。もっとも強い敵意をヤンにたいして抱いていたとみられるビッテンフェルト上級大将でさえ、失望と落胆の薄いもやをたゆたわせて旗艦〝王虎（ケーニヒス・ティーゲル）〟の艦橋を歩きまわり、彼の幕僚たちは、司令官の失意が怒気に一変する契機をあたえぬよう注意をはらった。

　ビッテンフェルトは、〝回廊の戦い〟における勇戦で、ヤン・ウェンリー軍の艦隊運用責任者であるフィッシャー中将を戦死させた。それ以後のヤンの運命を間接的に方向づけた人物とすらいってよいのだが、当人はそこまで知ることはできず、ヤンに〝勝ち逃げ〟された気分を払拭（ふっしょく）することはできなかった。

　帝国軍は脱力感につつまれて、皇帝（カイザー）ラインハルトの指示をただ待ちうけている。

Ⅱ

六月上旬のこの時点において、ユリアン・ミンツはヤン・ウェンリーという偉大な太陽のささやかな伴星であるにすぎず、帝国軍の将帥たちは人名録に彼の名を記していない。亜麻色の髪の若者と面識がある帝国軍の将帥といえば、地球で奇妙な対面をしたアウグスト・ザムエル・ワーレン上級大将のみであり、しかもそのときユリアンは姓名と身分をいつわっていたのである。

ヤンの代理と称するユリアン・ミンツなる人物は何者か、と、当然の質問を発したウォルフガング・ミッターマイヤーは情報参謀たちから即答をえられなかった。一時間ほどのデータ検索ののち、ヤンの法律上の被保護者で一八歳である、という回答がもたらされた。

「そうか、そいつは気の毒だ。この将来（さき）、苦労が多いことだろうな」

ミッターマイヤーは皮肉やいやみを口にしたわけではなく、偉大すぎる先人のあとを継ぐ身となった若者が直面するであろう困難を思いやって、率直に同情したのである。後継者がなまじ有能で自負心に富んでいるほど、挫折は深く、失敗は再起を困難にするであろう。

「誰が後継者になろうと、ヤン・ウェンリーのような、あるいはそれ以上のことができるはずがない。部下がついていくともかぎらぬ。民主共和政の最後の砦も、敵にたいしては難攻不落のまま、ついに内側より潰(つい)えさるか」

そう未来を予測する声は、急速に帝国軍内部にひろまりつつあった。イゼルローンにおける民主共和勢力の衰亡を予測する心理は、すなわち自分たちの帰国を歓迎する心情でもあった。とにかく、僚友たちの流血で塗装された、あのいまいましいイゼルローンを放りだして、妻子なり恋人なりの待つ故郷へ帰れる日もちかい。平和は賛(たた)うべきかな!

驚愕と虚脱は、一瞬ごとに期待と楽観に変化しつつある。兵士たちは皇帝にしたがって故郷をでてすでに一〇カ月、シュタインメッツの麾下にいた者は一年有余も妻子や恋人、あるいは両親の顔を見ていない。望郷の念は、敵軍という障害物が除去されたいま、急速に流れを強めつつあった。

ミュラーが使者として旅立ったあと、一日、ロイエンタールは友人ミッターマイヤーのもとを訪れて、ひさびさに酒と会話を楽しんだ。

「かの辣腕なる軍務尚書閣下が、遠くフェザーンから目に見えぬ腕を伸ばしてヤン・ウェンリーの心臓にナイフを突き刺したのだとしても、おれは意外には思わぬ。だが、宇宙に存在する陰謀のすべてを律することは、あの男でも不可能だろう」

「可能にされてたまるか」

一言のもとに、ミッターマイヤーは言いはなち、不快さと黒ビールを一気にのみほした。

最初に前線で知りあって以来、一一年、幾度このように酒杯をかわしたことだろう。肩をくんで夜の街を歩きまわり、喧嘩をすれば敗北の二字とは無縁だった。いまふたりとも元帥にのぼり、大帝国の重臣となって、以前のように気楽に酒を飲むことも望みにまかせなくなった。ウォルフガング・ミッターマイヤーは宇宙艦隊司令長官として、一〇万隻の艦艇を統御(とうぎょ)し、いっぽう、現在、統帥本部総長としてラインハルトの傍にあるオスカー・フォン・ロイエンタール元帥は、やがて〝新領土(ノイエ・ラント)〟総督として旧同盟領全域を統治することとなっている。ただし、その人事が正式に発効するのは、目前の敵手ヤン・ウェンリーを打倒し、宇宙を完全に統一してからのこととされていた。

したがって、いささか奇妙なことながら、六月上旬現在、旧同盟領全域を統轄する帝国側の行政責任者は存在しない。旧同盟首都である惑星ハイネセンは、〝若き地理学者〟グリルパルツァー大将の占領と施政をうけてはいるが、他の星域、他の惑星はなにびとの責任のもとに統治されるのか。

すべてが未定であり、妻子なき若き皇帝(カイザー)ひとりの胸中にある。政戦両略にかんしては近日中に決定をみるとしても、ミッターマイヤーなどにとっては、皇帝に世嗣(よつぎ)がいないことは不安の種であった。いっぽう、ロイエンタールも、他者とはことなる不安定な要素を胸中にいだいている。

「わが皇帝（マイン・カイザー）よ、あなたは私に過分な地位と権力をあたえてくださるが、なにをのぞんでおられるのか。私がたんに忠実で有益な覇道の歯車であれば、それでいいのか」

皇帝（カイザー）の望みがそれであれば、彼ロイエンタールはそれに甘んじてもよい。銀河第二王朝の重臣にして宿将、有能にして忠実な高官、そういう生きかたと死にかたも悪くない。自分のもって生まれた本質とは、ややことなるかもしれないが、人がすべて本性のままに生涯をつらぬくともかぎらないであろう。

自分の金銀妖瞳（ヘテロクロミア）を鏡で見るとき、ロイエンタールは自分の内在する二律背反（アンビバレンツ）をむきだされるような気がするのだった。彼がそうありたいとする道を選択することがかなえば、彼は比類ない主君と比類ない親友をあわせもつ人生を送ることになるかもしれない——教科書にのるような。この考えはロイエンタールには魅力的であった。つまり、手のとどかないものであるからこそ魅力をおぼえるのだ、と、彼は気づいている。それはにがい認識であった。

いつか彼らの会話は、ヤンなきイゼルローン要塞にどう対処するか、という軍事上の話題にうつっていた。

「卿（けい）はどう考えるのだ?」

「政戦両略という点からみれば、攻勢をかける以外に選択はありえぬ。まず、ヤン・ウェンリー軍の全員を免罪する条件で、降伏を勧告し、容（い）れぬとあれば帝国全軍の武力をもってこれを撃つ。卿の考えはどうだ?」

「同感だな。ヤン・ウェンリー死して、大神オーディンは皇帝（カイザー）に宇宙をあたえたもう。これを取らざるは、かえって天意に背（そむ）くものだ」

全軍をこぞって回廊に突入し、主将なきイゼルローン要塞をいっきょに血と炎のなかに瓦解せしめるべきではないのか。

「……だが、皇帝（カイザー）は喪中にある軍を討つをいさぎよしとされまい」

そうつぶやくミッターマイヤーの顔に、ロイエンタールは黒と青の視線を投げつけ、なにか言おうとして逆に唇をひきむすんだ。〝疾風ウォルフ（ウォルフ・デア・シュトルム）〟も、しばらく沈黙したが、これは表現をえらぶためであった。

「そんなものはたんなる感傷にすぎぬ、と、卿（けい）は言いたいのだろう？　おれもつい先刻まではそう思っていたが……」

「心境が変化したというわけか」

「ものは考えようだ、ロイエンタール、もともと卿もおれも、イゼルローン回廊への進攻には反対だったではないか。吾々（われわれ）の意見を皇帝（カイザー）が排されたのも、ヤン・ウェンリーという偉大な敵手が存在したればこそだ。彼亡き今日、皇帝（カイザー）が本来の戦略にたちもどられるのは、むしろ当然のことだ」

ロイエンタールは黒と青の視線をグラスに落とした。するどくひきしまった表情と、酒精分の濃い呼気とが、やや不調和であった。

「卿にはわかっているはずだ、ミッターマイヤー、昨日正しかった戦略が今日も正しいとはかぎらぬ。ヤン・ウェンリーが生きているときに採るべきだった戦略が、死後も最大の価値を有しつづけるとはいえぬ……だが、皇帝と卿の意見が一致するのであれば、おれの考えがまちがっているかもしれん」

　ふたりのあいだで、黒ビールの泡がはじけた。

「これからは帝国軍の性格も変わる。外征のためでなく治安維持を目的としたものになるだろう。このまま万事がおさまれば、だが」

「それもよかろう。多くの兵士が生きて故郷へ帰れる。ほぼ宇宙の統一もなったし、まずよしとせねばな」

「卿も愛する妻のもとへ帰れるか、ミッターマイヤー」

「ああ、ありがたいことさ」

　帝国軍最高の勇将は、衒いもなく応じると、勢いよく黒ビールを咽喉の奥へ放りこんだ。ロイエンタールは自分と性格のことなる、長く生死をともにしてきた親友を二色の瞳でながめやった。黒い右目は深く沈み、青い左目はするどくかがやき、この男が有している精神上の複眼の存在をしめしているようにみえた。活力に富んだグレーの瞳がそれをうけて、ややためらいがちに問いかける。

「ところで、気になっていたのだが、卿の子を懐妊したと称する女性の件は、その後どうなっている？」

金銀妖瞳(ヘテロクロミア)の名将は表情を消して答えた。

「五月二日に生まれた。男児だそうだ」

そうか、と、ミッターマイヤーは曖昧に応じた。「めでたい」とも「残念だな」とも言いがたい状況である。

「たしかに、おれの子にちがいない。父子二代、生まれるべきでないのに生まれてしまった。無事に育てば、さぞ嫌われ者になるだろう。赤と黄の瞳をもっているかもしれんな」

「ロイエンタール、あの女にたいして虚心でいられないのはわかるが……」

「生まれてきた子に罪はない、か」

「さあな、子をもたぬおれにはわからぬ」

その反撃は、発言者の予想をこえる効果をしめし、のぞまずして父親になった男は、一瞬たじろいだように自嘲の表情を消した。天使が意地悪く彼らのあいだを踊りまわる。

「いないほうがいいさ、背かれる心配がないからな。だが、もうよそう。見たこともない赤ん坊のために、おれたちがあらそう理由などないさ」

ふたりは、ややぎごちなく握手して別れた。むろん、彼らは知りようもない。〝帝国軍の双璧〟にとって、それが最後の握手であり、その日の酒は最後に飲みかわす酒となったことを。新帝国暦二年六月八日のことである。

Ⅲ

友人と別れたミッターマイヤーは旗艦ベイオウルフの艦橋で、スクリーンに映しだされる味方の艦影を見まもっていた。傍で、カール・エドワルド・バイエルライン大将が、本来は鋭気にみちた顔にとまどいと迷いをたたえている。

「これで終わったのでしょうか、閣下」

「さてな……」

「なにかこう、宇宙の半分が空虚になってしまったような気がします。ヤン・ウェンリーはわが皇帝(マイン・カイザー)と帝国にとって憎むべき敵ではありましたが、偉大な用兵家であったことはたしかです。昼が昼らしくあるためには夜を必要とするように、わが軍にはあの男が必要だったのではないでしょうか」

ミッターマイヤーは一瞬、鼓動が高まり、不安が胸郭(きょうかく)にみちるのを感じた。彼は、おさまりの悪い蜂蜜色の頭を大きくふった。不安の原因を確認しえぬまま、彼が言ったのはべつのことだった。

「フェザーンに帰ったら葬礼がつづくぞ。ファーレンハイト、シュタインメッツ、それにシルヴァーベルヒ工部尚書……」

バイエルラインは吐息した。

「なんて年でしょうね、まったく。ローエングラム王朝にとっては、たいへんな厄年というべきです」

「まだあと半年残っているぞ」

「おどかさないでください、元帥、私としては今年の不幸は前半で費いはたしたと思いたいところなのですから」

部下の真剣すぎる表情が、ミッターマイヤーを苦笑させた。まったく、不幸とか不運とかに定量があるなら、人間も国家も、将来の計画というものがずいぶんとたてやすいことであろう。彼の妻エヴァンゼリンにしても、夫の出征のつど、信頼と不安を交錯させつつ無事を大神オーディンに祈念する必要はなくなるにちがいない。ふと、あることに気づいて、ミッターマイヤーは部下をかえりみた。

「バイエルライン、卿には恋人のひとりぐらいはいないのか」

「おりません」

「おらんのか、ひとりも?」

「あ、いいえ、小官にとっては軍が恋人でありますから」

「………」

「あ、いえ、いえ、ミッターマイヤー元帥閣下の奥さんのようにすてきな女性をぜひ見つけたいと思っております」

「バイエルライン」

「はっ」

「おれは卿に用兵術は教えたつもりだ。だがな、いいか、恋人の探しかたと冗談口のたたきかたは自分で勉強しろ。自習自得もたまにはよしだ」

かるく部下の肩をたたくと、ミッターマイヤーは艦橋をでていった。

〝皇帝（カイザー）は征旅を還したもう〟むねが帝国全軍に発令されたのは六月七日、ミュラー上級大将がイゼルローン要塞へ弔問の使者たるべく出発した直後である。ミッターマイヤーの予測は的中した。喪中にある軍を討つことのできるラインハルトではなかった。これがリップシュタット戦役のとき、ブラウンシュヴァイク公爵らの門閥貴族を相手にした場合であったら、このような態度はとらなかったであろう。

「これは騎士道の精華（せいか）であるのか、それとも皇帝（カイザー）の覇気がおとろえたのか」

ロイエンタールとミッターマイヤーは、共通の疑問を胸に、それぞれの任務に精励（せいれい）した。ミッターマイヤーは全艦隊の列をととのえ、ロイエンタールは大本営の秩序を整備し、まず傷病兵の後送から開始した。

ファーレンハイト、シュタインメッツの両上級大将は、戦死後すでに帝国元帥への昇進を決定されていたが、さらに、皇帝(カイザー)の親友の名を冠した〝ジークフリード・キルヒアイス武勲賞〟を授与されることとなった。葬礼はむろんのこと、墓碑の建設も国庫によってまかなわれる。帝国軍人としては最上の栄誉というべきであった。ただ、ラインハルトらしく、またローエングラム王朝らしいことには、墓碑に刻まれるのは両者の姓名と階級、生没年月日だけであることだった。のちに、ラインハルト自身の墓石にも、生没および即位の年月日と〝皇帝ラインハルト・フォン・ローエングラム〟とのみ刻まれることとなるのである。

ナイトハルト・ミュラーがイゼルローン要塞から帰還するのを待って、帝国軍の撤退は開始された。敵襲の危険はないにせよ、雑然として軍をひくことは、彼らの軍事専門家としての衿持が許さなかった。帝国軍は整然たる陣容をつらねてイゼルローン回廊から去ったのである。

「ヤン・ウェンリーは死んだ。民主共和政の最大の擁護者であり、ただひとりの例外をのぞいてこの五世紀で最高の、そして最大の軍人だった。彼が死んで、民主共和勢力は瓦解するだろうか。おれも以前はそう思っていたが、いまではかならずしもそうは思えない。本人の希望はどうであれ、ヤン・ウェンリーは死して民主共和政治における不可侵の存在になったように思えるのだ。彼の遺志をうけついで戦おうとこころざす者がいて、イゼルローンはその聖地になるだろう。統率する者の器局によっては、不毛な戦いが今後もつづくことになるかもしれない。ただ、イゼルローンだけではむろんわが帝国軍に敵対することはできないから、むしろ彼らを利用しようとする者の存在が問題になると思う……だが、さしあたり無事に還って、きみの顔を見ることができる幸福を、皇帝(カイザー)と部下たちに感謝しよう……」

妻のエヴァンゼリンにあてたミッターマイヤーの手紙には、彼自身も意識しない予言が記されていた。

Ⅳ

ラインハルトは病床にあっても皇帝としての活動を停止させていたわけではない。軍務はミッターマイヤー、ロイエンタールの両元帥にゆだねていたが、政務においては、あらたな統治機構の設立、法律と税制度の改善、広大な新旧領土を有機的に結合するための通信・交通体系の整備など、日々に専制支配者としての課題をかたづけていた。

皇帝は昼間、熱がさがると侍医団の苦情や制止を無視してベッドに起きあがり、従軍している文官たちを病室に呼びいれて、多くの書類を決裁し、さまざまな質問を発し、答えがえられぬと叱責し、あらたな課題をあたえ、精力的かつ創造的に活動しつづけた。

このような事態が生じたのは、ラインハルト自身の活力にとんだ為人(ひととなり)もさることながら、信頼する工部尚書シルヴァーベルヒがテロに斃れた結果でもあった。軍務におけるロイエンタールやミッターマイヤーのような存在が、政務においては見いだしえなかったのである。構想力と実務能力にすぐれたシルヴァーベルヒをおしむ心情が、ラインハルトの内部で増殖しつつあった。

　閣僚たちの首席である国務尚書フランツ・フォン・マリーンドルフ伯爵は、皇帝にたいしても職務にたいしても誠実で、公正さと廉潔(れんけつ)さには信頼がおけたし、国政にたいする判断力や人事の感覚もたしかだったが、積極的に新時代を切りひらこうとする型の政治家ではなかった。

　もともと最初から、ラインハルトはマリーンドルフ伯にそういうものをもとめてはいない。過不足なく皇帝(カイザー)の命令とあたえられた職務をこなしてくれればよいのだ。そう思っていたのだが、いまラインハルトは軍事的負担から解放されつつあるぶん、政治的負担をわかちあえる相手を、どうやら必要としていた。シルヴァーベルヒならそれができたかもしれない。また、ジークフリード・キルヒアイスが健在なら、ラインハルトの政治面での才幹に、充分に対応しえたであろう。だが、いまは両者ともいない。

　ヒルダことマリーンドルフ伯爵令嬢にそれをもとめてもよかった。ところがラインハルトは、彼女を大本営幕僚総監に任じて、軍事面における権限を強化し、いっぽうでは政治的な発言権を失わせてしまった。専制国家においても文官と武官の区別はまもられるべきであった。むろん例外はいくらでもあるにしろ、最初から例外をくみいれておくわけにもいかなかった。

　ヒルダ自身、自分の地位と権限をわきまえていたから、国政にかんする質問には、なるべく

応じないようにつとめていた。ラインハルトは、彼女が回答をさけると、

「ああ、そうか、フロイラインを帝国宰相にでもしないかぎり、予の相談には応じてくれぬのだな」

などと言って、ヒルダが困惑するのを一時的に楽しむのである。ヤン・ウェンリーの死はラインハルトにとって、対等な智者の喪失であったから、彼に知的刺激をあたえてくれる存在としてヒルダの比重が増大するのは当然であった。

〝革命〟という用語を、ラインハルトは生涯一度も使わなかったが、彼が短期間のうちに断行した政治的・社会的な改革のかずかずは、〝上からの革命〟と呼んでもさしつかえなかったであろう。ただし、あくまで〝皇帝専制〟という枠内でのことである。故人となったヤン・ウェンリーとことなり、ラインハルトは、たとえばヨブ・トリューニヒトという個人にたいする軽蔑と、民主共和政治にたいする評価とを峻別(しゅんべつ)することはなかった。

ラインハルトは、旧来の貴族の称号を積極的に廃止しようとはしなかったが、あらたな貴族階級を創設することもなかった。最大級の武勲をほこるウォルフガング・ミッターマイヤーでさえ、公爵にも伯爵にも叙されなかった。当の〝疾風ウォルフ(ウォルフ・デア・シュトルム)〟に言わせれば、「ウォルフガング・フォン・ミッターマイヤーなどという名は間延びしてひびきがよくない」ということになる。また彼は、「貴族制度などというものは、老人がいずれ墓にはいるように、歴史博物館のなかにしか残らなくなるさ」とも述べている。

ラインハルト自身が明確に証言していないため、推測によるしかないのだが、ラインハルトは貴族という礼服の壁によって皇帝と人民とがへだてられることのないよう考え、皇帝と人民とを直結させたいわゆる〝自由帝政〟を志向していたのかもしれない。彼の脳裏には、あるいはより独創的な思案があったかもしれないが、誰にも知りようがないことだった。

さらにラインハルトは、病床にあるうちに内政上のいくつかの決定をおこなった。退役将兵、とくに傷病者にたいする年金の増額。戦死者の遺族にたいする育英制度の強化。犯罪被害者にたいする政府からの拠出金制度の創設。これらは民政尚書カール・ブラッケが考案したもので、ラインハルト自身の手で修正がなされていた。旧王朝時代から開明派として知られるブラッケは、ラインハルトの専制傾向と好戦性とを強く批判していたが、初代の民政尚書としておこなった彼の政策は、ローエングラム王朝の特質ともいえる〝専制下の社会的公正〟の実現に大きく寄与したのである。

連年、出征をかさねてはいても、ローエングラム王朝の国庫は民衆レベルの福祉を充実せしめるのに、なお充分であった。それは過去五世紀にわたって前王朝の特権階級が収奪し独占してきた富の巨大さを証明するものであった。

ラインハルトが帝都オーディンを遠く離れて長征の途上にあるころ、帝国本土においては、財産や領地を没収されて貧窮に追いこまれたかつての貴族たちが、多く餓死寸前の状態にあった。国務尚書マリーンドルフ伯の配慮によって、没収された資産にたいする補償がおこなわれたものの、ささやかなものであったし、浪費に慣れた彼らがそれを費いきってしまうと、伯爵にも手のほどこしようがなかった。

「ひとりの貴族が死んで一万人の平民が救われるなら、それが予にとっての正義というものだ。餓死するのがいやなら働け。平民たちは五〇〇年間そうしてきたのだからな」

ラインハルトはそう広言した。凋落した門閥貴族たちの末路にたいして、彼の涙腺は乾ききっていた……。

近侍のエミール・ゼッレ少年が一礼して入室し、寝台の傍のテーブルを見て落胆の表情をつくった。

盆(トレイ)の上に、手をつけられぬままの朝食がある。豆のスープと、ヨーグルトをかけたフルーツ・サラダと、蜂蜜入りの、かつては熱かったミルクと、半熟卵。皇帝が食欲をしめさぬことに、エミールは心痛を隠しきれなかった。

「陛下、お召しあがりにならないのですか」

「食べたくないのだ」

「でも、陛下、召しあがらなくては体力がつきません。早く回復なさるため、ごむりでもどうぞお召しあがりください」

「エミール、お前は全人類の皇帝である予に命令するのか。予は近侍の要求で、食べたくもない料理を食べねばならぬのか?」

言い終える寸前に、ラインハルトは後悔していた。エミール少年の瞳に涙がたまっているのを見たからである。ラインハルトはもっとも恥ずべきことをした——無力な少年に、ほしいままの怒りをぶつけてしまったのだ。自分は暴君になってしまうところだった！

ラインハルトの白い秀麗な顔、発熱と消耗にもかかわらず、まったく損なわれることのない、白珠で造形したような顔が、羞恥の色をたたえた。手を伸ばして、エミールの髪をなでる。

「悪かった、エミール、予はときどき自分の短気さをもてあますことがある。赦してくれ。一口でも食べることにするから」

エミールが退室したあと、ラインハルトは銀のスプーンをとりあげて、二口だけスープをすった。皇帝副官シュトライトが面会をもとめなければ、むりにもう一口ぐらいはすすったかもしれない。

シュトライトの用件は、故シュタインメッツのたいして多くもない遺産にかんすることで、彼は法的に正式ではないが遺言めいた手紙を残しており、すべての財産をある女性に遺すと記してあるという。故人の意志を尊重したいので、皇帝の許可をもとめたいということであった。

「それはかまわぬが、シュタインメッツは独身だったはずではないか」

「法律上の結婚をしておいでではありませんでしたが、愛人はおもちでした。グレーチェン・フォン・エアフルトという女性で、もう五年来の交際だったそうです」

「なぜ結婚しなかったのだ？」

「はい、陛下が全宇宙を統一なさるまで、臣下たる自分も家庭はもたぬ、と語っておられたよし」

「なにをばかな……」

ラインハルトの声には、やや虚をつかれたひびきがあった。

「ミッターマイヤーやアイゼナッハは、予の忠臣だが、きちんと家庭をいとなんでいるではないか。シュタインメッツも結婚すればよかったのだ。なにか記念の品を贈ってやったのに」

「お言葉ですが、陛下、陛下ご自身がお独り身であられる以上、臣下がそれに倣うのも当然のこと。そうはお思いになりませんか?」

「つまり卿は予に結婚しろと、それを言いたいのか」

ラインハルトは端麗な唇をゆがめた。冬バラの花びらを、妖精が引っぱったようであった。

「もし予が死んだときは……」

「陛下!」

「血相を変えることもあるまい。予はかのルドルフではない。皇帝であろうが無名の庶民であろうが、ひとしく老いて死ぬ。そのていどのことは、わきまえている」

シュトライトは絶句した。蒼氷色の瞳に皮肉っぽい光を踊らせて、金髪の覇王は語をついだ。

「もし予が死んで血族なきときは、予の臣下でも他の何者でもよい、実力ある者がみずからを帝位にでも王位にでもつければよかろう。もともと予はそう思っていた。予が全宇宙を征服したからといって、予の子孫が実力も名望もなくそれを継承すべき理由はあるまい」

シュトライトは決然として、若い皇帝を直視した。

「臣下としての分を侵して、ふたたび申しあげます。どうぞ陛下、早くご成婚あって、皇統の存続を安泰ならしめられますよう。それこそ帝国全臣民の願うところでありましょう」

「そしてジギスムント痴愚帝やアウグスト流血帝のような子孫を後世に残すのか。りっぱな功績と言うべきだな」

「マクシミリアン・ヨーゼフ晴眼帝かマンフレート亡命帝のごときご子孫をお残しあれば、よろしゅうございましょう。ローエングラム王朝の善政も、永続してこそ真価を発揮するもの。法によってそれを保証なされればよろしいのです。ですが覇者がつぎつぎと交替すれば、流血もさることながら、政策の継続性がたもてません。どうぞご一考くださいますよう」

「なるほど、よくわかった、卿の忠言は身にしみた。心しておこう」

心にもないことを言ったわけではないにしろ、シュトライトらを退室させたあと、ラインハルトが解放感に浸ったのは事実であった。

フェザーンとの交信が可能になったとき、ウォルフガング・ミッターマイヤーは治安当局を呼びだし、ロイエンタールの子について質問した。

「エルフリーデ・フォン・コールラウシュなる婦人は、先月末、自分の産んだ赤ん坊を抱いて行方をくらましてしまいました。今日までまったく姿をあらわしません」

通信スクリーンの画面に映る高名な青年元帥の顔が、苛烈の気を充満させるのに気づいて、治安当局の担当者は狼狽した。それに替わった上官も、

「なにしろ警察力が充分とはいえませんし、過日の工部尚書爆殺事件よりこのかた、そちらに主力をそそいでおりますもので……」

恐縮の衣に自己弁護をつつんで、かたちだけ低頭する。

「あげくに、爆殺事件の犯人すら捕縛してはおらんではないか。内国安全保障局とやらの捜査能力とは、そのていどのものか。ケスラーの統率する憲兵隊なら、とうに事件を解決していたろうに」

あらたな失望を怒りに転化させて、そう吐きすてると、ミッターマイヤーは通信を切った。親友を一時的に窮地に追いこんだエルフリーデ・フォン・コールラウシュという女性に、これまで彼はまったく好意をいだきえなかったが、赤ん坊をかかえて何処かをさすらっているかと思うと、哀れであった。まして、乳児になんの責任があるというのであろう。

「赤ん坊か……」

結婚後八年、子供の生まれない自分たち夫婦のことを思うと、帝国軍最高の勇将も、胸中にいくぶんかのほろにがさを禁じえなかった。

第八章　遷都令

I

宇宙暦（SE）八〇〇年、新帝国暦二年の七月一日、ローエングラム王朝最初の皇帝ラインハルト・フォン・ローエングラムはフェザーン宇宙港に降りたった。途中で旧同盟首都ハイネセンにたちよることもせず、フェザーンへ直行した結果、一カ月を要さずして旧同盟領の横断が可能となったのである。

　これにさきだつ六月二〇日、オスカー・フォン・ロイエンタール元帥は統帥本部総長の任をとかれ、新領土（ノイエ・ラント）総督としてのあらたな印綬（いんじゅ）をおびてハイネセンの地を踏んでいる。五二〇万の将兵が彼とともに旧同盟領に残留し、さらに一万人の文官が帝国政府から派遣されて総督に隷属することとなっていた。

〝芸術家提督〟エルネスト・メックリンガーが、新しい強大な総督府の誕生について記している。

「オスカー・フォン・ロイエンタール元帥は、軍人としては偉大であり、行政官としては有能であった。あらたに誕生した総督府は、権限といい規模といい、故ヘルムート・レンネンカンプの主宰（しゅさい）した高等弁務官府とは比較しようもなく巨大な機構であって、実質的に人類社会の半分を支配するのである。あるいは皇帝（カイザー）ラインハルトは、最初にこの機構を構想したとき、総督の任にあたるべき者として、親友たるジークフリード・キルヒアイスを考えていたかもしれない。だが、キルヒアイスが天上（ヴァルハラ）の住人となったのち、この大任にあたるべき人物といえば、オーベルシュタイン、ロイエンタール、ミッターマイヤーの三者しか存在しなかった。三者のうちロイエンタールがえらばれたのは、統帥本部の改組（かいそ）によって総長たるロイエンタールの座が宙に浮く、という事情も働いたであろう。なぜよりによって三者のうちロイエンタールを、とは、後日になってこそ言いうる疑問である……」

新帝国暦二年、宇宙暦八〇〇年の七月七日午後。

惑星フェザーンの高級ホテル『バルトアンデルス』のサロンに帝国軍の将帥たちが集った。新領土（ノイエ・ラント）総督として惑星ハイネセンに残留したロイエンタール元帥と彼の幕僚たちをのぞき、ミッターマイヤー元帥、ミュラー上級大将、ビッテンフェルト上級大将、ワーレン上級大将、アイゼナッハ上級大将、ルッツ上級大将、それと大将の階級を有する一〇名ほどである。この日の午前、軍務尚書オーベルシュタインを葬儀委員長として国葬がとりおこなわれ、ファーレンハイト、シュタインメッツの両元帥と初代工部尚書シルヴァーベルヒ、三名の功臣が皇帝臨席のもとに葬られたのである。

責任者オーベルシュタインの運営ぶりは非のうちどころがなかった。そうであればそうであったで、反感を表明する者もいる。ビッテンフェルトは皮肉に唇をまげてつぶやいたものだ――奴は葬儀さえとりしきっていればいいのだ、よく似あうし、誰の迷惑にもならない、と。

ひとまず皇帝以下がフェザーンに還って、帝国軍全体の再編も急務であった。ファーレンハイト、シュタインメッツの両提督が戦死したことによって、最高幹部の陣容は大きく変わらざるをえない。艦隊司令の座を空白にしてはおけないし、各艦隊それじたいの規模も整理して均衡をたもつ必要があった。

それらの事務的な処理は、軍務尚書パウル・フォン・オーベルシュタイン元帥の掌管(しょうかん)するところであったが、それが提督たちの心から歓迎するものになりうるかどうか、微妙なところでもあった。ローエングラム王朝創業時における帝国軍の特徴は、軍務省と実戦部隊との、ことに心理的な乖離にあったかもしれない。それぞれの部門の有能さを充分に認めつつも、彼らの心理的距離はちかいとはいえず、ことに軍務尚書オーベルシュタインにたいする感情的反発は軽視しえなかった。まだそれは臨界に達してはいなかったが。

この場に不在であったエルネスト・メックリンガー上級大将が、のちに出席者たちのあいだにたちこめる雰囲気を、きわめて正確に記述している。

「……宇宙暦(SE)八〇〇年、新帝国暦二年の前半期をみると、失われた人材の多さ、失われた歴史的選択の巨大さに暗然とする。個人的な感懐を言えば、アーダルベルト・フォン・ファーレンハイトとカール・ロベルト・シュタインメッツの両者を失った衝撃は大きなものであった。彼らは勇敢さと有能さにおいて苦情のつけようもない軍人であったが、ことに、忠誠心と卑屈さとの区別を厳然とわきまえていたことを特筆しておくべきであろう。ファーレンハイトはリップシュタット戦役で善戦して敗れたあと、捕虜となったが、その態度はまことに堂々としていた。シュタインメッツは戦艦ブリュンヒルトの初代艦長に就任したとき、上司たるラインハルト・フォン・ローエングラムを叱咤して、艦長の職権をおかさぬよう直言した。彼らを失ったとき、僚友たちは声もなく自軍の寂寥を確認するしかなかった。……ところで、この両者にくわえ、カール・グスタフ・ケンプやヘルムート・レンネンカンプなど一流の将帥たちは、ただひとりの敵手に斃されたのである。ただひとりの男、ヤン・ウェンリー。彼の死を知ったとき、帝国軍の将帥たちの悲哀はさらに深かった。生きていれば彼ら自身を斃したかもしれぬ敵将に、彼らは弔いの杯をかかげたのである」

その代表は、ナイトハルト・ミュラーであったろうが、皇帝の名代としてイゼルローン要塞を弔問したのち、彼は多くを語らなかった。

「ヤン未亡人は美しい女性でしたよ」

と、皇帝以外の者にはそう告げただけで、胸裏にひろがる空白感をもてあましたように、黙然とグラスをかたむけている。

アイゼナッハはもともと飲食以外に口を使わぬと評される男である――夫人と接吻ぐらいはするだろうが、と言ったのはコルネリアス・ルッツであった。彼も本来そうにぎやかに騒ぎたてる男ではないのだが、この日はやや陽気にみえた。

つい昨日、ルッツは、青い目にやや藤色の彩りをおびさせて、ごくさりげなく、補佐官に宣言したのである。

「ああ、ところでな、ホルツバウアー、おれは来年にでも結婚することにした」

五秒半の絶句ののち、ホルツバウアーがようやくかたどおりに祝辞をのべると、ルッツは藤色の眼光を消そうとせず、

「今年のうちには不可能だ。喪に服すべきだろうからな。ところで、誰と結婚するかわかるか?」

わかるはずがない、と思ったが、ホルツバウアーは答えた。閣下が入院なさっていたときつきそっていた黒い髪の看護婦ではありませんか?

「そうだ、どうしてわかった⁉」

まさか的中するとは思わなかったので、ホルツバウアーのほうがおどろいた。彼は自分自身と兄の生命をルッツに救われたことがあり、この上官を敬愛していたが、それだけに、いますこし詩的な恋愛をやってほしいとも思う。帝国軍上級大将ともあろう身が、いささか安直ではあるまいか。とはいうものの、彼の敬愛する上官が、堅実なだけの人ではないことを知って、

喜ばしさも一面でおぼえはしたが……。

ホテル『バルトアンデルス』のサロンにおける談笑は、いつかテロにかんする話題にうつっている。

「フェザーンの黒狐（くろぎつね）などに、なにができる。権力も権威もすてて、黒もぐらに変身したあわれな逃亡者ではないか」

「陰謀ができる。テロもな。おれたちはテロなど意に介しもしなかったが、シルヴァーベルヒばかりか、かのヤン・ウェンリーでさえ兇弾を躱（かわ）しそこねたではないか」

それを聞いて、にがい表情をつくったのは、アウグスト・ザムエル・ワーレン上級大将である。彼は先年、皇帝（カイザー）の命令をうけたまわって地球教団の本部を攻撃し、彼らを壊滅しえたと信じていたのに、蠢動するその残党が、ヤン・ウェンリーを殺害したというのだから。皇帝（カイザー）は一言も彼をとがめることはなく、それがかえってワーレンに忸怩（じくじ）たる思いをいだかせる。今後、地球教の残党にたいする処理は、彼がその任をひきうけることを、ワーレンは誰にも告げず決心した。

内国安全保障局長ハイドリッヒ・ラングは、人間と社会にたいして負（マイナス）の影響をおよぼす能力にすぐれていた。彼が皇帝（カイザー）ラインハルトの高級幕僚たちに嫌悪されていたのは、当然とはいえぬまでもごくしぜんな現象であった。ウォルフガング・ミッターマイヤーに言わせれば、ラングは〝オーベルシュタインの靴の裏にはりついた汚物〟であり、温和なナイトハルト・ミュラーの表現によってさえ、〝好感のもてぬ、童顔をもってしてもかくしきれない陰険そうな小人物〟なのであった。オスカー・フォン・ロイエンタールにいたっては、論評の言葉さえおしんで冷笑してみせるだけである。

彼らがラングの存在を許容するのは、どのような政治体制においても、ラングのように陰湿で不快な任務に従事する部局や人間はいるだろう、という、はなはだ消極的なものであった。自由惑星同盟（フリー・プラネッツ）においてさえ、一時は〝憲章擁護局〟なる機関が反共和思想をとりしまっていたというではないか。

また、ラングのがわにも配慮があり、これまで監視と弾圧の対象を三者だけにかぎって一般の平民には害をおよぼさなかった。三者とは、旧門閥貴族および官僚、過激な共和主義者、同盟の情報員、である。ローエングラム王朝においてラングが生き残るには、相応の努力と、冷遇への忍耐心が必要であったのだ。

ところが、征旅を還してフェザーンにいたった早々、内国安全保障局は、彼らを軽視してきた人々をおどろかせるにたりる事業をやってのけたのだった。

工部尚書シルヴァーベルヒを爆殺し、軍務尚書オーベルシュタイン元帥、ルッツ上級大将、フェザーン代理総督ボルテックらを負傷せしめた犯人を逮捕したのである。局長ハイドリッヒ・ラングの功績は小さからざるものであった。

内務尚書オスマイヤーは、有能な属僚であるはずのラングを嫌悪していた。軍務尚書オーベルシュタインの腹心面をして、上司たるオスマイヤーをないがしろにするふうがみえるばかりか、内務尚書の座を狙っている野心が、なんら証拠がないとはいえ、明白だったからである。ゆえに、本心からいえばラングの功績など無視したいところであったが、信賞必罰はローエングラム王朝の拠って立つ基盤とされている。属僚の功績を無視したりすれば、オスマイヤーこそが皇帝の不興をこうむりかねない。

いやいやながら、オスマイヤーはラングの功績を国務尚書マリーンドルフ伯爵に報告し、さらにそれは皇帝のもとへ達して、ラングに相応の褒賞があたえられることとなった。

かくしてハイドリッヒ・ラングは内国安全保障局長を兼任のまま、内務省次官にすすんだ。さらに彼は一〇万帝国マルクの褒賞金を下賜されたが、これを全額、フェザーンの福祉局に寄付してしまった。彼を知る者のほとんどは、見えすいた偽善としてその好意を忌んだが、彼が下級官吏のころから給料の一部を育英事業や福祉施設に匿名で送金しつづけていたことは、死後にあきらかになった。偽善であるにしても、この男のそうした行為によって救われた人々は実在するのである。誰からも好かれず、また歴史の進歩においてなんら建設的な功績をあげたことのないこの男の人生は、後世の人々に、ごく卑小な人格のなかに並存することとなった資質について考察する機会をあたえることになった。

ドミニク・サン・ピエールと名のる女性から内務省内国安全保障局に一通の通信文がもたらされたのは、ヤン・ウェンリーの急死によって帝国軍大本営が驚倒しているころであった。ハイドリッヒ・ラングの脳裏には、すでに逮捕し処断した犯罪者、これから逮捕し処断すべき犯罪者のリストが記載されており、ドミニク・サン・ピエールという名はアドリアン・ルビンスキーという大文字の横に添えられていた。フェザーンの最後の自治領主(ランデスヘル)、地下潜伏をつづける〝黒狐〟ことアドリアン・ルビンスキーの愛人であり、さまざまな陰謀の従犯である。すぐに捜索と検束の手をのばすべきであったが、ラングは読みおえた通信文を完全に焼却し、灰を下水に流したあと、単独でいずこへかでかけていった。

こうしてルビンスキーとラングとのあいだに、麗(うるわ)しからざる秘密の協商が成立したのである。爆殺犯の摘発は、その協商の産物であった。

七月九日、ルビンスキーのアジトで両者のあいだに会談がおこなわれた。

「失礼いたします。次官閣下」

閣下という敬称が、ラングの自尊心の一部を快適にくすぐった。だが、全意識を満足させることはない。これはラングが敬称などにこだわらない大度(たいど)の人間ゆえというわけではなく、好意や厚遇の裏面にはかならず打算や悪意が付属するものだと信じていたからである。彼は童顔に、尊大な表情をたたえ、

「気色悪いあいさつは抜きにしよう。今日、ローエングラム王朝の忠実な臣僚(しんりょう)であるこのハイ

ドリッヒ・ラングに、いったいなんの用があってわざわざ呼びだしたのだ？」

　まことに忠実なら主君に秘密で逃亡者とのあいだに協商を成立させたりはしないだろう。ルビンスキーはそう考えるが、それを言語化して指摘したりはしなかった。まだしばらくはこの小悪党に利を喰わせておく必要があった。それが演技であるかぎり、どれほど卑屈な言動でも、ルビンスキーはとることができる。彼は食人虎の微笑をたたえて客に極上のウイスキーをすすめ、今日すぐにともとめるのではないが、いずれ次官閣下の影響力によって新王朝と自分との関係修復をお願いしたい、と述べた。

　悪意を嘲笑の波動にのせて、ラングは相手の顔に吐きかけた。

「きさまの立場を忘れるなよ。おれが皇帝にひとこと申しあげれば、きさまの両肩は今後、重い頭部の負担にたえる必要はなくなるのだ。対等に要求などできる立場だと思うのか」

　そのていどの恫喝では、ルビンスキーの睫毛すらそよがせることはできなかった。

「これは酷いおっしゃりようですな、局長、ではない、次官閣下、私はなんら罪なくしてフェザーンの統治権を奪われた身、いわば被害者ですぞ」

　口ほどには心外さを表情にあらわさぬルビンスキーである。

「ゆえに皇帝をお恨み申しあげているというわけか。それこそ野鼠が獅子を憎むも同様、分をわきまえぬかぎりではないか」

「とんでもない、皇帝ラインハルトは古今に比類ない英雄であらせられます。お望みなれば、フェザーンの統治権などいつでも献上しましたものを、皇帝は覇気のおもむくまま、私ごとき路傍の小石は無視して直進なさいました。それが残念と申しあげているだけで」

「当然だ、皇帝(カイザー)はきさまなどの好意を必要となさる方ではない。全宇宙が陛下の御手のうちにあるのだからな」

皇帝の権威を自己の力量と混同する精神上の傾斜が、ラングの裡にあるのを、ルビンスキーは看取(かんしゅ)した。オーベルシュタインにはない属性である。ともに帝国軍の将帥たちから忌避されながら、両者の精神的格調には巨大な差があることを、フェザーンの前自治領主(ランデスヘル)は確認したのである。

「次官閣下のご指摘には、汗顔(かんがん)のいたりです。しかし、私の真情は閣下にもいささかおわかりでしょう。私が閣下に告発した者どもは、真実、工部尚書シルヴァーベルヒ閣下の爆殺犯人であったではありませんか」

「あの者どもには、とうに目をつけておった。だが物証がなかったのだ。旧王朝の暗黒時代とことなり、皇帝(カイザー)ラインハルトの御世においては、物証なくして人を罪におとすわけにはいかんのでな」

一部で〝物証捏造(ねつぞう)の達人〟と称されている男は、しらじらしい自己弁護と権力者への追従(ついしょう)とを同時にやってのけた。ルビンスキーは紙より薄い笑みを斜めにひらめかせると、何気ないしぐさで小さな立体写真を紫檀(したん)のテーブルに転がした。アルコールの蒸気をとおして、ラングの視線がその写真に到達し、固定した。グラスがテーブルにおかれるとき、大きな音とともにウイスキーが波だった。

「ほう、次官閣下にはこの女をご存じでおいででしたか」

ラングは視線にのせて毒針を飛ばしたが、ルビンスキーの恐縮は表面だけのようであった。立体写真に映った顔は、エルフリーデ・フォン・コールラウシュの所有物であった。つい先日、ロイエンタールの子を生んだ旧貴族の女！

「この女は、私の見るところ、哀しむべきことに精神に異常をきたしております。あたら美女がおしいことですな」

「……なぜそうとわかる？」

「ひとつには、自分がリヒテンラーデ公の一族であると思いこんでおること。ゴールデンバウム王朝の重臣、しかも皇帝(カイザー)ラインハルト陛下の暗殺をたくらんだリヒテンラーデ公の一族が、フェザーンにいるべき道理がありませんからな」

「それだけか」

優位を確保するには傲然たる態度をとるべきだ、と、ラングは信じているようであった。ルビンスキーは小物の虚勢など意に介しなかった。

「いまひとつ、この女には生後まもなくの赤ん坊がおります。その赤ん坊が、なんと現王朝の重臣、名将のなかの名将たるロイエンタール元帥の胤(たね)であるとか」

不快感と憎悪が音もなくラングの体内で爆発し、無臭の劇薬が室内の各処に飛びちった。その飛沫(しぶき)をあびたルビンスキーは、消した表情の下にすくなからぬ興味の色をうごめかせながら、ラングの皮をかぶった活火山の鳴動をながめやった。むろん、ルビンスキーはすべてを承知している。エルフリーデの告発を利用してラングがロイエンタールを大逆罪に陥そうと謀(はか)り、失敗したことを。不敗の名将であり建国の功臣であるロイエンタールにたいする皇帝(カイザー)の信任の篤(あつ)さを、ラングは思い知らされたのだ。それによってラングの負の感情は、増幅されずにいなかった。

「よし、わかった、めんどうなさぐりあいはこれ以上、無益だ」

ラングの声に、打算と妥協の暗い二重唱がふくまれた。

「あのロイエンタールめに大逆の罪をおかさせることができるのだな。たしかに、奴を破滅させることができるというのだな?」

つつましやかにルビンスキーはうなずいた。

「ご明察のとおり、閣下がお望みでしたら、全力をつくしてご希望にそいましょう」

いまや、ラングは倨傲(きょごう)をよそおう余裕を失っていた。

「それができたら、きさまを皇帝(カイザー)にとりなす件については確約してもよい。だが、いいか、あくまで成功ののちにだぞ。フェザーン人の空手形(からてがた)を頭から信じるほど、おれは甘くない」

「ごもっともですな、さすがに軍務尚書の片腕と称されるラング閣下、私も小細工をもって信頼をもとめようとは思いません。まず、いまひとつの提案をお聞きいただきましょうか」

こぼれたウイスキーに濡れた手をぬぐうと、ラングは身をのりだした。熱病患者の目をしていた。

Ⅱ

まもなく、フェザーン全星を驚愕の池に蹴りこむような事件が発生した。

フェザーン代理総督ニコラス・ボルテックが逮捕拘禁されたのである。内務省次官ラングの発表によれば、工部尚書シルヴァーベルヒ爆殺事件の共犯ということであった。この事件のときボルテック自身も負傷したのだが、それこそ、彼が捜査の矛先を他者にそらそうとした奸計である。工部尚書に事実上のフェザーン行政官の地位を奪われ、ボルテックは工部尚書を怨嗟していた——それが内務省の発表であり、やがてボルテックが獄中で服毒自殺をとげたことで、一件は落着した。

コルネリアス・ルッツ上級大将もむろん事件の発展におどろかされたひとりである。

「あのとき負傷したのが怪しいというなら、オーベルシュタイン元帥やおれも容疑者ということになるな」

と、ルッツは苦笑したが、その表情が一瞬、凍結した。彼はむろん犯人ではなかったが、犯人ではないという証拠もなかったので、ラングがその気になれば彼を犯人にしたてることもかなうではないか。

この一件は不審だ、と、ルッツは思わずにいられなかった。ラングが最初からボルテックを抹殺するために、証拠を捏造して無実の罪に陥したのではないか、と考えた。だが、彼の疑惑を証明する方法がない。そもそも、ボルテックをおとしいれてラングにどのような利益がもたらされるのか。ルビンスキーとラングのあいだに不吉な協商が成立した事実を、ルッツはむろん知りようもなかった。

それでもルッツがこの一件を看過しえなかったのは、彼自身の不快な恐怖感に由来する。軍の重鎮であり国家の功臣であるルッツすら、ラングにほしいままに料理されるとなれば、余の者はいったいどうなるか。

「このままでは、わが帝国は酷吏(こくり)の跋扈(ばっこ)するところになってしまう。大げさかもしれぬが、毒草は芽のうちに摘むべきだろう」

だがルッツは戦場の名将であって、情報戦や謀略戦は苦手である。彼は手腕もあり信頼もおける僚友に、ラングの危険性を訴えることにした。

こうして、帝国暦二年七月上旬、帝都防衛司令官と憲兵総監を兼ねるウルリッヒ・ケスラー上級大将は、僚友から、危機感にみちた通信文をうけとることになった。政治史的にみれば、これは治安官僚の支配権確立にたいする軍部の反撃という解釈も成立しないではない。むろんルッツ自身にそこまでの考えはなかったが。


ラングの活躍ぶりをひややかに見まもりつつ、ひとりの女がアドリアン・ルビンスキーに問いかける。

「信用しているの、あのラングとかいう男を？」

「お前らしくもない質問だな、ドミニク」

ラングにたいして浪費した愛想をとりもどすつもりもないのであろうが、ルビンスキーの精力的な顔には微笑のひとかけらもない。

「あいつは小物だ。その証拠に、実物より大きく映る鏡を見せれば喜ぶ。私は奴のほしがる鏡をしめしてやっただけさ」

対照的に、女は笑みを絶やさない。両眼と唇から、つきない悪意がこぼれだしている。

「そう言うあんたはどうなのよ、その小物とやらに頼んで、ボルテックを殺させたじゃないの。かつての属僚が代理総督さまとやらにおさまって皇帝(カイザー)の忠臣面しているのは、そりゃ不愉快でしょうけど、ああいうやりかたで無実の人間を殺しておいて気分よく酒が飲めるわけ？」

グラスをおいたルビンスキーは、よく光る両眼の奥でいそがしく表情を交替させたが、両眼の外側はひたすら平静だった。

「お前、ほんとうに気づかないのか。それとも、気づかぬふりをよそおっているのか」

「なんのこと？」

「……まあいい、教えてやろう」

もし気づいているなら、説明しなくても意味はないし、気づいていないなら、説明しても支障がない。そう考えたかのようなルビンスキーのつぶやきである。

「ボルテックは道具にすぎん。私の目的は、ラングに無実の人間を殺させることだった。奴は自分で自分の首を絞める縄を手にとったんだ」

「ラングがあんたの軛(くびき)から脱しようとしたら、ボルテック抹殺の一件を皇帝(カイザー)なり軍務尚書なりに知らせるというわけ？」

ルビンスキーの返事は、ウイスキーのグラスをかたむけることだった。ドミニク・サン・ピエールは一瞥をくれて部屋をでた。影と冷笑が、半瞬だけ遅れて彼女にしたがった。

廊下と階段を歩んで、奥まった一室をドミニクは訪れた。かたちばかりのノックにつづいてドアをあけると、光が矩形(くけい)に截(き)りとられた。若い女が顔をあげてドミニクに視線をむけたが、ドミニクの視線とぶつかると、すぐにはずして、腕のなかの赤ん坊を抱きしめた。

「どう、元気？」

女は返答しない。恐怖ではなく、衿持のためのようであった。赤ん坊を抱いたまま、もう一度ドミニクを見かえす瞳に、かたくなな身分意識の残照がちらついていた。

「オスカー・フォン・ロイエンタール元帥は、遠からず反逆に追いこまれるわよ。ルビンスキーにしてもラングにしても、戦場で大軍をひきいて敵を撃破することはできないけど、そういうことのできる男を後ろから刺すことはできるわ」

沈黙が部屋をはばたいて一周したあと、かすかな声が女の口から忍びでた。それこそ望むところだ、と言ったようであった。

「だけど、その子の父親にはちがいないでしょう？」

「………」

「なんて名前なの、その子？」

ドミニクの質問は、やはり非好意的な沈黙でむくわれた。ルビンスキーの情婦であるドミニクは、気を悪くしたふうでもなかった。

「世の中は、さまざまだわね。子供が欲しいのに生まれない夫婦もいれば、生んだ子に殺されかける親もいる。たまには、自分の母親に父親が殺される子もいるというわけだわ」

赤ん坊が小さな声をあげ、手足をうごめかした。

「まあ、要求があるのだったら、いつでもおっしゃい。あんたがその子に父親を憎ませたいと思ったところで、それまでに死んでしまったら元も子もないのだからね」

立ち去ろうとする後ろ姿に、はじめて赤ん坊の母親が声をかけた。ミルクと肌着と、そのほかいくつかの品物をもとめられると、ドミニクは鷹揚にうなずいた。

「いいわ、それと看護婦もつけたほうがよさそうね」

母子の部屋をでて、ルビンスキーの部屋をもう一度覗いたドミニクの視界に、ソファーで頭をかかえる姿が映った。

「どうしたの、またあの発作？」

「頭が痛い。頭蓋骨の内側に恐竜が尾をたたきつけているようだ。そこの薬をとってくれ」

ルビンスキーの指示にしたがいながら、ドミニクは観察者の視線を情夫にそそいでいた。ルビンスキーが肉の厚い手を額にあてながら薬剤を服(の)みこむ姿を見とどけると、手を伸ばして、服地につつまれた広い背中を、それでもかるくたたいてやる。

「発作のおきる間隔が、だんだん短くなるわね」

正確で冷厳な指摘が女の口からころがりでた。

「しっかりすることね、陰謀と策略のあげく宇宙を手にいれても、内的宇宙(インナー・スペース)が破壊されてしまってはいい笑い話だわ。医者に診(み)せたらどう？」

「医者は役にたたん」

「そう？　まあ、あんたの身体だから、わたしはかまわないけど。もっとも、医者が無用だという点には、わたしも賛成するわ。むしろこれは呪術師の営業範囲でしょうからね」

「どういう意味だ」

「おや、とうに承知していると思ったけど。半分は地球教の総大主教(グランド・ビショップ)とやらの呪いで、半分はルパート・ケッセルリンク、あんたの息子の祟りよ。医者の手におえるわけもないわね」

痛烈な鞭の一撃で神経に傷をうけたとしても、ルビンスキーは表情にださなかった。一時的に薬剤が効力を発揮したのであろうか、心身を棘つきの鎖でしめあげていた緊張がゆるみ、大きく息をはきだす。

「祟りのほうはともかく、呪いのほうはあたっているかもしれんな。あの総大主教なら、そのていどのことはやれそうだ」

「なにをらちもないことを言ってるの。ほんとうに総大主教とやらに呪力があるなら、皇帝(カイザー)ラインハルトを呪い殺せばいい。彼は若くて青春の香気にあふれ……」

語のなかばで、ドミニクは毒舌を中断した。皇帝(カイザー)ラインハルトが昨今しばしば発熱し病臥するという噂を、彼女はひそかに耳にしている。人類が癌を克服して一五世紀以上を経過するというのに、人間の精神についた爬虫類(はちゅうるい)的な尾のなごりは、ともすれば迷信の沼に引きこまれそうになるのだった。ドミニクはいまいましげに頭をひとつふると、ルビンスキーを残して部屋をでた。エルフリーデ母子にミルクや育児道具を手配するためである。彼女もまた、人格を構成する素粒子群のなかに、単色ならざる電子をふくんでいるようだった。

Ⅲ

新帝国暦二年、宇宙暦(SE)八〇〇年の七月二九日、勅令が発布され、銀河帝国の首都は正式にフェザーンに遷(うつ)ることとなった。これにともない、国務尚書以下の全閣僚もこの年の終わりまでにフェザーンに移転する。さらに、帝都防衛司令官と憲兵総監をかねるウルリッヒ・ケスラー上級大将も司令部をフェザーンに移動させ、帝国軍後方総司令官エルネスト・メックリンガー上級大将がオーディンのまもりを担当することとなった。

上は国務尚書から下は一介の下級官吏まで、家族をふくめて一〇〇万人以上の人間が数千光年を移動する。ヒルダも一年ぶりに父に会えるのだ。また、ミッターマイヤー元帥の妻エヴァンゼリンも、夫の任地へむけ、生まれてはじめての長い旅を経験することになった。

これらの遷都関連事業がすすむなかで、大本営幕僚総監ヒルデガルド・フォン・マリーンドルフ伯爵令嬢が無関心でいられなかったのは、皇帝(カイザー)ラインハルトの姉君アンネローゼ・フォン・グリューネワルト大公妃の存在である。

後世の歴史家が、ラインハルトの人格形成におけるこの美しい姉君の影響を指摘するのは、学説というより常識であるのだが、惑星オーディンのフロイデン山地にある山荘にアンネローゼが隠棲して以来、満三年にちかい月日が経過している。その間、おそらく宇宙でもっとも美しい姉弟は、一度もたがいの姿を見ていない。ラインハルトが失うべからざるものを失ったときに、春光の輝きと夏風の旋律をともなう過去は、現在と遮断され、手のとどきえぬ存在となってしまったのだ。

「グリューネワルト大公妃殿下を、新しい首都にお招きになりますか?」

幕僚総監としての分をおかすことを自覚しつつ、そうヒルダがただしたとき、ラインハルトはわずかに眉をうごかした。自分の希望がかなえられそうにないとき、また、未整理の心情を衝かれたとき、彼はそういう表情をした。

「フロイライン・マリーンドルフ、それは軍務とは関係のないことだな。あなたは宮中の区々たる雑事より宇宙の覇業についてそのみごとな才智をむけていればよい」

てきびしく干渉を排するようなことを言ったかと思うと、ラインハルトは自分の心情を聞いてもらいたいように、独語めいて話しだすのだ。

「キルヒアイスの墓がオーディンにある。予が予のつごうで政庁と大本営を遷したからといって、故人の眠る場所をほしいがままにうごかすわけにはいくまい」

間接的な表現ながら、ラインハルトは姉をフェザーンに招く意思がないことを、美しい幕僚総監に告げたわけである。ヒルダは無言だった。自分自身が居心地の悪くなるような質問を、なぜあえてするのか、彼女はしばしば自分の心情が理性をもって説明できなくなり、憮然とせざるをえないのだった。

「予はいずれオーディンに還る。だが、その時機はまだ予の掌中にはない。還る日までに、すませておかねばならぬことが数多くあるはずだから」

それはなにか、とは、ヒルダはむろん問わなかった。

ラインハルトは回想の淵にたたずんで過去の水面を覗きこんでいる。時計の針が逆進し、昼の光と夜の闇が急速に交替すると、やがて闇が勝者となって回想を視覚化した。

「……姉さま、暗いよ、暗いよ!」

四歳であったか五歳であったか、夜中にめざめたとき、圧倒的な闇が彼の幼い小さな身体にのしかかってきて、彼は必死で救いをもとめた。枕もとの電灯のスイッチを押しつづけたのに、光は闇を追いはらおうとしなかったのだ。後日、判明したことだが、父親が電力料金を支払わなかったため、送電をとめられていたのだ。〝帝室の藩屏!〟まったく、感動に値する貴族の生活水準というべきだった。

弟の叫びを聞いて、アンネローゼが隣室からとんできた。考えてみれば、あの暗いなかで、寝巻姿の姉は、どうしてああも素早く、身軽にうごくことができたのだろう。彼がもとめれば、どんなときでも姉は来てくれた。

「ラインハルト、ラインハルト、もう大丈夫よ。ひとりにしておいてごめんね」

「姉さま、暗いよ」

「暗くても、あなたの金髪ははっきり見えるわ。とてもきれいに輝いているわよ」

あなたの黄金色の髪が闇を照らすわ、あなた自身が光の源になるのよ、ラインハルト、そうしたらなにもこわくないわ、どんな暗闇でも、あなたを傷つけることはできなくなる、光になりなさい、ラインハルト……。

物憂げに、ラインハルトは白い指で額に落ちかかる黄金色の滝を梳(す)きあげた。彼は彼のつごうのいいときに姉を呼びつづけ、姉はそれに応えつづけた。姉が来てくれなくなったとき、姉はラインハルトにはじめて助けをもとめたのではなかったか？　そして、それに応える力がラインハルトにはなかったのではなかったか。自分が姉にたいして無限の負債があることを彼は知っていた。

多忙の日がつづくなかで、意外でもあり不快でもある情報が、ラインハルトのもとにもたらされた。

ヨブ・トリューニヒトが皇帝(カイザー)に仕官を請願してきたのである。

かつて自由惑星同盟(フリー・プラネッツ)において国防委員長と最高評議会議長を歴任した彼は、祖国の敗亡に重大な責任をまぬがれえぬ身であった。旧同盟の過激派からの報復を回避するためと称して帝都オーディンに身をうつしていたが、まだ四五歳で政治家としては少壮であり、行動力と財力を活用して、仕官というより猟官の運動をおこたらずにいた。

ラインハルトの表情に、不潔なものを見たときの不快感がひらめいた。数瞬の沈黙ののちに、彼は意地悪く白い歯を光らせた。なにかを思いだしたようにうなずく。

「トリューニヒトは、それほど官職がほしいか。では、望みどおり、くれてやる。ロイエンタールも旧同盟領の事情に精通した行政官が補佐にほしかろう」

ヒルダが最初おどろいたように、ついであきれたように表情をうごかした。

「陛下、まさか……」

「新領土(ノイエ・ラント)総督府高等参事官。あの男に似あいの官職ではないか。旧同盟の市民が奴に石を集中させればロイエンタールも助かる」

「なにもそのような人事をあえてなさらずとも、辺境の惑星で開拓事務にでも従事させれば、よろしゅうございましょう」

笑ってラインハルトはしなやかな手をふった。身の安全を願って帝都に避難してきたはずのトリューニヒトが、この一見とんでもない人事を受諾したのは、その翌日のことである。

「承知しただと?」

自分からしかけた結果であるのに、ラインハルトは深刻な不快感をおぼえずにいられなかった。彼はあきらかにトリューニヒトの羞恥心の質と量を誤解していたのである。ラインハルトが提示した地位を、トリューニヒトがうけるはずはないし、拒否すればそれを理由に永久に公職に就かせぬつもりであったのだ。

「どの面さげて、奴は、自分が売った国にもどるというのだ。奴の神経は巨大戦艦の主砲の砲身より太いらしいな」

「陛下がご決定あそばしたことです」

ヒルダの口調は、やや辛みをおび、ラインハルトは不機嫌そうな舌打ちを禁じえなかった。まったく、彼自身がトリューニヒトの仕官を拒絶すれば、それで万事すんでいたのである。トリューニヒトが辞退すれば、それはいささか意地悪くはあっても、ラインハルトの心証を雄弁に証明する結果になったのだが、トリューニヒトが承諾してしまうと、それはたんなる子供っぽい失敗でしかなかった。故ヘルムート・レンネンカンプをハイネセン駐在の高等弁務官に任じたとき以来、ラインハルトが自分の人事に不満を感じたのはこれが最初であった。

むろんこの人事は軍部でも評判になった。

「なに、トリューニヒトが新領土(ノイエ・ラント)総督府の属官になるだと？　ロイエンタールもとんだ部下をおしつけられたものだな」

最初、ミッターマイヤーが苦笑したのは、皇帝(カイザー)の最初の意図を察したからであるが、やがて苦笑を消したのは、いかにトリューニヒトが厚顔であるにせよ、そのような任をうけたからにはなにか裏面の事情があるのではないか、と疑念をいだいたからであった。

このようなとき、ミッターマイヤーの相談役をつとめるのは、若くて直線的なバイエルラインではなく、年長で思慮と経験に富んだビューロー大将である。彼はロイエンタールの参謀長ベルゲングリューンと旧友の間柄でもあったから、彼個人としてもこの一件に無関心ではいられなかった。

トリューニヒトがオーベルシュタインとくんで、ロイエンタールをおとしいれるために策動するのではないか、との疑惑は、いささか飛躍しているようにビューローには思われたが、一笑してしりぞけるには深刻な問題でありすぎた。

「なにかというとオーベルシュタインの策動ではないか、とうたがってかかるのは偏見だ、と、わかってはいるのだがな」

蜂蜜色の髪をかきまわしつつ、ミッターマイヤーはむしろ歎くように言う。今年三二歳の彼は実際の年齢よりさらに若くみえる。本来、純粋な軍人としての限界をみずからかしている男なのだが、こと親友にかんすることになると、平静でいられないのだった。私信のかたちでベルゲングリューンの注意を喚起するむねをビューローは応え、ひとまずミッターマイヤーはそれで満足せねばならなかった。

七月三一日、軍務尚書オーベルシュタインが使用しているオフィスに、一通の通信文がもたらされた。彼の手もとにそれをとどけたのは、アントン・フェルナー准将である。

軍務尚書オーベルシュタイン元帥は、その通信文に自室でただひとり目をとおした。どのように重大な懸案を処理するときも無表情な男だが、このときも例外ではなかった。通信文は読後、完全に焼却された。

フェルナー准将がほかの事務処理のために入室して、指示をうけたあとでふと近日の記憶のなかから話題をひろいあげた。

「ところで、軍務尚書、かのヨブ・トリューニヒトが総督府高等参事官として、捨てた祖国に極彩色の錦(にしき)を飾るそうですが……」

「意外か?」

「まさか、陛下があの案をご実行にうつされるとは思いませんでした。トリューニヒトを旧同盟領に派遣なさるとは。それに応じるあの男の厚顔も相当なものですが、あるいは、あの男を背後であやつる人形使いがいるのかもしれませんな」

オーベルシュタインは直接には答えなかった。

「フェザーンはちかく正式に銀河帝国の首都となる。名実ともに宇宙の中心となるのだ」

「はあ、それで?」

「市井の庶民といえども、転居(ひっこし)のときにはあらかじめ掃除をするものだろう。フェザーンにかぎらず、帝国全土を陛下の御為(おんため)、清潔にする必要があると卿(けい)は思わぬか」

このような表現は、オーベルシュタインにしてはむしろ饒舌(じょうぜつ)に類するものだった。本来、部下が納得するまで説明するような男ではないのだ。

「なるほど、地下にもぐった黒狐やその他の妖怪どもをいぶしだすのですな。そのためにトリユーニヒトを使うと……」

フェルナーが感心したことは事実である。彼は上司たる軍務尚書が私心のない人物であることを知っていたし、国家と皇帝の利益をまもるため精励する姿にたいしては、充分な尊敬に値するものと考えていた。その点、オーベルシュタインは非のうちどころのない公人だった。

だが、オーベルシュタインの発想は、つねに有害物を排除することによって帝権の安泰をはかる、という型に沿っている。遠からず粛清の朔風(さくふう)が帝国の中枢を横断するのではないか。

「虫が食った柱だからといって切り倒せば、家そのものが崩壊してしまうこともあるだろう。大と小とを問わず、ことごとく危険人物なるものを粛清し終えたあとに、なにが残るか。軍務尚書自身が倒れた柱の下に敷かれるかもしれんな」

フェルナーはそう思うのだが、それを軍務尚書に進言しようとはしなかった。あるいは軍務尚書は、フェルナーの考えていることなど承知のうえで、あえてことをすすめているともみえるからであった。

第九章　八月の新政府（ニュー・ガバメント・イン・オーガスタ）

I

いまだフェザーンへの帝都移転が正式にさだめられていない六月一二日、帝国軍上級大将ナイトハルト・ミュラーは、皇帝（カイザー）ラインハルトの名代（みょうだい）としてイゼルローン要塞を弔問した。旗艦パーツィバルのみの単独行であり、随員はオルラウ少将、ラッツェル大佐らであった。

ミュラーの弔問は、イゼルローンの人々にむろん意外の感をあたえた。〝死間〟の疑惑が絶無ではなかったものの、皇帝（カイザー）ラインハルトがミュラーほどの軍の重鎮を策略のために犠牲にするとは考えられない。そもそも、皇帝の性格からみてもそのような陰険な策略を弄することはないであろう、と、ユリアンには思われる。

ワルター・フォン・シェーンコップも、その意見に賛同した。彼の表現は、ただし曲線的であった。

「皇帝（カイザー）ラインハルトは、ええかっこをするのが好きだからな。ヤン提督が生きているあいだでさえそうだった。まして彼が亡きいま、おれたちみたいな小物を相手に、こざかしい策略など使う気にはなるまいよ」

また、フレデリカは言った。

「生前、あの人はミュラー提督をよく賞めていたわ。彼が来てくれたと聞けば喜ぶでしょう。ぜひ会わせてあげたいわ」

これで決定した。ミュラーは要塞内に招きいれられた。

ナイトハルト・ミュラー上級大将は、この年ちょうど三〇歳である。砂色の髪と砂色の瞳をもつ青年士官は、うやうやしいほど鄭重にイゼルローンの代表者たちに接した。彼は雄弁ではなかったが、長くはない弔辞も、セラミック・ケースにおさまった遺体に面会したときの態度も、誠実さを感じさせた。フレデリカにたいしてはこう述べた。

「あなたにお目にかかれて、うれしく思います。あなたのご主人は、わが軍にとって最強の、そして最良の敵でした」

三年前、捕虜交換の使者としてイゼルローンを訪れたジークフリード・キルヒアイスに、ユリアンは会って、強い印象をうけたことがあった。強烈に自我を主張する人ではなかったのに、忘れがたい記憶をユリアンの人生に灼きつけて、彼は去っていった。その年のうちに、キルヒアイスの訃報をうけて、ユリアンはたしかにひとつの星が地平線上に落ちたと感じたのだった。

地球で身分と姓名をいつわって会ったアウグスト・ザムエル・ワーレンもそうであったが、

帝国軍の最高級の将帥たちに会って不快な印象をうけたことがないユリアンである。このような将帥たちを抜擢し任用する皇帝(カイザー)ラインハルトの君主としての器量を、ユリアンはいまさらに思い知らされたのだった。

ミュラーの滞在は長時間にわたらなかった。要塞の内情を探査するのではないか、という誤解をさけるためである。出発までのごく短いあいだ、ミュラーとユリアンは港を見おろす一室でコーヒーを飲んで会話をかわした。

「ヘル(ミスター)・ミンツ」

と、ミュラーは一二歳も年少のユリアンにさえ敬称をつけて呼ぶ。ユリアンが弱冠とはいえ、ヤン・ウェンリーの代理人だということで、礼節をまもっているのであろうが、本来、目下の者にたいして優しい為人(ひととなり)であると思われた。粗暴と勇気は、ことなる元素である。この青年がバーミリオン星域会戦では三度も旗艦をかえる勇戦ぶりをしめし、ヤン・ウェンリーの雄図(ゆうと)を阻止したのである。

「ヘル・ミンツ、私はもともと皇帝(カイザー)より政治上の権限をゆだねられているわけではありませんが、あなたたちが皇帝にたいして和平なり恭順(きょうじゅん)なりを申しこまれるのであれば、そのむね、私が皇帝にお伝えしてもよろしいのですが、どうでしょうか」

勝者の優越感をもって言われたのであれば、ユリアンは強烈な反発によってむくいたであろう。そうではないだけに、ユリアンも即答しえなかった。数瞬、思索の坂を登ったすえに、彼は返事をした。

「ミュラー提督、このような仮定を申しあげることをお赦しください。もし、あなたがたの敬愛なさる皇帝（カイザー）ラインハルトが亡くなったとしたら、あなたがたは仰ぐ旗をお変えになりますか？」

〝鉄壁ミュラー〟はその質問で納得した。

「たしかに、ヘル・ミンツのおっしゃるとおりだ。由（よし）ないことを申しあげた。こちらこそ赦していただきたい」

年長のミュラーに頭をさげられて、ユリアンは恐縮した。彼は内心でいまひとつの仮定をこころみたのだ。もしユリアンが銀河帝国に生まれていたら、ミュラーのような軍人になりたいと思ったことだろう、と。かつてヤン・ウェンリーがキルヒアイスとの対面に関連して語ったことがあった。「どれほどりっぱな人間であっても、属している陣営がことなれば殺しあわねばならないんだからなあ」と。その回想を網膜の裏に再現しながら、ユリアンは、帰路につくミュラーにあいさつした。

「つぎは戦場でお目にかかることになるでしょう。それまでご壮健で」

「おたがいに、そうありたいものですな」

敵手と思いがたい、やわらかな微笑をミュラーは砂色の瞳にたたえたが、そこに不審の影がうごいた。要塞内の港には多数の輸送船が出発の準備をととのえ、荷物をかかえた男女が乗船の列をつくっている。服装は種々雑多だが、旧同盟軍の軍服をだらしなく着くずした姿が目だった。

「あれはなんです？　いや、さしつかえなければ教えていただきたい」

「イゼルローンの将来を見かぎって離脱しようと望む人たちです。ミュラー提督、お願いできる筋(すじ)のことではありませんが、あの人たちがハイネセンまで還る、その帰路を帝国軍に保証していただければさいわいです」

　おどろいたのはミュラーだけではない。離脱する人々に、ユリアンが倉庫を開放して物資の搬出を許可したので、ワルター・フォン・シェーンコップが異議を申しでた。いずれそれらの物資は再生産しうるものであっても、盗賊の手に金貨の袋をにぎらせてやることはあるまい、と。若者の答えはこうであった。

「どうせ必要量以上のものはおいておけない。もっていって自由に費(つか)ってもらったほうがいいですよ。給料や退職金をだせるわけでもないのですから」

「お人好しめ」

　と、シェーンコップは苦笑まじりに言ったが、ミュラーも敵ながらユリアンの寛容さに危惧をいだいてしまったらしい。

「保証についてはお約束しましょう。それにしても、私がこのようなことに口をだす立場ではないが、あの離脱者たちのなかからわが軍に協力する者がでては、後日、あなたたちがこまるのではありませんか」

「ええ、こまります。ですが、甘受するしかないでしょう。強制されてそうなることもあるでしょうし、それをうんぬんする権利は、ぼくらにはありません」

ヤンの弟子は師父にならうか、と言いたげな表情をミュラーは砂色の瞳にたたえ、好意的な微笑を残して、イゼルローンを離れた。

ユリアンは、ミュラーを見送ったあと、キャゼルヌと語りあうのだった。

「将来はともかく、いまのところ、皇帝ラインハルトは個人的な感傷の範囲内でイゼルローン問題を処理することができるようにみえます。政戦両略以前のレベルで、ヤン提督がいなくなったとたんにやる気をなくした、そう見えるでしょう?」

言いながら、自分でいれた紅茶をすするユリアンだった。

「たしかにそうだ。なるほど、ヤン・ウェンリーなきイゼルローン要塞など、たんなる辺境の小石でしかないというわけか」

「でも、じつはそうではないのです」

自分自身の思索の軌跡を、ユリアンはたどる。

「皇帝はフェザーンに遷都します。フェザーン回廊が新しい統一帝国を集権的に結合させる動脈になるでしょう。辺境宙域の開発も、フェザーン回廊の方角から進められて、人類社会の拡大それじたいが、フェザーンを中心に進んでいくことになるでしょうね。イゼルローンぬきで歴史も社会もうごいていく。そういう状態をつくりあげるのが皇帝の構想だと思います」

「皇帝（カイザー）がそう考えるのは、まあ当然かもしれん。おれにとって驚きなのは、お前さんがそれを読みとったということのほうだ。戦略的なセンスはおみごとだよ」

キャゼルヌの賞賛にユリアンはうなずいたが、これは肯定ではなく反射的な動作である。ユリアンは必死になって、生前のヤンが思考した戦略地図を再現しようとしていた。けっきょく、自分の器量の範囲でしか判断できないものであるにしても、ユリアンがたよるのはそれしかない。

「もともと、皇帝（カイザー）のイゼルローン親征それじたいが感情の産物だったんですから。皇帝がイゼルローン回廊に固執したのも、そこに要塞があったからではなくて、ヤン提督がいらしたからです」

「ま、そういうことだろうな。ヤンの死と同時に、皇帝は冷徹な戦略家の本分にたちかえったというわけだ。それで、今後の展開はどうなるとみるかね」

「これは予測ではなくて期待なんですが……」

「おや、言いかたまでヤンに似てきたな」

キャゼルヌがからかうと、ユリアンははじめて笑った。これまで無数に見てきた彼の笑いのうち、もっともおとなっぽい笑いであるようにキャゼルヌには思えたが、これはひいき目であるかもしれない。

「ヤン提督がいつもおっしゃっていたことはイゼルローン回廊の両端に、ことなる政治的・軍事的勢力が存在してこそ、イゼルローン要塞には戦略的価値が生じる、ということでした」

「うん、それはおれも聞いたことがある」

「いまイゼルローンが安泰でいられるのは、皮肉なことに、その戦略的価値を失ってしまったからです。価値が回復されるとき、つまり帝国に分裂が生じるとき、イゼルローンにとって転機がおとずれるでしょう」

「ふむ……」

「どのみち、急速に事態が変わるとは思っていません。国父アーレ・ハイネセンの長征一万光年は五〇年がかりでした。それぐらいの歳月は覚悟しておきましょうよ」

「五〇年後には、おれは九〇歳ちかくになってしまうな、生きていれば、だが」

あごをなでてキャゼルヌは苦笑した。彼は三九歳、まだ少壮のうちにある年齢だが、メルカッツをのぞけば残留組の幹部では最年長なのである。

「しかし、ヤン夫人も、お前さんも、損な役まわりをよくひきうけてくれたよ。ヤン夫人は、自分の政治的地位を権威づけるために夫の名声を利用した、と言われるだろう。お前さんは、失敗すればむろん罵声の嵐だが、成功すれば成功したで、ヤンの余慶をこうむった、ヤンの構想を横奪りした、と言われるだろう」

「なんと言われてもかまいませんよ、成功さえすればね」

それだけがユリアンの言いたいことだった。

こうして七月中に離脱者はイゼルローン要塞からすべて退去した。ここではじめて、残留する人々は新しい組織づくりを開始することができたのである。

残留人員九四万四〇八七名、うち男性六一万二九〇六名、女性三三万一一八一名。女性のたいはんは男性の家族であって、単身者はすくない。人口構成の男女比が不均衡であるのは、さけがたい事情であるにしても、いずれ問題になるであろう。

「そりゃ問題になるさ。男の半分ちかくはあぶれるわけだし、おれとしても、甲斐性のない奴に協力してやろうとはつゆ思わんね」

オリビエ・ポプランはアルコールの残香をおびた声で悠然として宣言し、それを聞いたユリアンは、彼がどうやら精神的失調を回復したと知って、内心うれしく思った。

「それにしても、けっきょくのところ、軍団としての組織は残さざるをえない。だとすると、いっきょに新国家建設とはいきそうにないな」

ではどうするか、ユリアンにはあらたな思案が必要だった。

Ⅱ

ヤン・ウェンリーの死と、皇帝(カイザー)ラインハルトの遷都令発布という激動のうちに、戦乱が一段落して、治安の季節がはじまったかのようにみえる。その季節の幕をあけたともいえるヤン・ウェンリーの暗殺実行者たちのなかで、あらたな季節を楽しみえた者は、その功績にもかかわらず、ひとりも存在しなかった。

ヤンの暗殺に使われた二隻の帝国軍駆逐艦はすでに六月上旬に発見されていた。一隻は残骸となってレダⅡ号付近の宙域にただよい、いま一隻はヤン・ウェンリー暗殺の成功後、逃亡中をビューロー大将麾下の巡航艦グループに捕捉された。停船命令を無視して発砲しつつ逃走をはかったが、もとより成功するはずもない。十数本のビームを集中され、搭乗員もろとも火球となって消滅した。

こうして、ヤン・ウェンリー暗殺の実行犯たちは、ことごとく〝殉教〟をとげたわけである。直接にヤンを撃った人物については、ついに姓名が知られることなく終わった。

ヤン・ウェンリーの暗殺犯が帝国軍の将兵をよそおった一件にかんしては、むろんただちに捜査の手がのびたが、一〇名ほどの士官や下士官の自殺によって、追及は不可能とはいわぬまでも、きわめて困難なものとなってしまった。彼らが殉教者の自己陶酔を満足させたことはあきらかであった。

オスカー・フォン・ロイエンタール元帥は新領土(ノイエ・ラント)総督として、階位は各省尚書と同格であり、軍務と政務を統轄する範囲は、昨年までの自由惑星同盟(フリー・プラネッツ)の全域におよぶ。麾下の軍隊は、艦艇三万五八〇〇隻、将兵五二二万六四〇〇名に達する。この軍隊の総称は、〝新領土治安軍〟というのだが、非公式ながら総司令官の個人名から〝ロイエンタール軍〟とも呼ばれる。

彼が強大な権力を行使する本拠地としてえらんだのは、かつてしばしば同盟政府の祝宴や会合がおこなわれた高級ホテル『ユーフォニア』で、ここに総督府が開設された。

将兵五〇〇万といえば、自由惑星同盟末期の総兵力を凌駕するほどの大軍である。一臣下が指揮するには巨大すぎる物理力であったかもしれない。ともすれば望郷の念にかられがちな五〇〇万の将兵を統御しつつ、昨日までの敵国を支配せねばならぬロイエンタールの責務は、凡庸な人物なら圧死しかねないほどに重いものであった。

ロイエンタールは平然としてその任に就いた。彼の処理能力は、戦場以外の場所においても充分に有効であることが、短時日のうちに証明された。この年七月末までに、旧自由惑星同盟の市民たちは、積極的にとはいえぬまでも、総督の統治を受容するようになっていた。市民の消費生活と治安は、まず同盟末期の水準を下まわることはなかった。治外法権の対象として五〇〇万の帝国軍が存在するが、現在のところ軍紀は厳正で、兵士による兇悪な犯罪は発生していなかった。むしろ、統制を失った旧同盟軍の脱落者による犯罪のほうが問題になったほどである。

ロイエンタールは自己の職権を軍事・治安と政治の二分野に分かち、それぞれに補佐役をおくことにした。軍事・治安方面においては、数年にわたってロイエンタールを補佐してきたハンス・エドアルド・ベルゲングリューン大将が軍事査閲監の座について、総督の代理をつとめることとなされた。

ところが、この人事に、グリルパルツァーやクナップシュタインらはやや不満であった。彼らも大将であるのに、形式とはいえ、同格のベルゲングリューンの下につかねばならぬ。彼らは故レンネンカンプの麾下から一時的にせよラインハルトの直属にうつっていたため、ベルゲングリューンにたいして多少の優越意識があった。

さらに、かつてシュタインメッツ上級大将の麾下で、ガンダルヴァ駐留司令部の総書記をつとめたリッチェル中将が、実務能力と旧同盟の国内事情にかんする知識をかわれ、査閲副総監となった。彼は軍人というより後方の軍官僚であったから、〝回廊の戦い〟に参加せず、司令官とともに戦死することをまぬがれたのである。これは格下の地位であったから、大将たちの不満とは無縁であった。

一日、ロイエンタールは、グリルパルツァーとクナップシュタインの両大将を総督府の執務室に招いて、皮肉まじりにさとした。

「卿(けい)らは軍事査閲監の人事について釈然としないらしいが、ベルゲングリューンは卿らより年長で、大将としても先任である。もし彼ではなく、卿らのうち一名だけを査閲監の任につければ、他の一名は満足してくれるのかな」

　両者とも一言もなく引きさがり、以後、すくなくとも不満を公言することはなくなった。

　いっぽう、政治方面においては、皇帝(カイザー)ラインハルトの推挙によって、本国の内務省次官と民政省次官とを短期間に歴任した技術官僚(テクノクラート)ユリウス・エルスハイマーを補佐役とし、民事長官の座につけた。偶然ながらこの人物は、コルネリアス・ルッツ上級大将の妹の夫にあたる。

　そして高等参事官ヨブ・トリューニヒトである。エルスハイマーが能吏であるとはいえ、旧同盟の国内事情にさほど精通しない以上、その方面における助言者が必要ではあったが、もともと国家と人民にたいする責任を放擲して自己一身の安泰をはかった男に、期待すべきなにものもないように思われるのである。

「皇帝(カイザー)も奇妙な人事をなさいますな。ヤン・ウェンリーが不慮の死をとげたあと、もとの同盟元首を帝国の属僚として帰国させる。民主共和政にたいして皮肉をおしめしになったわけでしょうか」

　ベルゲングリューンは首をかしげたが、ロイエンタールには皇帝(カイザー)の心情が多少は理解できる。いまやこの厚顔な男に、恥をかかせてやるだけが楽しみなのであろう。トリューニヒトは一国の元首兼最高行政官として相応の才幹があった男ではあるが、その行動原理はラインハルトの美意識からは極遠の位置にあるのだ。

「まあ、いいさ。トリューニヒトの能力と知識だけを活用すればよい。奴の人格的影響をうける必要はないだろう」

「使って信じず」とロイエンタールは言った、と公式記録は伝える。金銀妖瞳（ヘテロクロミア）の新総督は、トリューニヒトに不審あるいは不穏な言行がみられたとき、その権限をもっていっきょに処断するつもりであった。さらには、処断する口実をつくるためにも、あえてこの不愉快な男をうけいれる、という一面もあったであろう。

さらに問題となったのは、このころ、イゼルローン要塞を離脱した将兵たちが、ハイネセンへの帰着をもとめてきたことであった。

それを聞いたとき、ロイエンタールは黒と青の瞳に思慮の色をたたえた。リッチェル中将は、先日までの上官を彼らとの交戦で失った記憶が新しく、彼らに好意的ではありえなかった。

「いかがいたします？　離脱したとはいえ、イゼルローン要塞を不当に占拠して皇帝（カイザー）に反抗した輩、無条件で免罪してもよいものでしょうか」

むりからぬ意見ではあるが、ロイエンタールとしては単純に武断に徹するわけにはいかない。

「一〇〇万以上の男女を拘引することなど、現実に不可能だろう。くわえて、旧同盟の人心も考慮する必要がある。彼らの不安を拡大させるのは愚というものだ」

ロイエンタールの指示は、つぎのようなものであった。〝離脱者〟の乗った輸送船は、ハイネセンの第二軍用宇宙港に着陸を許可する。〝離脱者〟中、民間人および非戦闘員については、完全な自由をあたえ今年中に帝国臣民としての公民権を附与(ふよ)する。下士官および兵士については、氏名を登録のうえ、各自、帰宅を認める。

最後に、軍の士官、およびエル・ファシル自治政府の公職にあった者は、氏名と住所、指紋を登録し、今後、帝国政府から正式の処置がくだされるまで、一カ月に一度、総督府に出頭して登録カードを更新せねばならない。

それらの処置をとったロイエンタールが、あらためて考えこんだのは、高級士官リストのなかにムライ中将の名を発見したからである。

ヤン・ウェンリーの参謀長として、堅実な軍務処理と司令部運営によって名声をえた男が、イゼルローンを離脱した。それもみずからすすんで脱落者を統率し、離脱者が多数にのぼったのも彼の行動をみてのことという。

「ヤン亡き後のイゼルローンを見かぎったということでしょうか。人心が永劫のものだなどとは思いませんが、ああも変節されると、他人ごとでも心地よくありませんな」

「そう思うか？　だが、リップシュタット戦役が終結したときのことを思いだしてみろ、ベルゲングリューン。皇帝(カイザー)がみすみす御前に刺客を招じいれられたのはなぜだ？　留意すべき故事とは思わぬか」

上官の金銀妖瞳(ヘテロクロミア)をうけて、ベルゲングリューンは絶句した。三年前、門閥貴族連合の盟主ブラウンシュヴァイク公爵が敗亡したとき、その腹心であったアンスバッハ准将は、主君の遺体をラインハルトの前にひきだした。背信の行為とみえたそれは、ラインハルトの暗殺をはかるためであったのだ。そして身をもってラインハルトをかばったジークフリード・キルヒアイスが、盟友の未来に殉じる結果を生んだのである。

「では、ムライなる人物を検束(けんそく)なさいますか」

「いや、そこまでやる必要はない。いちおう監視だけはつけておけ」

いずれにしても、ロイエンタールはイゼルローンからの離脱者たちに重罰をくわえる気はなかった。彼はむしろ、故人となったヤン・ウェンリーを称揚することで、彼を捨てた者たちにたいする旧同盟市民の批判が高まるであろうことを、このとき計算していたのである。

ハイネセンに流入してきた〝離脱者〟の群のなかに、善良な民間人と称するフェザーン本籍の男がいた。三〇歳前後の、行動的な雰囲気と辛辣な表情をたたえた青年である。

フェザーンの誇り高き独立商人であり、故ヤン・ウェンリーの友人であったボリス・コーネフであった。彼の左右にしたがっているのは、事務長のマリネスクと航宙士のウィロックであった。内国安全保障局にたたかれれば、埃の二、三キロはでるであろう顔ぶれである。

「自由な商人の国だったフェザーンが、皇帝陛下の直轄地、帝政の本拠地になりさがるとさ。長生きはするものじゃないな」

現に地表を踏んでいる惑星ハイネセンのことには、コーネフはあえて言及しない。マリネスクが思慮ぶかげに応じた。

「ですが、フェザーンに政治と軍事の中枢をおいて経済や交通に連動させるとは、皇帝(カイザー)もたんなる武人ではありませんな」

「だからかわいくないんだよ。あれだけ顔がいいんだから、それで満足して、才能だの器量だのは他人に分けてやればいいんだ」

毒づきながら、コーネフが敵意にみちた眼光をむけたのは、総督府後援によるヤン元帥追悼式のポスターである。

「新総督も、喰えない男だぜ。二重三重の政治的効果をねらっていやがる——」

不意に彼は口をつぐみ、ポスターの前を通過していった四、五人の灰色の服の男たちに視線を吸着させた。事務長が不審の視線を、見送る者と見送られる者とに交互にむける。

「どうしたんです、船長?」

「どうしたって、お前、去年おれといっしょに地球というろくでもない惑星に行っただろうが。おれはあの顔を、陰気な地下神殿で見たことがある。主教とか大主教とかいっていたな」

ウィロックが黒い目を光らせた。

「だとしたら、ヤン・ウェンリーを暗殺するよう指示したのは、あの連中かもしれない」

「ふん、充分以上にありうることだ。暗殺現場にいたのは、生きた兇器どもだけだからな。それをあやつった奴らは、どこかで祝杯をあげているにちがいないさ」

怒気を靴底にこめて、コーネフは地を蹴りつけた。

　イゼルローンに連行された三人の地球教徒は、ついに自白しなかったのだ。というより、教団の末端にいる彼らに、もともと重要な機密は教えられていなかったにちがいない。ヤン・ウェンリーは宗派の敵であったから、聖なる意思にもとづいてこれを滅ぼしたのだ、と主張し、殉教をのぞんでやまなかった。バグダッシュ大佐の、かなり辛辣な尋問も功を奏せず、彼らの処分をめぐってはイゼルローンの幹部たちのあいだで多少の論議があった。

　ヤンの死に直面したときに、ユリアンは激情を爆発させて、暗殺者たちを血の泥濘になぎ倒したのだが、あらためて死刑を宣告するとなると、決断を欠いた。処分未定のまま数日が経過するうち、三人の地球教徒は、あいついで自殺をとげた。ふたりは舌を噛み切り、残るひとりは独房の壁にみずからの頭部をたたきつけたのである……。

「ユリアンもな、才能は充分にあると思うんだが、万事にもうすこし横着にならなくてはいかんよ。理想と良識だけで皇帝（カイザー）に勝てるはずがない」

「船長の持論がでましたな。ですが、若いのによくやっていますよ。ヤン提督の遺業を継承しようと、健気なものじゃありませんか」

「いつまでもヤンを教本（マニュアル）にしていてどうする。ヤンは死んでしまったんだぞ。ヤンの奴も奴だ、皇帝（カイザー）と決戦して斃れるならともかく、あんな期待はずれの死にかたがあるものか」

「彼に罪はない。罪は地球教徒にあります」

「わかっている、だからこうやって尾行しているんじゃないか」

裏街にはいって、彼ら三人の尾行は二〇分間ほどもつづいた。やがて灰色の服の群は、一軒の邸宅の裏門に吸いこまれた。充分に時間をおいてから、ボリス・コーネフは高い石壁にちかづいた。表札の文字を視界にはしらせて、彼は低く笑った。それは〃ヨブ・トリューニヒト〃と記されていたのだ。かつて同盟最高評議会議長の私邸であったこの宏壮な家は、ちかく肩書を変えて帰宅する主人を待ちうけるような静寂さのうちにある。

「こいつは、ハイネセンでもなかなかおもしろい劇を見物できそうじゃないか。しばらく居すわってみてもいいな」

Ⅲ

どれほど大それたことであるか、どれほど分をわきまえないことであるか、ユリアン・ミンツは自分の新しい地位について充分に承知していた。自分は経験はむろん、才能も器量も、遠くヤン・ウェンリーにおよばない。自分にできることは、〃ヤン提督ならどうするだろう〃とみずからに質問し、彼の記憶力と理解力のすべてをあげて、ヤンの生前を再生することだけだ。

それにしても、なんと早く、しかも予期しえぬ状況で、ヤンはユリアンの前から去ってしまったことであろう。

「いい人間、りっぱな人間が、無意味に殺されていく。それが戦争であり、テロリズムであるんだ。戦争やテロの罪悪はけっきょくそこにつきるんだよ、ユリアン」

わかっていた。否、わかっているつもりだった。だが、現実として受容するのはたえがたかった。ヤン・ウェンリーが蒙昧な反動主義者のテロで無意味に殺されたということはたえがたかった。ヤンの死を意味あるものにしたい、と考えるのは、テロの効用を認めることであり、生者が死者の尊厳を政治的に利用することになってしまうのだろうか。だけど、と、ユリアンは思う。自分たちにはヤンが必要なのだ。自分たちが、ヤンの遺した民主共和政治のささやかな芽をまもるためには、死者にすら協力してもらわねばならない。

個人的な名望にたよらざるをえない民主共和政治――生前のヤンをなやませた矛盾は、ヤンの死によって軽減されることがなかった。なぜなら、ヤンの妻フレデリカにしても、ヤンの軍事的・政治的な思想の後継者であるユリアン・ミンツにしても、ヤンの生前の虚像を拡大することによってのみ、ヤンの理念が現実の地平上に具体化することを可能としえたからである。皇帝ラインハルトと彼の帝国による、宇宙の専制的統一がほとんど完遂されたこの時期、民主共和政治の理念は、〝民主主義擁護の英雄たるヤン・ウェンリー〟の理念として、はじめて専制政治の激流に拮抗し、存在をつづけることができたのである。

生前のヤン・ウェンリーが痛切に希求して、ついにえることがかなわなかった〝民主主義の人格化としての個人〟を、ヤンの後継者たちは見つけることができた。それはつまり、〝死せるヤン・ウェンリー〟であったのだ。

　後世の歴史家のひとりは、つぎのように記している。

「……ともに自由惑星同盟(フリー・プラネッツ)の末期をささえた名将の死でありながら、アレクサンドル・ビュコックの死とヤン・ウェンリーの死は、その意味をおなじくするものではない。ビュコックの死は、自由惑星同盟という国家によって象徴される民主共和政治の終わりであった。ヤンの死は、同盟という国家の枠に束縛されることのない、民主共和政治の精神の再生であった――すくなくともその可能性はきわめてゆたかであるように、後継者たちには思われたのである。また、そう思うのでなければ、彼らは自分たちのおかれた状況にたえられなかったであろう。ヤン・ウェンリーは彼らにとって不敗ばかりか不死の存在ですらあった……」

　ユリアンは、悲哀と、暗殺者にたいする憎悪のなかで、あることに気づいた。

「でも、そうだ、ヤン提督は不敗のまま逝った。誰もあの人を負かすことはできなかったんだ。皇帝(カイザー)ラインハルトでさえも……！」

　それがせめてもの慰めになるのだろうか。ユリアンはフレデリカの言葉を思いだし、胸郭の内側に小さい、だが鋭角的な棘の存在を感じた。生きていてほしかった。たとえ連戦連敗でもいいから。

ヤン・ウェンリーは、すでに記録と回想のなかに存在するだけだった。だが、逆にいえば、彼の死にもかかわらず、回想は豊穣であり、記録は不滅だった。エル・ファシルにはじまり、アスターテ、イゼルローン、アムリッツァ、バーミリオンとつづく彼の不敗の軌跡を抹殺することはなにびとにも不可能なはずである。もし可能であるとすれば、ローエングラム王朝の後継者が全宇宙を制圧し、始祖を神格化し、その神聖を侵すとみられる史実を抹殺しようとするときであろう。だが、ゴールデンバウム王朝すら、始祖ルドルフの悪業を後世に隠しとおすことはできなかった。剣はペンにたいして一時的な勝利しかなしえないのだ。

かつてユリアンはヤンに勧めてみたことがある。

「提督がこれまで経験してこられた戦闘のかずかずをまとめて、戦術理論書をお書きになったらいかがですか」

ヤンは勢いよく頭をふったものだ。

「そいつはだめだね、戦略には法則があるし正しい姿勢もあるが、戦術の展開はときとして理論をこえる」

さらに彼は自論を展開した。

「戦略は正しいから勝つのだが、戦術は勝つから正しいのだ。だから、まっとうな頭脳をもった軍人なら、戦術的勝利によって戦略的劣勢を挽回しようとは思わない。いや、正確には、そういった要素を計算にいれて戦争を始めたりはしないだろうよ」

「だから、そういうお考えを書かれるべきではないのですか」

「めんどうだよ、お前が書いて私のことを賞めたたえてくれたらうれしいな。どうせだから、知性と魅力にあふれた静かなる男だったと書いてくれよ」

自分にかんする話題はなんでも冗談に帰着させてしまうヤンだった。

さらには、〝共和革命戦略〟についても、ヤンは語ったことがある。イゼルローンを再占拠したのちの一日である。

「吾々（われわれ）は、イゼルローン要塞を占拠するという途（みち）をえらんだが、ほんとうはもうひとつ選択肢がなかったわけじゃないんだ」

それは、革命軍の移動する先々に、共和主義の政治組織を遺してゆくというやりかたである。あえて単一の根拠地にこだわらず、広大な宇宙それじたいを移動基地にして、〝人民の海〟を泳ぎまわるのである。

「むしろそのほうがよかったかもしれないな。イゼルローンの幻影に固執していたのは、私のほうだったかもしれない、帝国軍の連中ではなくて」

後悔というほどの強烈な思いではないにしろ、ヤンには残念に思う気分があるようであった。ヤン家の一員になって以来何千杯めかの紅茶を彼の前にさしだしながら、ユリアンは当然すぎるほどの質問をした。

「どうしてそれが不可能だったのです？」

ヤンの戦略構想が無に帰し、次善をとらざるをえなかった理由を、ユリアンは知りたかった。可能であれば、最善の途(みち)をヤンはとったにちがいないのだから。

「資金(かね)がなかったからだよ」

即答してヤンは苦笑した。

「笑うしかない真実、とはこれだな。吾々はイゼルローン要塞にとどまっているかぎり、食糧も武器弾薬もどうにか自給自足できる。ところが……」

ところが、イゼルローンを離れて行動すれば、定期的な補給が必要不可欠になる。バーミリオン星域会戦のときには、同盟軍の補給基地を利用できたが、今回はそうはいかない。物資の提供にたいしては金銭で酬(むく)いねばならないが、資金がなかった。掠奪は絶対に許されない立場である。自給自足しえる根拠地にたてこもらざるをえなかった。最初に充分な兵力があれば、ガンダルヴァの帝国軍基地を急襲し、その物資をえたのちに方向を転じる方法もとりえたが、それがヤンに具(そな)わったのはイゼルローン占拠後のことだ。

「戦術は戦略に従属し、戦略は政治に、政治は経済に従属するというわけさ」

いま、ユリアンたちの基本戦略も長期的でなくてはならなかった。皇帝(カイザー)ラインハルトとローエングラム王朝と銀河帝国とは、現在、同一の存在である。まず、ラインハルトの政戦両略の方向をつねに把握しておく必要があった。

だが、皇帝ラインハルトの在世中に、事態が好転しなければ、共和政府は彼の後継者を対立ないし交渉の対象とすることになる。ラインハルトが結婚して世嗣をもうけている場合と、後継者なく死去した場合とでは、当然ながら対応はことなってくるであろう。後者の場合にかぎっても、混乱のあとにあたらしく統一的な指導者が誕生するか、長く混乱と分裂がつづくか、それによって対応がことなってくるのだ。コンピューターなら〝データ不足、予測不可能〟と答えて責任を放棄しうるが、人間はそうはいかない。より多くの情報を集めるため、ボリス・コーネフに依頼してハイネセンへおもむいてもらうなど、対処に追われるユリアンであった。

一日、フレデリカが執務室でお茶を飲んでいるところへ報告書と決裁書の小山をかかえておとずれたユリアンは、ヤン未亡人の顔色が気にかかった。

「お疲れでしょう、ヤン夫人」

「すこしね。でも、よくわかったわ。自分の構想をもって事業をすすめるのと、あたえられた権限の範囲のなかで事務を処理するのとは全然ちがう……」

紅茶をひとくちすすって、フレデリカは大きく息をついた。

「これからは自分で自分の行動原理を創りだしていかねばならないのね。わたしもだし、ユリアン、あなたもね」

「ええ、ほんとうにそうですね」

単純な述懐の小舟に、巨大な実感がのりこんでいる。生前のヤン・ウェンリーが昼寝をしたり紅茶をすすったり三次元チェスの連敗記録を更新したりする合間に、どれほど膨大な知的作業を進行させていたか、ユリアンはほとんど驚異すら感じている。

ヤン・ウェンリーの生前の言動や思考について、ユリアンには膨大な記憶があった。それが量的に増加することは、もはやない。若者はそれを整理し、系統だて、彼にかせられた責任を実行するときの指針とせねばならなかった。

彼の若い生命力と疲労とが、心身の両地平で支配権をあらそっている一日、食堂でひとり機械的に食事をすませた彼の眼前に、一杯の紙コップがおかれた。

「これ、お飲みなさいよ」

ユリアンはまばたきした。自分にしめされた好意の存在が、即座には信じられなかったのだ。彼の視線のさきにたたずんでいるのは、カリンことカーテローゼ・フォン・クロイツェルだった。紙コップのなかには黒と茶色の中間色をした液体がみたされている。コーヒーとも紅茶ともことなる匂いが嗅覚を刺激した。

「……ありがとう」

表現しがたい色彩と匂いをもつ液体は、その味もまた想像の外にあった。ユリアンの表情のうごきを、しかつめらしく見まもっていた少女がわずかに皮膚表面の薄氷をとかしたようだった。

「料理じゃないんだから、薬なんだから、まずくったって当然なのよ。クロイツェル家伝来の、疲労回復薬。原料と製法は秘密。飲んだ人の精神的安定のためにね」

青紫色（パープル・ブルー）の瞳から放たれる光を、カリンは水平移動させた。三年前の〝最盛期〟に比して、イゼルローンの人口は五分の一になってしまい、人影が視線の直進をさえぎることもすくない。

「りこうな人たちが皆、でていってしまって、イゼルローンもなんだかだだっ広くなってしまったわね」

「きみはでていかなかったんだね？」

「おあいにくさま、わたし、転居（ひっこし）は好きじゃないの。それに、フレデリカ・G（グリーンヒル）・ヤン夫人を敬愛しているもの。あの人を助けてあげたいと思うわ」

それはたいそう心地よい決意の表明だった。クロイツェル家の伝統ある薬よりも、この言葉のほうがユリアンの疲労を、陽をうけた霜のようにとかしさっていった。

「だって、あたりまえでしょ。フレデリカさんの姿を見て助けてあげようと思わないなんて、女の風上にもおけやしない」

「男だってそうだよ」

よけいな一言だったかな、と思ったが、カリンは反発してみせるより無視してかかるほうをえらんだようである。かたちのいいあごに指先をあてていた。

「フレデリカさんは一年、わたしの母はたった三日、相手の男といっしょに暮らしたのはね」

母親の相手の男、とやらについて語る意思はカリンにはなさそうで、話題はフレデリカにかたよった。

「わたし、フレデリカさんに失礼な質問をしたことがあるの。ヤン提督のどこがお気に召したんですかって。そのときのフレデリカさんの誇らしげな表情ったらなかったわね。答えはこうだったわ——あなたも、あたえられた責任をはたそうとする男の人を目前に見てみたら、って」

カリンの視線は、美術品の真偽を鑑定しようとこころみるように、ユリアンにそそがれている。鑑定の対象は小さく肩をすくめた。

「はたさずにすむなら、そうしたいよ。でも、誰に代わってもらうわけにもいかないしね」

自分は未熟なんだから、というのはじつはとんでもない過大評価かもしれない。成熟しきった才能で、このていどが限界なのかもしれないのである。

「あんたは自分が未熟だと思ってるらしいし、またそのとおりなんだろうけど、未熟を恥じることはないわ。わたしなんか未熟を売りものにして、けっこう快適にやってるわよ」

薄くいれた紅茶の色の髪を、カリンはわずかに揺らした。青紫色の瞳が、虹の一部を切りとったようにきらめいている。

「さすがにシェーンコップ中将の娘さんだ」

とユリアンは奇妙な感銘をうけたが、それを口にだすことはさけた。彼女のしめしてくれる親和の情を、恒久的なものと思っていいかどうか。いや、そもそも親和とすら言えるものではない。妥協か、あるいはたんなる気まぐれでしかないかもしれない。

「フレデリカさんは、ほんとうにえらいわ。でも、それだから男がつけあがるのかもしれない。ヤン提督のことじゃないけど、女の寛容さにつけこむ無責任な男なんて最低よ！」

ユリアンにむけられた弾劾でないことは明白だったが、当事者にかわってユリアンはかるく首をすくめた。当事者であれば鼻先で笑ってうそぶいたことであろう――男についてうんぬんする気なら、男の一ダースも手玉にとってからにしろ、とでも。

ふたりの背後に大きな観葉樹の鉢があって、そのさらに後方で、ふたりのひま人が空のコーヒーカップを前に、換気システムの風にのってはこばれる会話の断片をひろいあげていた。オリビエ・ポプランが、人が悪いだけともいえぬ微笑をたたえて、ユリアンとカリンの姿を遠く見やっている。

「やれやれ、父娘（おやこ）の仲が修復するより、あちらが中途半端に修好状態になったらしいな。自分ではなにもせずに、きれいな女の子がよってくることにかんしては、ユリアンの運命はヤン提督ゆずりにちがいない」

「言っておくがな、たったひとりだぞ」

「ひがんではいけませんな、アッテンボロー提督。女に関しては1の下は0。コンマいくつなんてのはないんですから」

「誰がひがんでる？　お前さんと価値観のことなる人間も世の中には存在するんだ」

「伊達と酔狂が革命にしかむかわない御方がね」

ふたりは若い肉食獣のような笑顔を見せあうと、しめしあわせたわけでもなく、同時に視線を転じてユリアンたちを見やった――つもりだったが、彼らはすでにたち去ったあとで、トラブル大量生産者たちの視線は宙に流れてしまった。

「まあなんだな、若い連中が角つきあわせず、精神的成長をしめしてくれるのはいいことさ」

自分自身が青二才よばわりされる年代であるのに、もっともらしくアッテンボローがつぶやくと、ポプランがおもおもしく同調するふりをした。

「青春が革命だけじゃわびしいですからね、けっこうなことです」

真剣さと冗談と、二本のレールに車輪をかけて、ともかくもイゼルローン急行は日々に前進をつづけつつある。

「私たち自身の公式名称ですが、共和国と称してしまうと、帝国政府との関係に修復と妥協の道がなくなります。それに、国家・政府・軍、三者の関係も複雑になりすぎるでしょう。小さな組織にふさわしく、適当な名称がありませんかしら?」

フレデリカに言われると、シェーンコップ、アッテンボロー、ポプランといった反謹厳な男たちさえ、まじめに考えこむ。このあたりが、彼女を主席とした最大の事情であったかもしれない。

やがてポプランが緑色の瞳に光を踊らせた。

「イゼルローン・コミューン。韻を踏んでいて、なかなかいいでしょう」

間髪をいれずダスティ・アッテンボローが叫んだ。

「却下！」

「どうしてです。貧しい趣味だけでことを判定しないでほしいですな」

「革命史上、コミューンと名づけられた革命組織はすべて中道で失敗している。おれはこのイゼルローンを民主共和政治の墓地になんぞしたくないからな」

意外にアッテンボローが真剣なので、ポプランとしてもそれ以上まぜかえす気になれなかったようである。

思案の沈黙は、だが、長くはつづかなかった。カスパー・リンツ大佐が愛想のない口調で発言したのだ。

「名称だけ奇をてらっても意味がありませんよ。ヤン提督はそういうことがお嫌いでした。永久的なものではないし、イゼルローン共和政府でよくはありませんか？」

賛成者多数というより反対者なしで、ごく無害な名称が採用された。この芸のない名称が、歴史上に魅惑のかがやきを不滅なものとするか否かは、今後にかかっていた。

ただ、その当時から、エル・ファシル独立政府との区別を容易にするために、この組織には〝八月の新政府（ニュー・ガバメント・イン・オーガスタ）〟ないし〝八月政府〟の異称が知られている。

主席たるフレデリカのもとに、すくなくとも彼女を補佐する部局をおく必要がある。それを決定するのに、また協議が必要だった。自由惑星同盟（フリー・プラネッツ）の初期の組織を参考に、三度にわたる協議がかさねられた。

最終的に、官房、外交・情報、軍事、財政・経済、工部、法制度、内政の七部局に整備された。小さな組織のなかに、多数の部局をおいても繁雑なだけである。

工部局というのは、名称にしても内容にしても、帝国の工部省を模したものであるが、よいものを借用するにはばかることはない、と、結論が一致したのだった。要塞内の非軍事的ハードウェアやエネルギーのすべてをここで管理するのである。

部局が誕生すれば、当然ながら責任者をおかねばならない。さしあたり、軍事局長には軍政と補給の権威（オーソリティー）であるキャゼルヌが就任したが、ほかの人事は未定のままである。それでも、ユリアンはそれほど悲観的ではなかった。

国父ハイネセンが長征にともなった人々のなかに、帝国の重臣や富豪や知名士はひとりもいなかった。反専制の思想ゆえに、長きにわたって虐待と抑圧をうけてきた無名の人々が、半世紀にわたる苦難の旅にたえ、それにつづく建国の大業をなしとげたのだ。フレデリカやユリアンにかぎらない。誰でも最初から高名な存在、成功と栄誉にかがやく偉人ではありえないのだ。

「アーレ・ハイネセンとヤン・ウェンリーの肖像をならべて、総会議場と中央委員会と主席執務室、それに革命軍司令部の四カ所だけに飾りましょう。あとの公的な場所には禁じます。英雄崇拝になってはいけないから……」

フレデリカの提案がユリアンの頬をかるくほころばせた。フレデリカと結婚したときのヤンのしかつめらしい表情を思いだしたのだ。

「国父とならべられて、ヤン提督はさぞてれるでしょうね、柄じゃないといって」

「あの人は天上（ヴァルハラ）なり来世なりでのんびり寝ていたいでしょうけど、せめてあの人の遺した作品がどういう結末をとげるか、それぐらいは見ていてもらわなくてはね」

……こうして宇宙暦（SE）八〇〇年、新帝国暦二年の八月八日が来る。ヤン・ウェンリーの死から六九日後である。

イゼルローン共和政府の樹立が正式に宣言される日、フレデリカ・G（グリーンヒル）・ヤンは、セラミック・ケースにおさまった夫の遺体にあいさつしたあと、ユリアン・ミンツにともなわれて式典の会場へおもむく。

「あなた、見ていてくださいますね?」

彼女をおきざりにして行ってしまった夫、彼女の人生を二度にわたって変えてしまった男に胸中で呼びかけながら、フレデリカは壇上に歩む。吹き抜けの広大なフロアを埋めつくした数万人の男女が、視線と熱気を彼女に集中させる。マイクをとおして、彼女の声が、宇宙の一隅から全人類に小さな小さな芽の存在を告げる。

「わたくし、フレデリカ・G（グリーンヒル）・ヤンは、ここに民主共和政治を支持する人々の総意にもとづいて宣言します。イゼルローン共和政府の樹立を。アーレ・ハイネセンにはじまる自由と平等と人民主権への希求、それを実現させるための戦いが、なおつづくのだということを……」

その声は大きくも高くもない。フレデリカが呼びかける相手は、極端にいえばただひとりである。彼女は自分が代理者であることを知っていた。

「この不利な、不遇な状況にあって、民主共和政治の小さな芽をはぐくんでくださる皆さんに感謝します。ありがとうございます。そして、すべてが終わったときには、ありがとうございました、と、そう申しあげることができればいいと思います……」

彼女の声がとぎれると、一瞬、数万の静寂が会場をみたしかけたが、それはユリアン・ミンツ、ダスティ・アッテンボロー、オリビエ・ポプランらの主導する叫び声にとってかわられた。

「イゼルローン共和政府ばんざい！」

「くたばれ、皇帝(カイザー)ラインハルト！」

歓声とベレー帽が乱舞し、無数の腕が宙へ突きあげられた。


宇宙暦(SE)八〇〇年、新帝国暦二年の八月八日。イゼルローン共和政府が誕生する。帝国との人口比は四〇〇億対九四万、であり、全人類の四万二五〇〇分の一だけが、なお民主共和政治の旗をかかげている。

ローエングラム朝銀河帝国は、なお全宇宙の完全な統一をなしえない。ヤン・ウェンリーの急逝が、その促進と遅延と、いずれに貢献するか、予測しえる者は生者のうちに存在しなかった。

軍事上の常識

波多野　鷹

『銀河英雄伝説』は〝軍事色の強い未来史もの〟という体裁をとっているし、そう読まれることが多いだろう。トクマ・ノベルズ版十巻のあとがきでは、著者自身、〝架空歴史小説〟と規定している。

だが、私は、タイトルと、第十巻の最後のセンテンスを優先し、〝銀河の英雄たちの伝説〟を描いた試みと解釈したい。

解説というのは大筋で誉めるものと決まっているが、『銀英伝』が〝軍事色の強い架空歴史小説〟であるとすると、〝『銀英伝』に欠点があるといったところで、それを誹謗（ひぼう）することにはならない。欠点のない小説など存在しないからである〟という、やや苦しい論法を使わざるを得ない。が、〝銀河の英雄たちの伝説〟であるとすれば、「『天体望遠鏡が顕微鏡の機能を併有していなかったとして非難するがごときは、私の採らざるところである……』」と言い得、気持ちよく賞賛することができるからだ。

というのも、『銀英伝』においては、〝軍事色の強い未来史もの〟であるならば必須であろう軍事の具体的側面が、おそらくは、〝作者が承知してやっていること〟なのだろうが、いっそ潔いほど、描かれていないからだ。

『銀英伝』にはたくさんの兵器が登場するが、それぞれがどういう性能を持っているのかはほぼ全く、描写されない。スパルタニアンやワルキューレにはいくつものサブタイプがあってもよさそうだが、描かれない。艦と呼ばれるような大物ならば、個艦ごとに改装歴があってしかるべきだが、触れられない。わかるのはユリシーズのトイレは修理されたのだろう、という程度だ。

さまざまな火器の名前は出てくるが、その使い分けはわからない。

さまざまな艦種があることはわかるが、詳細は書かれない。高速艦が普通の艦にくらべてどれだけ速いかも描かれない。防御力に優れた艦は出てくるが、これまた、その程度はわからない。

「司令官自身の陣頭指揮による一撃離脱戦法という、おそるべき用兵案」がどうおそるべきなのか、「『これだけ重厚な布陣を、少数の艦艇で完成させるとは、おそらくメルカッツの手腕だろう。まだまだ、宿将の手腕も衰えを見せないな』」がどういう意味なのか、艦種ごとの要因があればよりイメージしやすい。あるいはまた、「『今回かぎりだ。これで勝ったら、二度とこんな邪道は使わぬ』」と描かれる敵前旋回がどの程度のリスクをとったもので、なぜ邪道なのかについても同様だ。

「帝国軍の新兵器などというものをヤンは恐れない」、「どれほど強力なものであれ、兵器や要塞などのハードウェアを恐れたことは一度もない」は見識であるが、同時に、「勝敗。競争。それらはあくまで相対的なもので、相手より一歩先んじ、一枚うわまわればそれですむ」ことでもあれば、兵器の性能というのは本来無視してすむものではない。

索敵や通信、通信妨害に用いられる機器についても触れられることはない。索敵・通信・通信妨害の詳細、また、あるクラスの艦がどれだけの燃料消費率で、どれだけの補給を必要とするかというような詳細は、

「『正しい判断は、正しい情報と正しい分析の上に、はじめて成立する』」

「『戦争でもっとも大切なのは補給と情報だ。このふたつができなければ、戦闘なんてできやしない』」

「『情報の収集と分析をおこたって勝利をえた者など、戦史上にいない』」

といった考えの良き具体例となったであろうに。

が、これらも〝作者が承知してやっていること〟と思われる。なぜなら、それらを書くためには、兵器の原理に触れないわけにはいかないからだ。ところが、ここに深入りすると、世界

の設定が著しく困難になろうし、優先して描くべき対象から紙幅を奪うことにもなる。

兵器の原理は即物的なほど、使える物理法則に縛られる。たとえば、火薬で打ち出す砲弾で秒速二キロメートルを超えることは難しい。なぜなら、どんなたくさんの火薬を使っても、火薬ガスの膨張速度以上の速度を砲弾に与えることは不可能だからだ。だからこそ、レールガンやコイルガンが模索される。

ワープが可能であり、超高速通信が可能であり、重力制御が可能な世界で、しかも目指すところがハードSFでないのに、原理に触れようとするのは「『無益だけならまだよいが、有害』」ということになる。

兵器や火器、およびそれらの原理に関する描写それ自体はある。ウラン238弾、炭素クリスタル、水素と弗素の反転分布照射、ゼッフル粒子……。だが、注意深く読むと、それがおそらくは細心の気遣いの元、雰囲気を醸し出すためにだけに、あえて有機的にならないように配置されたものであると知れる。

下士官兵の生活も、ほとんど触れられることはない。なにも帝国軍や同盟軍が旧日本軍と似た雰囲気であるべしというのではないし、同じ俗語をつかえというのでもないが、あえて旧日本軍の俗語から見てみれば、レスのエスの、そこへ携える鉄兜か突撃一番、軍資金調達に一札いれて前借りする、上番・下番、員数と要領、酒保、それでも足らずに飲食物をちょろまかすギンバエ、といった猥雑な側面が兵隊生活には色濃くある。式典の場でもなく戦闘後にビールを飲みながらでもない日常の場面にも軍楽や軍歌があり、兵隊暮らしに彩りを添えていたはずだ。その欠如も、海軍軍楽隊長のひ孫であるところの私としては少しく寂しく思える。

部隊の編制についても同様だ。これは、キルヒアイスが率いた八百隻の内訳にも通ずることだが、同時に、下っ端たちの日常にも密接に繋がる。兵籍番号、ドッグ・タグ、内務斑、バディとしての戦友、分隊、士官室士官と士官次室士官、特務士官との違い……。何万隻、何百万人がいれば、〝艦隊〟というくくりで足りるはずもなく、戦場における臨時の分派ではない制度として、軍中枢から末端に至るまで大小さまざまな枠組みがあったはずなのであるが……。

さらに、その国ごとの軍事ドクトリンも描かれない。

たとえば、現在の航空機の運用を考えてみよう。アメリカ式だと、高性能なレーダーを積んだ早期警戒機を滞空させ、情報・通信上にハブを設ける。戦闘機はほぼ一方的に使われる側となる。

ロシアであると、専用の早期警戒機を持つのではなく、戦闘機にもある程度の発信能力を持たせ、ネットワークで対応しようとする。

これは単に技術の優劣というものではなく、考え方の相違である。

あるいは有名なジョーク。

……イスラエルとアラブ諸国が戦った六日間戦争のとき、エジプト軍はソ連の軍事顧問の指導の下、後退を繰り返した。

たまりかねたエジプトの将軍が尋ねた。

「いったいいつまで後退し続ければいいのですか？」

軍事顧問は答えた。

「雪が降るまでだ」

あるいはまた。

フランスの兵器「何がしたかったのかはわかるが、やりかったことというのはその程度なのか？」

イタリアの兵器「どうしてそうなるのかはわかるが、そうするしかないものなのだろうか？」

イギリスの兵器「何がしたかったのかはわかるが、どうしてこうなったのかはわからない」

ソ連の兵器「どうしてこうなったのかはわかるが、何がしたかったのかはわからない」

ドイツの兵器「こうするしかなかったのはわかるが、そこまでしてやる理由がわからない」

日本の兵器「こうするしかなかったのはわかるが、まさか本当にやるとは思わなかった」

アメリカの兵器「必要なのはわかるが、そこまで沢山作る理由がわからない」

フィンランドの兵器「ここにあるのはわかってるけど、どこから拾ってきたのかわからない」

ジョークを解説する野暮（やぼ）はすまいが、それぞれの軍には固有のドクトリンがある。癖といってもいい。日本海軍ではラムネが、アメリカ海軍ではアイスクリームが好まれるなどというあたりも含めて。

帝国軍と同盟軍の間にもこのような色合いの違いがあれば、一興（いっきょう）ではあっただろう。

これら軍事の具体的側面がもし描かれていたとするなら、『銀英伝』にいささかの風味を付け加え得たであろう。


だが、〝銀河の英雄たちの伝説〟という主題を描き出すにあたっては、それらは余分な雑味（ざつみ）、夾雑物（きょうざつぶつ）なのではあるまいか？　このあたりが〝作者が承知してやっていること〟（の一端）ではないかと思われる。

『銀英伝』で描かれる英雄たちとは、まず第一に用兵家である英雄たちであるからだ。ことに、〝知的ゲームとしての戦略戦術〟の名手、わけても、〝敵の心理を読む〟上手に重点的に光が当てられている。


ランチェスターの法則、というものがある。

戦史に当てはめたときには、常に正しいとは限らない。

「戦術の展開はときとして理論をこえる」、「戦術理論とは異なる平面で発火した士気（モラール）ほど、用兵家の計算を狂わせるものはない」といったことがあるからだ。だが、「まっとうな頭脳を持った軍人なら、戦術的勝利によって戦略的劣勢を挽回しようとは思わない。いや、正確には、そういった要素を計算に入れて戦争を始めたりはしないだろう」、「結果として、精神力で勝ったということはある。けれど最初から精神力を計算の要素にいれて勝った例は、歴史上にひとつもないよ」というように考える際には有用なツールだ。

通常は数式で表されるが、縦書きに馴染むように書き換えるとこうなる。

第一法則。

両軍から一人（機、台、隻）ずつ進み出て最後まで戦うような戦闘では、強さは、戦闘単位の個の強さ×戦闘単位の数で表される。

同、第二法則。両軍の全員が参加できるような戦闘で最後まで戦う時には、強さは、個の強さ×数の二乗で表される。

これを基本に〝知的ゲームとしての戦略戦術〟を心理面に重点を置いて考えようとするとき、戦闘単位の個の強さまで知的ゲームの要素として加えるのは難しかったであろう。ゲームそれ自体の複雑さやその解説の困難度は別として、ゲームのルールの解説では、駒ごとの動きが異なる将棋やチェスより、そうした差異がない囲碁やオセロのほうが簡便ですむのと同じことだ。

ランチェスターの法則では、数が多い方が有利なのはどちらも変わらないが、有利さの度合いは第二法則でより大きくなる。大軍は第二法則が効く戦闘となるように工夫すべきであり、他方、寡兵であれば、第一法則が効く戦闘とすべく努力する。

開けたところで入り交じって殴り合ったり、石を投げ合うときは第二法則が効くが、断崖にかかった吊り橋の中央が戦場になれば、戦える人数は橋の幅で決まる。大軍側はより大きな人数、割合で遊兵を作ってしまう。イゼルローン回廊での戦闘にこの例は散見される。敵の二割の戦力であっても「包囲されないかぎり、ラインハルトとしては恐れる何物もなかった」となったのがそうであるし、「『遊兵をつくってしまった、何というぶざまさだ』」とのつぶやきもそうである。

とはいえ、第一法則に従う戦場であっても数の差はいずれは効く。味方の殺しかたの効率としては誉められないが、交換比率一対一であっても、残るのは多い方だ。だから「『大軍に区区たる用兵など必要ない』」のだし、寡兵しか与えられなかった側は心理的なトリックなど、単純な戦闘屋には務まらない工夫をしているわけだ。

分進合撃しようとする同盟軍をラインハルトが各個撃破した作戦案であれば、機動のための空間は十分にあるので、第二法則が支配する戦場ということになる。二万対四万、個々の戦闘力に彼我違いなしとすると、戦力比はそれぞれの数の二乗であるから、四対一六。まともに戦えば、ラインハルト軍は全滅し、一六引く四の一二の平方根である約三万五千隻の同盟軍が残ることになる。

ところが、まず二万で一万二千に、次いで一万三千に、最後に一万五千にあたるならば、計算がまるで違ってくる。

慎重な性格の読者におかれては、計算が合わない、と言われるかもしれない。同盟第四および第六艦隊を破った時点でラインハルトの艦隊は一万隻以下になっているはずではないか、と。ランチェスターの法則は、最後まで戦うと仮定したものなので、それを単純に当てはめればその通り。だが、組織的抵抗が終わり、『『残敵など放置しておいてよ』』ければ、多数側はより有利になる。

生身の兵士で構成される陸上部隊でいうところの全滅というのは、兵士全員が死亡、というものではない。兵士のだいたい三割が動けなくなると、組織的な戦闘はできなくなるものとされている。そのときの戦死率はおおむね一割弱ぐらいである。そして組織的な戦闘が不可能になってもなお戦闘を継続すると、損害は急増する。

組織的な戦闘ができないと不利なのは、その理由が緒戦の不利に由来せずとも同じだ。横撃や後背からの攻撃はだから効果的で、だからこそ、心理的なトリックで最初からその態勢に持ち込むことができれば嬉しいわけだ。

ランチェスターの法則も、全滅の定義も、作中、明確に語られることはない。が、詳しく描写や数字を拾っていけば、(ストーリーが要求する特別な場合を除いて)軍事上の常識に叶った設定であり、結果となっていることがわかる。

私事ではあるが、馬術の経験がある。旧軍騎兵出身者(〝バロン〟西中尉と似たような年代で、似たような経歴で、生還された人たちだ）に習ったこともある。

習っていたときにはこちらも幼かったし、馬術のことで精一杯だった。が、長じて、鉄砲はともかく乗るだけなら騎兵の下っ端は務まるぐらいになり、騎兵史など繙くようになると、自分が習った技術が、本来は、露軍伝統の堅固な縦深陣を抜くために培われてきたものだと思い当たり、慄然としたものだ。

縦深陣の目指すところは、突破させないことにある。同一兵力では担当正面が狭く、予備兵力の割合が増す。予備兵力は使う機会がなければ遊兵だ。同じ担当正面幅を守るにより多くの兵力が要るという意味で非効率だ。だが、露軍は伝統的に、大軍をもって寡兵に当たる戦略的正当性を守る。そうであれば、縦深陣はまったく正しい。第一陣が抜かれても騒がず、第二陣が抜かれてもあわてない。

日本軍だって、可能ならそうしたかった。寡兵で大兵に当たる愚は承知している。が、その国力がない。どこかで無理をしなくてはならない。無理の有り様のひとつが縦深突破というわけだ。横撃され槍の穂先が削り取られ細くなりつつも、なんとか中央突破、背面展開に持ち込めば、寡兵たる不利を覆せる。というわけだ。

バーミリオンでは、ヤン艦隊は縦深陣を薄皮一枚ずつ突破し、「鉄壁」をも突破し、堅陣をほぼ抜きかけた。「『戦術レベルでの勝利が戦略レベルでの敗北をつぐなえないというのは軍事上の常識だ。だが、今回、たったひとつ、逆転のトライを決める機会がある』」。露軍の縦深突破を意識していた日本騎兵と同様、邪道を承知で、可能ななかで最大限楽な無理を試みたわけだ。

ここでは、ハードウェアに絡む戦術が描かれない代わりに、どんなハードウェアであっても——馬であっても宇宙戦艦であっても——通底する戦理が描かれる。

当たり前なことというのはたいていそうだけれど、戦理は地味なんである。この地味さを主眼に据えたところに『銀英伝』の功績がある。地味な戦理を用いつつも、お話としては華やかにしたところに功績がある。

その功績はきわめて大きい。軍事上の当たり前を、当たり前として書くのはあまり目立たないけれど画期的であったのだし、さらに、よく売れて、軍事上の当たり前を広めた功績は計り知れない。『銀英伝』をきっかけに軍事趣味を持つようになったり、『銀英伝』の影響を受けた後続の作品で軍事知識を深めたりした人々が、『銀英伝』を顧みて批判するようになるのは皮肉な事態ではあるが、そのこと自体が、『銀英伝』が偉大な先駆者であることの証左でもあろう。

そして、その上で、負けたときこそヒーローが要る（組織が弱いから戦争には負けるし、同じ理由で、個人が繰り返し、長期間前線に在り続けなければならないからヒーローが生まれやすいのかも知れぬ。リヒトホーフェン、ルーデル、ハルトマン、マルセイユ、ヘイヘとコルッカ、ヴィットマン&ヴォル、デーニッツ、プリーン、岩本、西沢、坂井、黒江……。負け組ばかりだ）を発端に、英雄たちが描かれた。ヤンにしてもラインハルトにしても、しかるべき権限を得るまでは、歴史を動かすことは叶わなかった。「『能力と権限の均衡がとれないかぎり、偉大な将帥も実績において偉大ではありえない』」。武運拙く戦死していればそれまでだったのだし、ヤンは、厳しく言えば結局は敗軍の将で終わった。先にあげたエースたち、ヒーローたちとたとえばポプランやイワン・コーネフは概観すればよく似た人生である。いずれも英雄と言うに相応しいが、だからといって戦争には勝てない。

たった一台、たった数機の〝超兵器〟を操る〝スーパーヒーロー〟だけで戦争に勝てはしないことと、同時に、負けたからといって英雄たり得ないわけではないことを示したのが、『銀英伝』の〝英雄〟の〝伝説〟たる所以ではなかろうか。

軍事からは離れるが、好きなエピソードについても触れたい。

ひとつはラングの慈善である。多くの登場人物から、また多くの読者から嫌われたであろうラングが、家族から見てはいい家庭人であったというだけならまあわかる。ちょいとした小技というだけだ。だが、ラングが、匿名でしばしば福祉施設等に寄付をしていた、となると、遠い未来に実在する小さな英雄として、急に立体的に立ち上がって来る。

ついでオーベルシュタインの犬だ。英語の辞書編纂で有名なサミュエル・ジョンソン博士はホッジというネコを飼っていたが、その好物の牡蠣は自ら買いに行く習慣だったという。使用人に言いつけると、たかがネコのために……と恨み、博士の留守中にネコに辛く当たるのではないかと案じた故だとか。オーベルシュタインとラーベナルト夫妻の関係はどんなものだったのか。出征中は心配していたのかどうか。オーベルシュタインの心中を想像するとほほえましい。

最後はビジアス・アドーラ、クロード・モンテイユ、グレアム・エバード・ノエルベーカーらと、国璽を守ろうとした宰相府の老官僚、大貴族連合側にいた給料係の老兵、帝国正統政府軍の五人だ。ノブレス・オブリージュは明治の頃、「位高ケレバ務メ重シ」と訳されたが、必ずしも高位にないのに務めを果たそうとする高貴さよ。

用兵家ではない小英雄たちにも幸いあれ。

本書は一九八七年にトクマ・ノベルズより刊行された。九二年には『銀河英雄伝説7　怒濤篇』と合冊のうえ四六判の愛蔵版として刊行。九八年、徳間文庫に収録。二〇〇一年、徳間デュアル文庫に『銀河英雄伝説 VOL.15, 16［乱離篇上・下］』と分冊して収録された。創元ＳＦ文庫版では徳間デュアル文庫版を底本とした。

著者紹介　1952年，熊本県生まれ。学習院大学大学院修了。78年「緑の草原に……」で幻影城新人賞受賞。88年《銀河英雄伝説》で第19回星雲賞を受賞。《創竜伝》《アルスラーン戦記》《薬師寺涼子の怪奇事件簿》シリーズの他，『マヴァール年代記』『ラインの虜囚』『月蝕島の魔物』など著作多数。

銀河英雄伝説8　乱離篇

2008年4月25日　初版
2023年2月3日　18版

著者　田中芳樹

発行所　（株）東京創元社
代表者　渋谷健太郎

162-0814／東京都新宿区新小川町1-5
電話　03・3268・8231-営業部
03・3268・8204-編集部
URL　http://www.tsogen.co.jp
振替　00160−9−1565
DTP　フォレスト
暁印刷・本間製本

ISBN 978-4-488-72508-2　C0193

パワードスーツ・テーマの、夢の競演アンソロジー

ARMORED

この地獄の片隅に

パワードスーツSF傑作選

J・J・アダムズ 編

中原尚哉 訳

カバーイラスト＝加藤直之

創元SF文庫

アーマーを装着し、電源をいれ、弾薬を装填せよ。

きみの任務は次のページからだ——

パワードスーツ、強化アーマー、巨大二足歩行メカ。

アレステア・レナルズ、ジャック・キャンベルら

豪華執筆陣が、古今のSFを華やかに彩ってきた

コンセプトをテーマに描き出す、

全12編が初邦訳の

傑作書き下ろしSFアンソロジー。

加藤直之入魂のカバーアートと

扉絵12点も必見。

解説＝岡部いさく

上
シルヴァン・ヌーヴェル 佐田千織 訳
巨神計画

巨神覚醒
上
シルヴァン・ヌーヴェル
佐田千織 訳

上
巨神降臨
シルヴァン・ヌーヴェル 佐田千織 訳